Un nouvel amour à Noël

La fiancée secrète

CATHERINE MANN

Un nouvel amour à Noël

Traduction française de
NATALIA DELYS

PASSIONS

HARLEQUIN

Collection : PASSIONS

Titre original :
A CHRISTMAS BABY SURPRISE

Ce roman a déjà été publié en 2016

HARPERCOLLINS FRANCE
83-85, boulevard Vincent-Auriol, 75646 PARIS CEDEX 13
Service Lectrices — Tél. : 01 45 82 47 47 - www.harlequin.fr
ISBN 978-2-2804-5987-7 — ISSN 1950-2761

Composé et édité par HarperCollins France.
Imprimé en novembre 2021 par CPI Black Print (Barcelone)
en utilisant 100% d'électricité renouvelable.
Dépôt légal : décembre 2021.

FSC
www.fsc.org
MIXTE
Papier issu de sources responsables
FSC® C159065

Pour limiter l'empreinte environnementale de ses livres, HarperCollins France s'engage à n'utiliser que du papier fabriqué à partir de bois provenant de forêts gérées durablement et de manière responsable.

- 1 -

Alaina Rutger avait réalisé ses rêves de petite fille.

Elle avait une famille à elle. Son séduisant mari était venu la chercher à l'hôpital pour la ramener à la maison avec leur bébé, bien calé dans son siège auto.

Sa vie était parfaite.

Oui, mais voilà… Si seulement elle pouvait avoir quelques souvenirs de l'homme qui lui avait passé le diamant quatre carats qui brillait à son doigt !

Cet homme s'appelait Porter Rutger. Il prétendait être son mari. Le père de son enfant. Un homme dont elle n'avait pas le moindre souvenir, pas plus que des cinq dernières années de sa vie…

A l'arrière du véhicule à côté de leur bébé, elle détourna les yeux des épaules larges et des cheveux noirs de Porter pour contempler son enfant. Elle remonta la couverture sous son menton. Le bébé avait un pied plâtré, car il souffrait d'un pied bot.

Cet enfant non plus, elle ne le reconnaissait pas, et cela lui brisait le cœur.

Une semaine plus tôt, elle s'était réveillée à l'hôpital sans avoir la moindre idée de qui était l'homme assis à son chevet. Et à qui était donc ce nouveau-né qui dormait dans son couffin ?

Sortir du coma lui avait donné l'impression de reprendre ses esprits après une gueule de bois monstrueuse. Elle avait tellement mal à la tête qu'elle pouvait à peine bouger. Un rapide regard circulaire lui avait indiqué qu'elle se trouvait dans une chambre hôpital.

Un bel homme aux cheveux noirs ébouriffés dormait dans le fauteuil à côté de son lit. Son pantalon noir et sa chemise blanche paraissaient tout froissés.

Etait-ce le médecin de ses rêves ? Le Dr Mamour de Grey's Anatomy *?*

— Salut, avait-elle articulé d'une voix rauque, tellement sa gorge était sèche.

Le Dr Mamour s'était réveillé en sursaut.

— Alaina ?

Il s'était frotté les yeux, une expression incrédule sur le visage, avant de bondir sur ses pieds.

— Oh ! mon Dieu, tu es réveillée ! J'appelle l'infirmière.

— De l'eau, avait-elle demandé. J'ai soif…

Il avait appuyé sur le bouton d'appel.

— Je ne sais pas ce qu'en diront les médecins. Peut-être des glaçons plutôt… Tu as été nourrie par intraveineuse… Bientôt, tu pourras manger tout ce que tu veux, je te le promets.

Les médecins ? Cet homme n'était donc pas le Dr Mamour ? Mais…

— Qui êtes-vous ?

Il avait relevé lentement les yeux du panneau de commandes.

— Qui je suis ? avait-il dit d'une voix blanche.

— Je suis désolée, mais je ne me sens pas bien, avait-elle dit en pressant ses doigts contre ses tempes douloureuses. Que s'est-il passé ?

— Alaina…

L'homme s'était laissé tomber dans le fauteuil.

— Nous avons eu un accident de voiture, avait-il commencé d'une voix hésitante.

— Nous ?

Ah… ils se connaissaient, donc !

— Oui, avait-il confirmé en se penchant pour poser avec précaution sa main sur la sienne. Alaina… je m'appelle Porter et je suis ton mari.

Le choc qu'elle avait éprouvé était encore présent en elle. Après l'arrivée du médecin qui avait vérifié ses constantes, Porter avait repris son récit… Il lui avait ainsi expliqué que tous deux avaient eu un grave accident de voiture, un mois plus tôt, après avoir récupéré le petit Thomas à l'agence d'adoption.

Porter… Son mari.

Porter Rutger.

Dire qu'elle avait encore toutes les peines du monde à se souvenir de ce nom !

Porter lui avait expliqué que le bébé avait une malformation de naissance au pied et qu'il avait subi plusieurs interventions chirurgicales pendant le mois qu'elle avait passé dans le coma.

Une semaine après son réveil, et bien qu'elle ne se sente pas encore vraiment prête à affronter la vie à l'extérieur, elle avait dû quitter l'hôpital. Certes, il n'était pas rare que les nouvelles mères aient du mal à quitter l'hôpital, mais toutes n'étaient pas amnésiques !

Un goût de bile lui monta dans la bouche. L'angoisse qu'elle ressentait était pire encore que celle qu'elle avait éprouvée en sortant du coma, pensant qu'on était en novembre alors qu'on était en décembre…

En décembre… cinq ans plus tard !

Cinq ans de souvenirs envolés, effacés de son cerveau en l'espace d'un mois. Le plus terrible, c'était qu'elle ne se rappelait pas du tout les quatre ans et demi de vie commune avec Porter.

Comment était-il possible d'oublier ainsi toute une portion de sa vie ? Le coma avait effacé une partie substantielle de sa mémoire, alors que son corps, lui, était complètement intact. Il avait gardé toutes ses capacités, au point qu'elle avait même ressenti un léger trouble physique envers son inconnu de mari, lorsque celui-ci lui avait pris la main pour l'aider à monter en voiture. La léthargie créée par le coma n'avait pas empêché un frisson de désir de la parcourir.

Elle s'absorba dans la contemplation des vagues, tandis que la Mercedes remontait la route côtière de Floride en direction de ce que Porter avait appelé « leur maison du bord de mer ». Il lui avait appris que leur résidence principale se trouvait à Tallahassee, mais avait ajouté qu'il n'était pas prudent de faire la route avec un bébé récemment opéré et elle tout juste sortie du coma. Les médecins leur avaient conseillé de rester quelque temps dans les environs.

Elle avait ainsi découvert que son beau et ténébreux mari était plus riche que Midas. Porter dirigeait une société de construction qui avait plusieurs gros chantiers en cours dans tout le pays. Elle n'avait aucun souci financier à se faire, lui avait assuré son époux… Une raison supplémentaire d'être reconnaissante pour cette existence dans laquelle elle était projetée.

Pourtant, ce n'était pas de la gratitude qu'elle éprouvait, mais bel et bien de la peur devant le déséquilibre des pouvoirs entre elle et cet homme qui était son mari. Lui seul détenait toutes les informations sur son passé. Elle n'avait pas de famille, ses parents étaient morts, lui avait appris Porter. Elle n'avait pas d'amis non plus, en dehors de quelques personnes qu'elle n'avait apparemment pas revues depuis cinq ans, époque à laquelle elle avait rompu avec un petit ami violent. Après cet épisode, elle avait, selon Porter, coupé les ponts avec tout le monde.

Il lui manquait quantité d'éléments : sur les mois qui avaient suivi cette rupture, les mois qui avaient précédé sa rencontre avec Porter. Puis la période où elle était tombée amoureuse de lui. Leur mariage et leur installation dans le sud-est de la Floride, loin de sa région natale de Caroline du Nord.

Elle le croyait, mais elle se demandait s'il n'omettait pas de lui dire certaines choses. Les hommes étaient tellement concis dans leurs explications qu'ils pouvaient laisser de côté des détails ou des éléments d'ordre émotionnel qu'une femme pouvait trouver essentiels.

Il la regarda dans le rétroviseur, de ses grands yeux sombres qui avaient la couleur d'un café serré.

— Tout va bien, Alaina ? s'enquit-il avec un accent du Sud mâtiné d'influences glanées dans les autres régions où il avait vécu.

Encore un élément qu'elle ignorait jusqu'à ce qu'il lui en parle…

Quelle réponse attendait-il ? se demanda-t-elle. Une réponse vague et incertaine, comme toutes celles qu'elle lui avait faites pendant la semaine qui avait suivi sa sortie du coma ? Des mots prudents, prononcés devant des médecins, ou empreints de l'angoisse qu'elle éprouvait à l'idée que le monde fragile dans lequel elle avait émergé se dissolve à nouveau dans un brouillard impénétrable ?

A chaque kilomètre parcouru vers cette maison de vacances dont elle n'avait aucun souvenir, elle sentait la tension croître en elle.

— Le médecin t'a-t-il donné d'autres explications sur le fait que je ne me rappelle pas les cinq dernières années de ma vie ? s'enquit-elle d'une voix suraiguë.

— Le médecin t'en a lui-même parlé. Il se doit d'être honnête avec toi. Tu es sa patiente.

L'homme assis derrière le volant et qui se prétendait son mari était parfaitement poli, mais il manquait cruellement de chaleur humaine. Qu'est-ce qui avait bien pu la pousser à choisir cet homme si maître de lui qu'il en paraissait presque froid ? Encore une question à laquelle elle ne pouvait apporter de réponse…

— Je n'ai pas oublié cette conversation, répliqua-t-elle. C'était plutôt une question rhétorique, car il y a tellement d'autres choses que je ne comprends pas.

Elle observa son fils endormi. Il était si mignon dans son pyjama imprimé de petits lutins.

— Par exemple… comment peut-on oublier un enfant aussi adorable ? reprit-elle dans un murmure.

Son cœur se gonflait d'amour quand elle regardait Thomas, son nez minuscule et sa bouche en cœur. Son instinct maternel s'éveillait sans qu'elle ait à produire le moindre effort. Fille unique, elle avait toujours voulu des enfants et rêvé d'une grande famille. Si Porter et elle étaient mariés depuis quatre ans, pourquoi avaient-ils attendu aussi longtemps pour fonder une famille ?

— Tu n'as connu Thomas que quelques heures avant l'accident.

Porter engagea son véhicule sur une route isolée. Derrière les haies, elle distingua des maisons gigantesques qui donnaient directement sur l'océan.

— Peu importe la durée. C'est mon enfant…

Elle s'interrompit, effleurant la main incroyablement douce de Thomas.

— … notre enfant, rectifia-t-elle. Un enfant bouleverse une vie. Que je l'aie vu une minute… une heure… ou des années… je devrais m'en souvenir ! Cela devrait être gravé là.

Elle se frappa le front.

— Même si ton mariage ne l'est pas, lui ? répliqua Porter d'un ton un peu abrupt.

Elle ressentit une pointe de culpabilité. Cela ne devait pas être facile pour lui non plus…

— Je suis désolée. Ce doit être compliqué pour toi.

— Tu es vivante et sortie de coma, je n'en espérais pas tant, déclara-t-il d'une voix légèrement traînante.

Ils roulaient sur la route bordée de palmiers.

— Je peux m'accommoder du reste, conclut-il.

— J'ai l'impression que tu estimes que je ne devrais pas me sentir frustrée.

— Donne-toi du temps. Tu traverses une dure épreuve.

Il tenait le volant à deux mains. Le soleil de cette fin d'après-midi faisait étinceler sa montre Patek Philippe.

Elle fronça les sourcils. Comment connaissait-elle la marque de cette montre, alors qu'elle ignorait s'il y avait une inscription gravée sur l'alliance de Porter ?

Elle se souvint tout à coup qu'elle avait étudié l'histoire de l'art et qu'elle portait un vif intérêt aux beaux objets. Peut-être était-ce la raison pour laquelle cette montre attirait son attention…

— Je n'ose imaginer ce que tu as pu ressentir au cours du dernier mois, ajouta-t-elle. Avec un enfant au bloc opératoire et ta femme dans le coma…

— Ne regardons pas en arrière, dit-il d'un ton sec. Je vais bien maintenant.

Elle esquissa un sourire ironique, alors qu'il arrêtait la voiture au niveau d'un panneau de signalisation orné de guirlandes.

— Es-tu le genre d'homme trop dur pour être vulnérable ?

Il la regarda dans le rétroviseur.

— Je suis un homme qui a cru avoir tout perdu.

Elle sentit alors son cœur terrifié fondre un petit peu pour ce mari qui lui était totalement étranger.

— C'est encore un peu le cas, dit-elle, car je ne me souviens ni de toi et moi en tant que couple ni de notre vie commune…

L'intersection était déserte, et il se retourna vers elle.

— Tu es vivante. Notre fils est vivant. C'est tout ce qui m'importe.

Il y avait eu de la tension entre eux depuis qu'elle était sortie du coma : Porter détenait les réponses auxquelles elle n'avait pas accès. Pourtant, là, en voyant la sincérité dans ses yeux, elle eut envie de le serrer dans ses bras. Et elle eut surtout envie que cela lui semble familier.

Elle tendit la main pour effleurer son épaule.

Au même moment, une voiture klaxonna derrière eux, la faisant sursauter.

Mais qu'est-ce qu'il te prend ! se reprocha-t-elle intérieurement. En dehors des quelques faits que Porter lui avait racontés, elle ne savait rien de lui ni de leur vie ensemble. Elle ne savait pas non plus quel avenir les attendait, car ces événements les avaient changés.

Irrémédiablement.

Quoi qu'il en soit, pour le bien de Thomas, Porter et elle devaient s'efforcer d'apaiser toute tension entre eux. Avec un peu de chance, l'esprit de Noël permettrait de trouver un peu d'harmonie. Qui sait… peut-être un miracle se produirait-il ?

Remuant nerveusement sur la banquette, elle joua avec le hochet en forme de caribou de Thomas.

— Puis-je te poser une question au sujet du passé ?

— Pourquoi ne m'as-tu pas posé davantage de questions jusqu'à maintenant ? lui demanda-t-il sans quitter la route des yeux.

— Sans doute parce que je craignais que tu ne me répondes pas.

— Qu'est-ce qui a changé ?

— Nous ne sommes plus à l'hôpital. Il n'y a plus de médecins m'incitant à ne pas chercher absolument à me rappeler. Ce qui me stressait terriblement…

Elle avait besoin de savoir. Comment pouvait-elle être l'épouse de Porter et la mère de Thomas si elle ne savait même pas qui elle était, et comment ils étaient devenus une famille !

— Tu me fais confiance pour te dire la vérité ? fit-il en lui jetant un coup d'œil par-dessus son épaule.

— Qu'aurais-tu à gagner à me mentir ?

De toute façon, elle n'avait d'autre choix que de lui faire totalement confiance.

— Comment nous sommes-nous rencontrés ?

— Ma société a été chargée de construire une aile supplémentaire au musée dans lequel tu travaillais. Mon physique d'athlète t'a plu… et voilà !

Il avait effectivement des muscles impressionnants, et elle n'était pas surprise qu'ils aient attiré son attention !

Quoi qu'il en soit, l'humour dont il faisait preuve le rendait séduisant.

— Tu es drôle, Porter, finalement, commenta-t-elle.

— Parce que tu pensais que je n'avais pas d'humour ? Tu blesses mon ego !

— La semaine que nous venons de vivre n'a pas vraiment été placée sous le signe de la légèreté…

Elle s'était sentie tellement angoissée à l'hôpital. La nuit, quand elle ne parvenait pas à dormir, elle errait dans les couloirs ou bien vérifiait toutes les cinq minutes que Thomas allait bien. Obstinément, elle priait pour se souvenir de quelque chose… D'un infime détail des cinq dernières années.

Et puis surtout, elle s'interrogeait beaucoup sur l'homme mystérieux et séduisant qui passait des heures à son chevet chaque jour.

— C'est vrai, acquiesça Porter, mais tout va s'arranger maintenant. Nous avons toutes les vacances de Noël pour nous détendre, nous occuper de notre enfant, et réapprendre à faire connaissance.

Dans le rétroviseur, il soutint son regard avec détermination.

— Car ne te méprends pas, reprit-il, j'ai bien l'intention de t'aider à te remémorer toutes les raisons pour lesquelles nous sommes tombés amoureux l'un de l'autre…

Ses propos firent naître en elle une sensation étrange, mélange de désir et de nervosité.

Même si elle ne se souvenait de rien, il s'agissait de sa vie, et elle n'avait d'autre choix que de s'y jeter à corps perdu dans l'espoir de retrouver ses souvenirs.

Et de comprendre également ce que cet homme — son mari — représentait à ses yeux.

Porter Rutger avait la sensation de revenir de l'enfer.

Toutefois, pour la première fois depuis longtemps, il distinguait une lumière au bout du tunnel.

Ses mains serrèrent le volant tandis qu'il conduisait sa femme et son fils loin de l'hôpital. Le mois qui venait de s'écouler l'avait laissé exsangue. Non seulement il s'était inquiété pour l'opération du pied bot de Thomas, mais il avait également craint d'éventuelles séquelles de l'accident de voiture sur le bébé. Et pendant tout ce temps, sa femme était plongée dans le coma…

Sa mâchoire se contracta tandis qu'il fixait la route côtière qui conduisait à la maison de vacances qu'il avait choisie pour Alaina juste après l'échec de leur troisième fécondation in vitro.

Avant l'adoption de Thomas, leur mariage était entré dans une phase critique : depuis des années, ils espéraient vainement avoir un enfant. Porter avait cru toucher le fond quand ils avaient pris contact avec un avocat spécialisé en divorce. Alaina et lui étaient sur le point de signer les documents entérinant leur séparation quand ils avaient reçu le coup de fil leur annonçant qu'ils pouvaient adopter. Il s'agissait d'un enfant fragile, difficile à placer, qui devrait subir plusieurs opérations et des années de rééducation.

Ils n'avaient pas pris la décision d'adopter Thomas à la légère. Deux ans plus tôt, ils avaient entrepris cette démarche d'adoption, ayant compris que leurs chances de concevoir étaient quasi nulles. Avait ensuite débuté une attente interminable qui avait malmené leur mariage déjà périclitant.

Porter ne parvenait pas à se rappeler qui de lui ou d'Alaina avait parlé le premier de divorce. Le mot avait été prononcé lors d'une énième dispute et avait fait son chemin. Cette perspective l'avait bouleversé, mais leurs disputes incessantes compromettaient leur avenir ensemble. Le recours à un thérapeute conjugal ne les avait en rien aidés.

Puis était arrivé l'appel à propos de Thomas…

Alaina et Porter avaient mis leurs différends de côté pour adopter le bébé et décidé de rester ensemble de manière temporaire. Alaina n'avait pas eu à réfléchir bien longtemps. Son cœur avait immédiatement accepté cet enfant. Thomas avait besoin d'eux, et c'était tout ce qui comptait pour elle.

Puis l'accident de voiture était survenu, et en pensant qu'il risquait de perdre définitivement Alaina, Porter en avait été si bouleversé qu'il avait été tenté de déchirer les documents du divorce.

Peut-être pouvait-il avoir enfin la famille dont il avait toujours rêvé… Il prenait conscience qu'il avait aujourd'hui une seconde chance de conquérir Alaina. C'était pour eux la chance de prendre un nouveau départ et d'oublier le mal qu'ils s'étaient fait. Porter avait conscience qu'il avait commis des erreurs et comptait bien ne pas gâcher cette nouvelle opportunité de bâtir une famille, ce qu'il avait toujours souhaité au plus profond de son cœur.

Grandir avec une mère célibataire très prise par sa profession d'avocat et ses conquêtes masculines lui avait donné très tôt l'envie de trouver la stabilité et l'amour. Si seulement il pouvait obtenir le pardon d'Alaina ou la convaincre qu'il avait changé, se disait-il. Il avait envie qu'elle comprenne qu'il n'était plus le même, et que tous deux pouvaient enfin fonder cette famille à laquelle ils aspiraient depuis toujours.

Il n'était pas le genre d'homme à pratiquer la procrastination. C'était un homme d'action ! Et aujourd'hui, les enjeux étaient plus importants que jamais.

Il observa dans le rétroviseur sa belle épouse, la femme dont il était tombé follement amoureux quatre ans et demi plus tôt. Son intelligence et son sens artistique l'avaient tout de suite fasciné. En l'écoutant parler d'art à des élèves de primaire, il avait eu une illumination.

C'était elle.

Alaina était l'incarnation parfaite de ses fantasmes.

Il l'avait aussitôt imaginée en train de bercer leurs bébés. En train de construire des châteaux de sable et de peindre avec leurs enfants. Evidemment, ce n'était pas seulement l'image de la mère en elle qui l'avait attiré. Il avait également deviné en Alaina une nature passionnée.

Aujourd'hui encore, le souvenir de leur première rencontre le troublait profondément.

— Que voudrais-tu savoir d'autre ?

— Nous n'avons pas beaucoup parlé à l'hôpital…

Un bref instant, les yeux bleus d'Alaina soutinrent les siens, avant de se détourner.

— C'étaient les ordres des médecins. Et puis, entre les rendez-vous médicaux de Thomas et tes tests, nous n'avons pas eu beaucoup de temps pour nous.

Il avait eu du mal à faire face, même s'il avait momentanément laissé les rênes de son entreprise de bâtiment à son adjoint. Voir Alaina aussi désarmée à l'hôpital l'avait chamboulé. Leur amour s'était peut-être éteint, mais ils avaient une histoire commune… et un enfant. Il se devait de prendre soin d'elle le temps qu'elle se rétablisse et qu'ils apprennent à être des parents pour Thomas.

— Je ne reproche rien à personne, précisa Alaina. J'essaie juste de remplir les blancs pour pouvoir aller de l'avant. J'avais un tel sentiment d'impuissance à l'hôpital…

Les médecins avaient conseillé de ne pas trop chercher à stimuler sa mémoire, et Porter avait bien l'intention de suivre ce conseil. Il n'allait certainement pas gâcher la chance qui lui était donnée de convaincre Alaina de rester avec lui. Il ferait tout pour que sa famille reste unie. Il n'avait nulle envie d'être un père à temps partiel, même lorsqu'il avait accepté le principe du divorce. D'ailleurs, il avait regretté cette décision aussitôt après l'avoir prise ! Comment pourrait-il fonder une famille s'il laissait partir sa femme ?

Il ne savait pas ce qui avait mal tourné. Qu'attendait Alaina de lui qu'il ne lui avait pas donné ? Il l'ignorait. Et aujourd'hui qu'elle avait oublié leur vie commune, il risquait de ne jamais le savoir.

— Le médecin voulait constater ce dont tu pouvais te souvenir par toi-même, expliqua-t-il. Il ne voulait pas que tu sois perturbée par des choses qu'on t'aurait racontées…

— Peut-être qu'entendre parler de nous, de notre vie, aiderait au contraire à faire resurgir mes souvenirs, argua Alaina.

Il nota qu'elle ne faisait pas mention du problème de confiance entre eux. Cela signifiait-il que son inquiétude avait été reléguée au second plan ? En tout cas, avant l'accident, elle ne lui faisait plus du tout confiance.

Il tourna dans l'allée menant à leur propriété.

— Porter, je n'ai d'autre choix que de te poser ces questions. Je ne suis plus en relation avec quiconque de mon passé. Si je veux apprendre des choses sur ces cinq dernières années, c'est soit par toi, soit par Google !

Il eut un petit rire.

— Ça, c'est une belle preuve de confiance ! railla-t-il.

Elle esquissa un léger sourire.

Il sentit sa poitrine se serrer. Il se souvenait de l'époque où il était capable de la faire sourire tous les jours, avant que leur relation se détériore et ne soit plus qu'une succession de querelles et de longs silences.

— Ecoute, Porter, je ne vais pas m'excuser de dire la vérité.

Son sourire s'évanouit.

— Pourquoi personne n'est-il venu me rendre visite à l'hôpital ? reprit-elle.

— Nous étions loin de chez nous quand l'accident est arrivé, expliqua Porter. Nous étions partis chercher Thomas. Nos amis n'habitent pas par ici. Rassure-toi, j'ai conservé les cartes qui sont arrivées avec les bouquets de fleurs pendant que tu étais dans le coma… Je te les montrerai quand nous serons à la maison.

Elle se mordilla la lèvre.

— Je pourrais appeler quelques personnes et les interroger, fit-elle pensivement. Qui, à ton avis, pourrait m'aider ?

Il n'avait certes pas l'intention d'isoler Alaina, mais il ne voulait pas non plus lui fournir les éléments qui pourraient la pousser à s'enfuir. Ce qu'il voulait, c'était qu'ils aient le temps de reconsolider leur relation, de redécouvrir ce qui les avait rapprochés. Du temps aussi pour apprendre à être des parents pour leur fils.

— N'oublie pas que le médecin t'a conseillé de ne pas te mettre la pression, argua-t-il. Je suis d'avis d'écouter le corps médical.

Il était surpris qu'Alaina n'ait pas posé davantage de questions quand elle était à l'hôpital. Maintenant qu'ils étaient seuls, elle paraissait bien plus impatiente d'obtenir des réponses. D'ailleurs, il y avait maintenant un côté tranchant chez elle qu'elle n'avait pas avant l'accident.

— Donc, si le docteur est d'accord, tu ne verras pas d'inconvénient à me donner les numéros de téléphone de nos amis afin que je les contacte, insista-t-elle en se penchant pour appuyer ses coudes sur le dossier du siège avant.

— Aucun inconvénient.

Leurs amis seraient, certes, heureux d'avoir de ses nouvelles, mais sans doute fort accaparés par la période des fêtes. En outre, le médecin ne leur avait donné aucune raison de croire qu'elle recouvrerait la mémoire aussi vite.

Il avait bien besoin de ces deux semaines de vacances de Noël pour se retrouver seul avec elle et lui raconter sa version de l'histoire.

— Si tu as besoin de quoi que ce soit, demande-le-moi. Je suis ton mari.

Ecarquillant les yeux, elle le fixa dans le rétroviseur.

— Quoi que ce soit ?

L'atmosphère se chargea de tension. Parvenait-elle à lire les souvenirs qui passaient en cet instant dans la tête de Porter ? Arrivait-elle à sentir à quel point leurs ébats avaient été sensuels ? Et combien ils pourraient l'être encore ? Dans son regard, il lisait du désir, mais aussi de l'appréhension. Elle n'avait sans doute aucune idée des souvenirs qui l'assaillaient, lui, mais elle semblait consciente de ce lien particulier entre eux, qui la rendait nerveuse.

Il songea qu'il lui faudrait avancer prudemment. Il ne lui parlerait pas de leur décision de divorcer. Il souhaitait d'abord avoir une chance de la convaincre de rester. Il ne voulait pas non plus qu'elle lui pose des questions qui le forceraient à mentir ou à admettre des vérités qui faisaient mal. Comme le fait qu'avant l'accident ils n'avaient pas couché ensemble depuis plus d'un mois, par exemple.

— Je te promets que je ne te demanderai rien, physiquement parlant, tant que tu ne te sentiras pas prête.

— Tant mieux, fit-elle hâtivement, car je ne suis pas prête à…

— Ne te sens pas obligée d'en dire plus.

Il arrêta la voiture devant un portail imposant et composa un code de sécurité. Les portes s'ouvrirent devant eux, révélant une allée qui menait à une villa en stuc jaune. Dans les palmiers bordant l'allée scintillaient des guirlandes de Noël.

— Tu t'es montré très compréhensif toute cette semaine, Porter, déclara Alaina. Je sais que c'est difficile pour toi aussi, et j'apprécie que tu fasses tout pour me faciliter les choses.

Il n'y avait pas si longtemps — avant l'accident —, elle lui avait clairement exprimé le contraire ! Elle l'avait ainsi accusé de ne voir en elle qu'une mère potentielle. Elle lui avait aussi reproché de ne pas l'aimer et de se terrer dans son bureau pour ne pas affronter leurs problèmes, ce qui la mettait hors d'elle.

Il garda le silence.

— Qu'y a-t-il ? s'enquit-elle. J'ai dit quelque chose qu'il ne fallait pas ?

— Tu viens de vivre un mois difficile, il est évident que tu mérites ma sollicitude.

Se découpant sur un somptueux arrière-plan d'océan, la maison de trois étages s'offrit entièrement à leur vue. A la demande de Porter, elle avait été richement parée de décorations de Noël.

— Je veux seulement que tu comprennes que même si je te laisse du temps et de l'espace pour te permettre de te remémorer ton passé, j'essaierai également d'emplir ta tête de nouveaux souvenirs tout neufs !

Elle ouvrit de grands yeux, impressionnée par la magnificence de la villa.

Mon Dieu qu'elle est belle ! songea Porter.

Belle, mais fragile. Il sentit son instinct protecteur se réveiller. Peut-être ne formaient-ils plus le couple qu'ils avaient été, mais il ferait tout ce qu'il pourrait, au cours des prochaines semaines, pour reconquérir Alaina.

Et il ne laisserait personne se mettre en travers de son chemin.

Alors qu'il s'apprêtait à se garer, il sentit soudain son sang se glacer dans ses veines.

Il ne connaissait que trop bien la Maserati qui était garée sur le côté de la maison.

C'était la voiture de sa mère !

- 2 -

Enfin à la maison, pensa Alaina. Ou presque !

Elle contempla la grande bâtisse. Des poinsettias bordaient le double escalier menant à la porte d'entrée ornée d'une couronne dont le feuillage était parsemé de fils d'or et d'argent.

Avait-elle choisi elle-même ces décorations ? se demanda-t-elle. Avaient-elles une valeur sentimentale ? Cinq ans qu'elle vivait avec Porter. Cinq ans de souvenirs et d'objets qu'ils avaient réunis… et qui ne constituaient pour l'instant qu'un épais mystère !

Elle reporta son attention sur Thomas. Pendant qu'elle défaisait la ceinture du siège bébé, elle perçut la tension qui irradiait soudain de Porter. Certes, ce dernier avait été soumis lui aussi à un stress intense ces derniers temps, mais il était toujours resté maître de lui-même.

Elle prit Thomas dans ses bras et huma ses cheveux. Le doux parfum du shampoing pour bébé l'apaisa. Un doux parfum d'innocence…

Elle ne se souvenait pas d'être devenue une épouse ou une mère. Elle ne se sentait ni épouse ni mère. En revanche, elle savait sans l'ombre d'un doute qu'elle ferait tout son possible pour que son bébé se sente aimé et en sécurité.

Porter ouvrit la portière arrière. Le soleil couchant formait comme un halo autour de son imposante silhouette qui masquait à Alaina le reste du monde.

Comme il paraissait fort et puissant ! Elle l'imaginait sans peine tel Atlas portant le monde sur ses larges épaules. Avec lui, elle avait l'impression d'être protégée. Elle pouvait s'appuyer sur lui.

Il posa une main sur le toit de la voiture.

— Te sens-tu assez en forme pour porter le bébé ?

— Oui, merci de le demander.

Elle sortit de la voiture en tenant précautionneusement Thomas. Porter lui prit le coude pour la soutenir. A ce contact, elle sentit des fourmillements se propager dans son corps.

Elle lui jeta un rapide coup d'œil. Avait-il ressenti son trouble ? A quoi pensait-il ? Il avait certainement envie de retrouver sa femme, ce qu'elle comprenait parfaitement. Pourtant, elle ne pouvait se défaire de l'impression que quelque chose clochait entre eux. Elle trouvait ses réponses évasives et courtes, comme s'il était réticent à se montrer trop précis.

A nouveau, elle nota la tension dans ses épaules.

Elle se redressa et cala le bébé contre son épaule.

— Merci, mais je peux marcher seule.

Elle trouvait étrange qu'après un mois de coma son corps réagisse comme si elle venait simplement de faire une longue sieste. Elle avait fait de la kinésithérapie pendant une semaine et mangé des aliments à haute valeur nutritive pour que ses muscles retrouvent de la force. Aujourd'hui, en dehors du fait qu'elle se fatiguait vite, elle ne ressentait pas de séquelles de son coma.

En tout cas, aucune séquelle physique.

— Je vais prendre le sac de couches, annonça-t-il.

Dans ses grandes mains, le sac Burberry bleu marine paraissait minuscule.

— Avant que nous entrions, je dois te prévenir…

Elle le fixa, saisie par un mauvais pressentiment.

On y était… Elle s'apprêtait à découvrir ces choses terribles que l'amnésie avait effacées de sa mémoire.

— Me prévenir de quoi ?

— Ma mère est là, soupira Porter.

Elle faillit éclater de rire de soulagement. Elle inspira profondément l'air chargé d'embruns.

— Ta mère ?

S'il avait une mère, pourquoi celle-ci n'était-elle pas venue à l'hôpital ? C'était étrange… Pendant qu'elle était à l'hôpital, elle n'avait pas songé à questionner Porter sur sa famille, ses souvenirs s'arrêtant juste avant que commence sa relation avec lui.

— Tu as une mère ?

— Je ne suis pas né dans un chou !

A nouveau, elle fut surprise par son sens de l'humour. C'était un autre trait intrigant de son caractère.

Elle se mordilla la lèvre inférieure, observant la couronne de Noël qui scintillait dans le soleil couchant.

— J'aurais aimé que tu me préviennes, dit-elle.

— Je ne savais pas qu'elle allait venir avant de découvrir sa voiture ici même.

— Ton père est-il là aussi ?

— Si tel était le cas, ce serait une immense surprise, puisque je ne l'ai jamais rencontré de ma vie.

— Oh… désolée.

Encore un élément de la vie de son mari qu'elle aurait dû connaître.

— Merci, mais cela fait bien longtemps que je ne cherche plus de figure paternelle à chaque coin de rue, railla-t-il. Ce que je cherche, c'est à être un père moi-même. Bien… allons voir ce qui a amené ma mère à faire le voyage depuis Miami.

Son ton l'attrista, et elle songea que ce moment aurait pourtant dû être un jour heureux pour lui, sa famille rentrant en bonne santé d'un long séjour à l'hôpital.

Cependant, elle sentait bien que les choses ne se résumaient pas à cela, et que leur vie commune était bien plus complexe.

Elle avait envie de lui faire confiance, mais au fond d'elle-même quelque chose de l'ordre de l'instinct la retenait.

Porter avait été soulagé de constater que sa mère n'était pas au rez-de-chaussée lorsqu'il était entré dans la maison avec Alaina et Thomas. Elle devait être en train de s'installer dans sa suite.

Alaina était allée changer Thomas dans la chambre d'enfant, ce qui allait lui laisser la possibilité de s'entretenir seul à seule avec sa mère. Il fallait que celle-ci comprenne qu'il n'hésiterait pas à la jeter dehors, y compris le jour de Noël, si elle essayait ne serait-ce qu'un instant de gâcher la chance qui lui était donnée de regagner les faveurs de sa femme.

Les yeux fixés sur la pendule en cuivre, il faisait les cent pas dans son bureau. Mais que pouvait bien faire sa mère !

En tout cas, le moment était vraiment mal choisi pour une visite. Il aurait déjà suffisamment de mal à ramener Alaina dans sa vie et dans son lit sans que sa mère vienne souffler sur les braises par ses piques déstabilisantes, dont elle était coutumière.

Car Courtney Rutger était un requin dans les prétoires et dans la vie. La relation de Porter avec sa mère était on ne peut plus tendue depuis qu'il avait quitté la maison familiale à dix-huit ans et s'était assumé seul en se lançant dans le domaine de la construction, refusant l'argent de Courtney.

Les cadeaux de sa mère n'étaient jamais innocents. Ses présents extravagants avaient souvent mis mal à l'aise Alaina, qui était issue d'un milieu nettement moins aisé. Porter comprenait ses réticences et n'avait jamais su comment se positionner entre elles deux.

Courtney entra enfin dans le bureau, dans l'un de ses tailleurs Channel préférés, avec, dans son sillage, des effluves d'un parfum hors de prix. Elle tendit le cou vers son fils pour un baiser sans contact sur la joue.

— Porter…, se contenta-t-elle de dire.

Celui-ci ne bougea pas, la laissant faire, tout en se demandant si sa mère l'avait quelquefois porté comme Alaina portait Thomas. C'est-à-dire en le touchant réellement.

— Mère, répondit-il en s'écartant. Pourquoi es-tu ici ?

— Pour fêter Noël et te donner un coup de main avec ton bébé et ta femme.

Porter haussa un sourcil incrédule. Sa mère avait l'intention d'aider ? Il n'en croyait rien. Courtney n'était venue qu'une seule fois à l'hôpital pendant le coma d'Alaina. Elle avait apporté des cadeaux et des fleurs, jeté un coup d'œil à son petit-fils et pris ses cliques et ses claques !

Elle ne s'était pas le moins du monde extasiée sur le bébé, pas plus qu'elle n'avait pris de clichés avec son portable pour les partager avec ses amies.

— Tu ne t'es jamais intéressée aux bébés.

— Je n'ai jamais été grand-mère !

— Mère..., soupira Porter en haussant les sourcils avec impatience.

— Fils ? répliqua-t-elle avec une innocence feinte.

— Je suis ton fils, en effet, et je te connais. Je ne veux pas que tu crées de problèmes.

— Je ne vois pas de quoi tu parles.

— Oh, mère, par pitié ! Tu as toujours été très claire sur le fait que tu n'aimais pas Alaina.

Les frictions entre sa femme et sa mère étaient allées crescendo au fil du temps, ajoutant de la tension à un mariage qui battait déjà de l'aile.

— Alaina s'efforce de recouvrer la mémoire, reprit Porter. Elle n'a pas besoin que tu lui assènes des réflexions qu'elle n'est pas prête à entendre. Elle doit se rétablir dans un climat serein et joyeux. Dans un premier temps, ce sont les souvenirs heureux qui doivent lui revenir en mémoire.

Son regard s'arrêta sur la reproduction encadrée d'une carte de la ligne de chemin de fer parcourant la côte est de la Floride. C'était un cadeau qu'Alaina lui avait fait pour son anniversaire deux ans plus tôt. Elle respectait son travail et estimait qu'en construisant des bâtiments il était un artiste à part entière.

Certaines personnes partaient en croisière pour leurs vacances. Alaina et Porter, eux, passaient leur temps à visiter des sites historiques et à se passionner pour l'architecture des bâtiments.

Il y avait eu de bons moments entre eux… Comme cela lui manquait !

Aujourd'hui, une seconde chance lui était offerte de retrouver cette vie. Il ne laisserait personne se mettre en travers de son chemin.

— Ta femme est malade, déclara Courtney. Je le comprends et me montrerai compréhensive. Si tu penses qu'elle n'est pas prête à entendre les « mauvais » souvenirs, je tiendrai ma langue. Je suis là pour vous trois !

Elle fit cliqueter ses ongles parfaitement manucurés.

— J'ai un cœur, tu sais…

Elle posa sa main sur son cœur dans une posture mélodramatique et esquissa un sourire mielleux. Pas étonnant que Courtney Rutger parvienne à mettre les jurys dans sa poche. Il n'y avait que son fils qu'elle ne parvenait pas à convaincre.

Il esquissa un sourire narquois.

— Ça se discute, commenta-t-il.

— Et tu me ressembles, ajouta-t-elle avec un clin d'œil. Ce qui me rend fière !

— Non, fit Porter en secouant la tête. Nous ne nous ressemblons pas.

— C'est toi qui le dis.

Elle battit des mains.

— Bon, où est mon petit-fils ?

— Alaina est en train de le changer.

Courtney fit la grimace et lissa son chignon banane duquel s'échappaient quelques fils argentés.

— Alors, je vais patienter quelques minutes, le temps qu'elle ait terminé.

Elle s'interrompit en voyant le regard noir de son fils, puis haussa les épaules.

— Eh bien quoi ? J'aime regarder les bébés dormir.

— Depuis quand ?

— Depuis toujours. Ils sont tellement plus faciles quand ils dorment.

Elle eut un large sourire.

— Allez, souris ! fit-elle. C'est Noël ! Toute ta famille se retrouve sous ton toit, ce sur quoi je n'aurais pas parié un kopeck !

Porter non plus ne l'aurait jamais imaginé.

Un craquement en provenance de la porte attira leur attention. Alaina, les sourcils froncés, les observait depuis le seuil.

Porter maugréa intérieurement. Qu'avait-elle entendu au juste ? Les sous-entendus de Courtney avaient-ils déjà anéanti ses chances de reconquérir sa femme ?

— Entre, Alaina, lui dit-il.

Celle-ci avança lentement dans le bureau.

— Présente-moi à ta mère, s'il te plaît, lui demanda-t-elle. Je suis désolée, je ne me souviens pas de vous, madame, mais vous avez parfaitement raison… Nous avons beaucoup de chance d'être ici ensemble, car j'aurais pu me trouver encore sur un lit d'hôpital. J'aurais pu également ne plus être en vie.

Porter fut soulagé de constater qu'elle avait mal interprété les paroles sa mère.

Cependant, il ne pouvait compter éternellement sur la chance. Il fallait qu'il progresse au plus vite dans sa relation avec Alaina et reconstitue sa famille.

Il n'avait pas de temps à perdre.

Alaina ouvrit les portes de l'immense penderie dans sa chambre.

Sa chambre… et celle de Porter.

Elle se fit la réflexion que cette penderie était plus vaste que le studio dans lequel elle avait vécu pendant sa première année d'université. D'un côté étaient suspendus les vêtements de Porter : des costumes ou des tenues plus décontractées, rangés avec soin. Elle effleura de la main les différentes textures, parvenant presque à sentir à travers le tissu la chaleur de l'homme qui avait porté ces vêtements.

Une cloison séparait la penderie en deux. Le côté féminin — le sien — regorgeait de chaussures et de sacs à main. Instinctivement, elle poussa un bouton à l'extrémité d'une étagère et un plateau de bijoux glissa vers elle.

Les pierres scintillantes qu'elle découvrit étaient toutes soit semi-précieuses, soit extraordinairement chères.

Quel genre de femme était-elle ? s'interrogea-t-elle. C'était donc ça, sa vie ? Celle d'une femme vivant dans une maison avec des penderies de la taille d'un appartement ? Une femme portant des bijoux hors de prix…

Cet aspect l'étonnait, car elle se souvenait de ne pas avoir été élevée dans un tel raffinement. S'était-elle sentie à l'aise dans cet environnement ? Etait-elle devenue blasée de tout ce luxe ?

Elle jeta un coup d'œil à l'imposant lit à baldaquin et se demanda non sans angoisse comment allait se passer la période où Porter et elle étaient censés « refaire connaissance ». Il lui avait assuré ne vouloir exercer aucune pression sur elle, et elle espérait qu'il tiendrait parole, car elle ne pouvait envisager un seul instant pour le moment de partager un lit avec lui. En dépit de l'attirance qu'elle éprouvait pour lui, elle n'était pas prête pour une telle intimité.

Le serait-elle un jour ? Elle n'en avait pas la moindre idée, ayant déjà des difficultés à se projeter du jour au lendemain !

Elle reporta son attention sur la penderie et inspecta les rangées de vêtements, comme si ceux-ci pouvaient lui fournir un indice sur la femme qu'elle avait été pendant ces cinq années oubliées. De toute évidence, elle aimait faire du shopping et affectionnait particulièrement les motifs colorés. Tâtant les vêtements, elle apprécia le toucher froid et glissant de la soie et du satin. Le contenu du placard était somptueux et aurait fait fantasmer quantité de femmes.

Elle avait espéré que l'une de ces tenues raviverait un souvenir et que les événements des cinq dernières années afflueraient alors d'un coup à sa mémoire.

Hélas, rien de tel ne se produisit.

Elle relâcha une robe longue dont le corsage était rehaussé de perles scintillantes et baissa les yeux sur la simple robe en coton qu'elle portait. Porter lui avait-il apporté cette robe pour une raison particulière, ou bien avait-il pris le premier vêtement qui lui était tombé sous la main ?

Cette robe en coton n'allait pas avec la personnalité un peu artiste qui était la sienne cinq ans plus tôt, songea-t-elle. D'ailleurs, cette maison ne lui ressemblait pas davantage. Où s'exprimait son amour pour l'art de la Renaissance ? Il n'y avait ni peintures ni sculptures qu'elle aurait pu avoir choisies... Tout lui semblait neutre, très design... Aseptisé.

Avait-elle réellement vécu plusieurs années ici ?

Avait-elle été heureuse dans cette maison ?

Où étaient passées les traces de sa personnalité ?

La sensation d'être observée la fit pivoter sur ses talons. Elle découvrit alors son mari à côté du lit, un plateau-repas dans les mains. Porter avait passé un T-shirt et un jean qui lui tombait un peu sur les hanches, comme s'il avait perdu récemment du poids. Peut-être s'était-il rendu malade d'inquiétude à cause d'elle et de Thomas.

Elle tenta vainement de s'imaginer ce qu'il avait pu ressentir au cours du dernier mois. Elle avait déjà du mal à appréhender sa propre situation et n'était donc pas en mesure de compatir avec Porter, qu'elle ne connaissait — pour ainsi dire — que depuis une semaine… La plupart de leurs interactions avaient eu lieu à l'hôpital, dans un environnement des plus impersonnels.

Les quatre ans et demi qu'ils étaient censés avoir vécu ensemble avaient été balayés de sa mémoire. Elle n'en avait pas la moindre bribe de souvenir.

— Je me suis dit que tu avais peut-être faim, dit Porter. Nous n'avons pas eu le temps de manger, entre le trajet et l'arrivée surprise de ma mère.

Il posa le plateau sur la table basse devant le sofa. Elle ne put s'empêcher de fixer ses muscles qui se contractaient sous les manches de son T-shirt. Elle s'en voulut presque, puis se ravisa. Après tout, il était son mari !

Son mari… et un parfait étranger tout à la fois !

— C'est gentil de ta part.

Elle le regarda verser du thé dans une tasse tandis que des arômes de pomme et de cannelle se répandaient dans la pièce.

— Etant donné que nous avons une nounou pour s'occuper de notre bébé la nuit et une cuisinière pour préparer les repas, je ne vois pas très bien ce que je vais pouvoir faire pour m'occuper, reprit-elle.

— Tu as subi un gros choc. Il te faut te reposer afin de te rétablir totalement. Et je suis là moi aussi. Thomas est mon fils.

— Notre fils.

— Bien sûr.

Il soutint son regard en lui tendant une soucoupe sur laquelle il avait déposé une tasse et un cookie.

— Thomas a besoin que tu retrouves la forme. Nous en avons tous besoin.

La chaleur du thé et les propos encourageants de Porter lui donnèrent le courage d'aborder un sujet délicat.

— Où as-tu l'intention de dormir ? demanda-t-elle d'une voix douce.

Porter la regarda pendant une fraction de seconde avant de répondre.

— Nous en avons discuté dans la voiture.

— Vraiment ?

— Absolument.

Il s'installa dans le sofa et se versa une tasse de thé.

— Rassure-toi, il ne se passera rien tant que tu ne seras pas prête. Tu es en train de récupérer, et ce à plusieurs niveaux. Je le comprends et je le respecte.

Elle fut touchée par la sensibilité dont il faisait preuve. Elle aurait donc dû se sentir soulagée, mais pourtant, elle ne pouvait s'empêcher de se sentir légèrement irritée. Porter ne lui avait toujours pas dit qu'il l'aimait ou qu'il avait envie d'elle. Il ne la pressait pas de rétablir le lien physique entre eux… Etait-ce pour lui donner de l'espace ? Se retenait-il parce qu'il estimait qu'elle ne pouvait aimer un homme qu'elle ne connaissait pas ?

Elle continuait à espérer que l'amour reviendrait d'un coup, mais elle avait beau dévorer son mari des yeux, rien ne se passait.

Certes, elle éprouvait de l'attirance pour lui. De la curiosité aussi. Mais elle était surtout effrayée de ce qu'elle allait découvrir en recouvrant la mémoire. Elle n'arrivait pas à se débarrasser de la désagréable sensation qu'elle ne pouvait faire totalement confiance à Porter. Si seulement celui-ci pouvait prononcer les mots qui la rassureraient et calmeraient sa nervosité !

Elle jeta un regard circulaire dans la pièce et nota à nouveau la décoration moderne et immaculée qui ne correspondait en rien à ses goûts.

— A quelle fréquence venions-nous ici ? s'enquit-elle.

— A chaque fois que nous en avions besoin. J'ai un bureau dans la maison.

Elle reposa sa tasse de thé, à laquelle elle n'avait pas touché.

— Tu es tellement doué pour éviter de répondre précisément à mes questions.

Il sentit ses mâchoires se contracter légèrement, comme pour contenir son agacement.

— Nous venions souvent passer des vacances ici, et toi, tu y séjournais la plupart des étés.

— Alors, comment se fait-il que je n'aie aucun ami par ici ?

— Ici, ce sont pour la plupart des maisons de vacances, expliqua Porter. Parfois, il nous arrivait de venir ici avec des amis de Tallahassee ou d'autres qui sont actuellement dans leurs propres maisons de vacances. Nous voyagions aussi un peu, en fonction de mes projets professionnels.

— Alors, je me contentais de te suivre au gré de tes chantiers ?

— Tu dis ça comme si tu étais passive… Or, tu es tout le contraire. Tu as travaillé pendant deux ans sur ton master d'histoire de l'art. L'un de tes professeurs avait des liens dans le domaine du conseil, ce qui t'a permis de travailler en *free-lance* pour conseiller des musées ou des individus dans leurs achats d'œuvres d'art. Tu travaillais à distance, puis nous nous rendions sur place pour l'arrivée de l'œuvre.

Elle hocha pensivement la tête. Jamais Porter ne lui en avait autant dit depuis qu'elle était sortie du coma !

— J'ai comme l'impression que nous étions collés l'un à l'autre.

Il posa les coudes sur ses genoux et fixa sa tasse vide.

— Nous essayions de faire un bébé.

Elle se sentit totalement déstabilisée par son aveu. Elle s'était doutée de leurs difficultés, puisqu'ils avaient adopté et n'avaient pas d'autres enfants, mais entendre Porter l'exprimer et discerner la souffrance derrière ses mots lui fit se demander combien de déceptions ils avaient partagées au fil des ans, jusqu'à l'arrivée de Thomas.

Quant à la joie d'avoir enfin un enfant, elle était aujourd'hui obscurcie par le fait qu'Alaina ne parvenait pas à se souvenir des jalons qui avaient ponctué leur relation, des repères qui auraient dû rester gravés dans son esprit — leur rencontre, leur premier baiser, la première fois qu'ils avaient fait l'amour.

— Cela n'a pas marché comme nous le souhaitions, n'est-ce pas ?

Il releva la tête pour croiser son regard.

— Les médecins n'ont pas pu dire si cela venait de toi ou de moi, précisa-t-il en haussant les épaules. Aucun traitement n'a marché sur nous, alors nous avons décidé d'adopter.

Elle sentit son cœur se gonfler d'amour en songeant à son fils.

Thomas… Leur enfant.

— Je suis heureuse que nous l'ayons fait.

— Moi aussi.

L'émotion perceptible dans la voix de Porter l'attendrit comme rien d'autre ne l'avait fait jusqu'alors. Elle vint s'asseoir à côté de lui et leurs épaules se frôlèrent.

Elle se sentit gagnée par une douce sensation de confort… ou d'autre chose ? Prise dans un tourbillon d'émotions, elle avait parfois du mal à les identifier.

— Il est tellement beau, murmura-t-elle. Je déteste ne pas me souvenir de l'instant où j'ai posé les yeux sur lui, du moment où je suis devenue sa mère.

— Tu as pleuré lorsque l'assistante sociale de l'hôpital l'a déposé dans tes bras. Et je n'ai pas honte de dire que j'ai pleuré moi aussi.

Oh, mon Dieu ! Cet homme qui, pas une seule fois, n'avait parlé d'amour, venait, en quelques mots seulement, de la toucher profondément. Et ce fut suffisant pour qu'elle ait envie d'essayer encore plus fort de s'adapter à cette vie dont elle ne se souvenait pas. D'essayer de faire preuve de patience et de laisser les réponses venir toutes seules.

Elle toucha légèrement le coude de Porter, voulant de tout cœur que ce contact lui paraisse familier, cherchant à provoquer une intimité qui leur permettrait de se reconnecter l'un à l'autre.

— Ce n'était pas ainsi que Noël était censé se passer pour nous…, supposa-t-elle.

— Il n'y avait aucun moyen de prévoir cet accident.

Il posa sa main calleuse sur la sienne. C'était encore une autre contradiction chez cet homme qui pouvait payer pour qu'on fasse les choses à sa place, mais choisissait quand même de se retrousser les manches.

— Je ne t'ai jamais demandé comment cela s'était passé, murmura Alaina. Tant de questions se bousculent dans ma tête que j'en oublie de poser celles qui sont essentielles.

— Nous sommes allés chercher Thomas à l'hôpital. Comme nous étions tout près d'ici, nous avions envisagé de rester pour la nuit, mais nous avons finalement choisi de rentrer directement à Tallahassee. Nous étions en route depuis une demi-heure à peine quand nous avons été heurtés de plein fouet par une voiture dont le conducteur était sous l'emprise de l'alcool.

— Nous voulions que notre fils puisse dormir dans sa chambre, à la maison ?

— Oui, en quelque sorte.

— A quoi ressemble sa chambre à Tallahassee ?

— A celle d'ici. La campagne, des animaux de la ferme… Tu voulais que Thomas se sente chez lui partout où il serait. C'est toi, d'ailleurs, qui as peint la décoration murale dans sa chambre.

Elle se souvint d'avoir remarqué la fresque quand elle avait couché Thomas dans son berceau et apprécié la scène champêtre avec ses vaches paissant et sa pleine lune.

— C'est moi qui l'ai peinte ? fit-elle, abasourdie.

Ses yeux s'emplirent de larmes. Enfin quelque chose qui venait d'elle dans cette maison ! Elle avait peint la même fresque dans leurs deux maisons — à moins qu'ils n'en aient davantage ! —, mais ne parvenait pas à s'en souvenir.

Pas plus qu'elle ne se rappelait la joie partagée avec Porter à l'idée d'accueillir leur premier enfant, ou leurs larmes quand ils l'avaient pris pour la première fois dans leurs bras.

Elle était à deux doigts d'éclater en sanglots et de se réfugier contre le torse puissant de Porter.

Aurait-elle un jour l'impression d'appartenir à cette vie ?

- 3 -

Porter se réveilla en sursaut. Toute la nuit, le sommeil n'avait cessé de le fuir. Etait-ce parce qu'il avait dû dormir dans la chambre d'amis ? Non, il y avait souvent dormi depuis que son mariage périclitait. Il savait donc que ce n'était pas la raison pour laquelle il n'avait pu fermer l'œil.

Il s'assit, les draps enroulés autour de la taille, et tendit l'oreille.

Quelqu'un était réveillé… Etait-ce Thomas ?

Il sortit du lit et enfila un pantalon de jogging. Même s'il avait embauché une nounou pour s'occuper de Thomas la nuit, le nouveau père qu'il était ne pouvait s'empêcher d'être en alerte. Au cours des dernières semaines, la crainte du pire l'avait rendu hypervigilant, et ce, vingt-quatre heures sur vingt-quatre.

Il se dirigea vers la chambre de Thomas, bien décidé à laisser la nounou rentrer chez elle et à s'occuper lui-même de son fils. Ces heures pleines de quiétude lui donnaient l'opportunité d'établir un lien avec le bébé.

Il s'arrêta net sur le seuil de la chambre. Ce n'était pas la femme d'âge mûr à la silhouette corpulente qu'il avait embauchée qu'il découvrit, mais sa femme, installée dans le rocking-chair, en train de donner le biberon à Thomas.

— Mon chéri, murmurait-elle. Je suis ta maman. Pour toujours… Comment ne pas aimer un si joli bébé comme toi ? J'aurais voulu que nous passions le mois dernier ensemble, mais cela n'a pas été possible.

Il restait figé, subjugué par la beauté de sa femme.

Elle portait un T-shirt rose qui mettait en valeur la rondeur de ses seins et un short à rayures assorti dévoilant une paire de jambes somptueuses. Comme toutes les nouvelles mères, elle était exclusivement absorbée par son bébé. Sa tête était inclinée vers lui, ses cheveux blonds dissimulant à moitié son visage.

Elle était magnifique et irradiait d'amour pour Thomas. Porter se fit la réflexion que c'était la première fois, depuis qu'elle était sortie du coma, qu'elle paraissait à l'aise. Presque heureuse… Pour être parfaitement honnête, il devait bien admettre qu'elle n'avait pas semblé aussi heureuse depuis des mois.

Il sentit un sentiment de culpabilité le gagner. Il aurait tout donné pour qu'Alaina puisse être aussi heureuse en partageant sa vie.

Elle le méritait tellement.

Car la vie n'avait pas été tendre avec elle… Quand Porter et elle s'étaient rencontrés quatre ans et demi plus tôt, elle venait de quitter un compagnon qui exerçait sur elle de la violence morale. Il contrôlait tous les aspects de sa vie, choisissant qui elle pouvait voir, l'isolant peu à peu des autres… C'était l'une des raisons pour lesquelles Alaina n'avait pas d'amis autour d'elle aujourd'hui. Après cette expérience difficile, elle avait eu du mal à se lier à nouveau. Et c'était sans doute aussi à cause de cela qu'elle luttait autant pour lui faire à nouveau confiance.

Il ne pouvait pas la blâmer.

Cinq ans plus tôt, après sa rupture, elle avait essayé de reprendre sa vie en main, mais son ex-petit ami avait continué à la harceler. Seule une injonction d'éloignement avait permis à Alaina de retrouver une existence normale.

Porter l'admirait terriblement d'être parvenue, malgré tout ce qu'elle avait traversé, à rester ouverte aux autres. Elle avait conservé sa capacité à aimer et à croire en l'être humain.

De nouveau, il se sentit coupable de lui cacher la vérité sur leurs problèmes conjugaux. Mais il craignait tellement de la perdre s'il lui en parlait ! Il ferait tout ce qui était en son pouvoir pour ressouder sa famille. Pourquoi avait-il fallu qu'un terrible accident survienne pour qu'il réalise à quel point sa famille était importante pour lui ? N'aurait-il pas dû s'en rendre compte avant, sans devoir éprouver la peur de tout perdre ?

Sentant une présence, Alaina releva brusquement la tête. Son expression détendue disparut aussitôt.

— Porter ?

Il haussa un sourcil ironique.

— A quoi sert que j'emploie une nounou si tu ne la laisses pas travailler ?

— J'ai déjà perdu un mois de la vie de mon enfant, argua-t-elle. Je veux profiter de lui au maximum.

— Tu ne devrais pas en faire trop.

— Je suis une adulte, je connais mes limites, répliqua-t-elle d'un ton sec. Et toi ?

Thomas se mit à geindre et à se tortiller. Elle le cala alors sur son épaule avec le plus grand naturel et lui tapota doucement le dos tout en se balançant dans le rocking-chair.

Porter eut un petit rire.

— Ah, je retrouve la femme que j'ai épousée ! fit-il remarquer. Oui, je suis accro au travail.

Il lui adressa un sourire en coin.

— Mais tu m'as appris à ralentir le rythme et à aimer l'art.

— C'est joliment dit…

Elle tapota un peu plus énergiquement le dos de Thomas qui continuait à se plaindre en remuant son pied plâtré.

— Donne-le-moi, dit Porter en entrant dans la chambre, les bras tendus.

Contrariée, elle lui tendit néanmoins l'enfant, une lueur irritée dans le regard.

— D'accord, si tu penses pouvoir faire mieux…

— Ne te vexe pas, Alaina, répliqua Porter en massant la petite jambe de Thomas, juste au-dessus du plâtre. Tu ne peux pas savoir mieux que moi ce qu'il faut faire, c'est normal. Nous sommes une équipe, toi et moi, et ensemble, nous y arriverons.

Elle acquiesça en se levant du rocking-chair.

— Je sais, mais c'est difficile pour moi de sentir que je ne peux pas apporter grand-chose pour le moment.

— Tu m'as dit une fois que le mariage, ce n'est pas tout le temps 50/50. Que le balancier va d'un côté, puis de l'autre…

Mentalement, il remonta dans le passé jusqu'au moment où Alaina avec prononcé ces mots.

Elle était tellement en colère ce jour-là. Il était revenu à la maison avec un plâtre au poignet, tout droit sorti des urgences après une chute d'un échafaudage pendant l'inspection d'un chantier. Il s'était cassé le poignet, mais n'avait pas voulu inquiéter Alaina. Elle lui avait alors clairement reproché de ne pas l'avoir appelée. Elle avait voulu prendre soin de lui, mais Porter n'avait eu qu'une idée en tête : se changer et retourner au travail !

Aujourd'hui, il était convaincu d'une chose : jamais plus il ne laisserait son travail interférer avec sa vie de famille.

Il sentit le petit corps de Thomas devenir de plus en plus lourd. Le bébé se rendormit. Plus tard, il expliquerait à Alaina que si Thomas avait pleuré ce n'était pas parce qu'il avait faim, mais parce que son pied le faisait souffrir. Inutile de lui en parler pour le moment, car elle semblait déjà particulièrement susceptible.

— Allons donner le baby-phone à la femme que je paie pour rester éveillée la nuit, dit-il.

— Je ne me sens pas fatiguée, protesta Alaina. Peut-être est-ce parce que je viens de faire une sieste d'un mois !

Il réprima un rire, se réjouissant que sa femme trouve la force de plaisanter malgré l'épreuve qu'elle traversait. Il allongea Thomas dans son berceau et lui caressa la tête avant de mettre en marche le baby-phone.

Tous deux sortirent de la chambre. Porter lui tendit la main.

— Veux-tu que nous allions admirer la vue depuis le balcon ? Les yachts illuminés pour Noël valent le coup d'œil.

— Les yachts ?

Dès le début, elle s'était montrée mal à l'aise avec certains aspects de leur mode de vie pour le moins fortuné. Elle avait grandi dans une famille modeste. Ses parents tenaient une baraque à frites sur la plage en Caroline du Nord. Leur affaire leur permettait de payer les factures, mais pas forcément de s'accorder certains petits plaisirs de la vie.

Comment réagirait-elle quand il lui apprendrait que l'un des yachts amarrés dans la marina leur appartenait ?

— Peu importe, se ravisa-t-il. Tu devrais te reposer, même si tu ne trouves pas le sommeil.

— Je peux parfaitement décider toute seule ce qui est le mieux pour moi, protesta-t-elle, une lueur de colère dans les yeux. Montre-moi les illuminations.

— Tout de suite, acquiesça-t-il en lui tendant à nouveau la main.

Elle la prit, non sans hésitation, sans refermer ses doigts, comme si elle était prête à s'esquiver à tout moment.

Il l'entraîna dans l'escalier qu'ils descendirent guidés par le scintillement de la guirlande enroulée autour de la rampe. Elle gardait le silence, mais il préférait se focaliser sur le fait qu'elle ait accepté de le suivre plutôt que de se retirer dans l'intimité de sa chambre.

C'était bon signe.

Une fois en bas, ils s'arrêtèrent devant le piano à queue noir au-dessus duquel était accrochée l'une des photos préférées de Porter : celle d'Alaina dans sa robe de mariée.

Ses cheveux coiffés en boucles encadraient son visage et tombaient sur le corsage de sa robe en dentelle qui mettait en valeur sa silhouette longiligne. Ce jour-là, elle ressemblait à une princesse… Il avait bien l'intention de continuer à la traiter comme telle, pour qu'elle ait envie de rester une fois qu'elle aurait recouvré la mémoire. Les bons moments qu'ils allaient vivre l'emporteraient sur les mauvais souvenirs du passé. Elle accepterait de pardonner pour aller de l'avant, avec lui et Thomas, et bâtir ensemble leur avenir.

Oui, mais… qu'en serait-il si elle ne recouvrait pas la mémoire ? se demanda-t-il.

Il faudrait tout de même qu'il la convainque de rester.

Pour lui, la famille représentait tout.

Alaina serra sa main tandis qu'ils contemplaient la photo. Il la vit fixer le portrait pendant de longues secondes, sans prononcer une parole. Il ne l'y incita pas et l'entraîna ensuite vers la double porte qui ouvrait sur la terrasse. Celle-ci offrait un point de vue superbe sur l'océan Atlantique.

— Parle-moi de notre mariage, lui demanda-t-elle d'une voix douce.

— Nous avons un album photos quelque part dans la maison. Et des centaines de photos dans l'ordinateur !

— Oui, mais cette photo de moi en mariée ne m'évoque rien. Peut-être que si tu me racontais les choses, je pourrais reconnaître les émotions que j'ai éprouvées.

— Tu crois ?

— Oui… je sais que les hommes ne considèrent pas le jour de leur mariage avec autant d'émotion que les femmes.

Il l'observa un moment. Elle lui lâcha la main et rentra, se dirigeant vers le piano. Elle s'assit sur le banc, dos au clavier, les yeux fixés sur l'océan. Les illuminations de Noël de la marina éclairaient son visage d'une lueur surnaturelle.

Comme elle était belle ! Même quand elle était soucieuse… Porter avait une envie folle de l'attirer dans son lit. Il la désirait autant qu'avant, même s'il s'était préparé à devoir se montrer patient.

— J'étais heureux le jour où nous nous sommes mariés, raconta-t-il calmement.

C'était vrai. En fait, il avait été tellement subjugué par Alaina qu'il aurait pu l'épouser sur-le-champ ! Ils avaient tout de suite essayé d'avoir un enfant. A l'époque, la mère de Porter lui avait conseillé de prendre d'abord le temps de consolider leur relation, mais il n'avait pas prêté attention à cette recommandation.

— Depuis combien de temps nous connaissions-nous ? voulut savoir Alaina.

Ses yeux sondaient le visage de Porter, en quête d'éléments sur le couple qu'ils avaient formé.

— Nous nous sommes rencontrés un an avant notre mariage. Et nous nous sommes fiancés au bout de huit mois.

Elle glissa à l'extrémité du banc et lui fit signe de venir s'asseoir à côté d'elle.

— Pourquoi si vite ?

— Parce que nous nous aimions... Pourquoi attendre davantage ?

— Je n'étais pas enceinte ?

— Non, tu ne l'étais pas. Nous n'avons jamais réussi à concevoir un enfant.

Le destin en avait décidé ainsi. Mais aujourd'hui, Thomas était entré dans leur vie. Ils avaient adopté un enfant qui avait désespérément besoin d'un foyer et de stabilité. Cette démarche avait atténué l'animosité qui s'était développée entre eux. Ils s'étaient mis d'accord pour une trêve temporaire.

Une trêve que Porter comptait bien transformer en engagement permanent.

— Je déteste dépendre de toi pour me souvenir...

Les yeux d'Alaina brillaient de frustration. Une frustration qui, Porter le savait, n'était pas dirigée contre lui.

Il prit délicatement une mèche de cheveux qui barrait le visage d'Alaina et la glissa derrière son oreille.

— Alors, dis-moi comment tu imagines le mariage de tes rêves, et nous en ferons le souvenir commun de nos noces.

Elle sourit.

— Je voudrais me marier dans un musée, ou dans les jardins d'un site historique…

Il hocha la tête en signe d'encouragement.

— Quoi d'autre ?

— J'aimerais porter une robe rétro et je t'imagine, toi, avec un smoking, un queue-de-pie, peut-être… Je rêverais qu'il y ait des brassées de fleurs de couleurs différentes. Des magnolias, des azalées…

Elle laissa échapper un long soupir et se tourna vers lui pour lui faire face.

— Parle-moi de la réception, fit Porter.

— Il y aurait un orchestre pour que les invités puissent danser et un buffet… ça laisse davantage de liberté. J'imagine une tente pour les enfants où des activités leur seraient proposées. Qu'en penses-tu ?

— C'est très proche du mariage que nous avions envisagé.

Il prit sa main dans la sienne et effleura sa paume douce comme de la soie.

— Envisagé ?

Il haussa les épaules.

— Ma mère s'en est mêlée, et nous l'avons laissée prendre la main. Le plus important pour nous n'était pas la cérémonie, mais notre vie ensemble. A vrai dire, je me rappelle surtout combien tu étais belle et à quel point je me sentais béni de t'avoir convaincue d'être ma femme.

D'autres souvenirs affluèrent, qu'il préféra garder pour lui.

Il se souvenait qu'Alaina avait fini par regretter de ne pas avoir insisté pour que leur mariage soit tel qu'ils l'avaient rêvé. De ne pas avoir tenu tête à la mère de Porter et à ses organisateurs de mariage !

Elle se rapprocha de lui et posa la main sur son genou. Il dut se retenir de la prendre dans ses bras. Il avait terriblement envie de l'embrasser, de goûter la saveur de ses lèvres. De se délecter d'elle jusqu'à ce qu'ils cessent de remuer le passé.

— J'aime la façon dont tu décris notre passé, dit-elle. Comme je voudrais m'en souvenir ! Ne serait-ce que d'une infime partie.

Sa voix n'était qu'un murmure, tandis qu'elle continuait de sonder le visage de Porter.

— Tu t'en souviendras un jour.

Elle poussa un long soupir.

— Et si tu te trompais ?

— Ecoute… prenons un jour après l'autre, et faisons confiance à l'avenir. Le mariage n'est pas toujours synonyme de perfection, Alaina. Tu as aussi oublié les disputes et les désaccords. Peut-être ce qui t'arrive est-il un mal pour un bien… Cela te permet de faire table rase du passé et de prendre un nouveau départ.

Elle secoua la tête, mais ne retira pas sa main, continuant de tracer de ses doigts de légers cercles sur son genou.

— L'amnésie est une terrible maladie, pas une sorte de compromis. J'accueillerais avec reconnaissance n'importe quel mauvais souvenir de ces dernières années si cela me permettait d'entrouvrir la porte et d'apercevoir notre vie ensemble.

— Oui, mais… Et si ce souvenir faisait que tu cessais de m'aimer ?

Il désirait avec une telle intensité ce nouveau départ ! Il craignait qu'en se remémorant les événements de l'année passée elle ne décide de faire ses valises et le quitte comme elle en avait eu l'intention avant l'accident.

— Ne le prends pas mal, mais je ne me souviens pas d'être tombée amoureuse de toi.

Il lui fit un clin d'œil malicieux.

— J'imagine qu'il m'appartient alors de t'aider à tomber de nouveau amoureuse de moi.

Elle ne lui rendit pas son sourire, continuant de le fixer avec intensité.

— M'aimes-tu toujours ? s'enquit-elle.

— Bien sûr que je t'aime, répondit-il automatiquement, car c'était ce qu'elle avait envie d'entendre.

Dans son regard, il sut que, malgré l'amnésie, elle percevait la vérité. Le problème n'était pas de s'aimer ou de ne pas s'aimer. Après tout, ils ne s'étaient pas exprimé ce genre de sentiments depuis plus d'un an. Cette deuxième chance qui leur était offerte, c'était celle de construire enfin la famille dont il avait toujours rêvé.

Appuyée au montant de la porte du bureau de Porter, Alaina mit à profit ce moment pour observer son mari sans être vue. Un peu comme lui-même l'avait fait, la nuit précédente, sur le seuil de la chambre d'enfant. Elle avait été émue par la façon dont il l'avait regardée, comme s'il lui faisait passer par le regard l'amour qu'il n'exprimait pas en paroles.

Elle ne parvenait pas à définir pourquoi il était si important pour elle d'entendre Porter lui dire son amour, alors qu'elle-même ne savait pas ce qu'elle ressentait pour lui. Alors qu'elle ne se souvenait même pas de l'avoir rencontré, être tombée amoureuse de lui et l'avoir épousé…

Certains hommes n'étaient pas très démonstratifs, elle le savait. Qu'en était-il de Porter ?

Elle l'observait, cherchant des indices, pendant qu'il travaillait sur son ordinateur. Il était vêtu d'un jean et d'un polo décontractés. Seule sa montre donnait une indication de son niveau de vie. C'était une facette de Porter qu'elle affectionnait : en le croisant dans la rue, impossible de deviner qu'il possédait toutes ces maisons… avec des penderies aussi grandes que certains appartements !

Il portait des lunettes à l'épaisse monture noire. C'était la première fois qu'elle le voyait avec. Il y avait tant de choses sur lui qu'elle ignorait, elle avait tant à apprendre… Et loin de se dire qu'elle avait tout son temps, elle ressentait une réelle urgence à réinvestir sa vie, surtout pour le bien de Thomas.

Voir son fils dormir à poings fermés dans son couffin, à côté du fauteuil en cuir de Porter, la touchait profondément. Qu'il veille ainsi sur son fils tout en travaillant en disait long sur son désir d'être un bon père.

Elle aurait voulu pouvoir accepter tout simplement le fait qu'elle avait une belle vie. Elle aurait voulu cesser de s'inquiéter au sujet d'un passé qu'elle ne se rappelait pas. Mais elle ne parvenait pas à se départir d'un certain sentiment de malaise.

Se sentant observé, Porter releva les yeux et remonta ses lunettes sur le sommet de son crâne.

— Alaina, fit-il avec douceur en se calant dans son fauteuil. Thomas dort. J'ai la situation bien en main. Pourquoi n'en profites-tu pas pour te détendre ? Va te balader sur la plage. Lis un peu…

Ou reste avec moi, compléta-t-elle mentalement. Combien de temps encore pourrait-elle résister ?

— D'accord… J'aurai mon portable avec moi. N'hésite pas à m'appeler si tu as besoin que je revienne m'en occuper. Je veux être auprès de lui quand il sera réveillé.

Elle avait déjà tellement manqué du début de sa vie. Rien que d'y penser, elle était au bord des larmes. Ses émotions oscillaient entre le désir qu'elle éprouvait pour son étranger de mari et le chagrin à l'idée de tout ce qu'elle avait perdu. Elle devait se ressaisir si elle ne voulait pas s'effondrer.

Peut-être Porter avait-il raison. Elle devrait prendre du temps pour elle. D'un pas décidé, elle gagna la cuisine où elle se prépara un thé et des toasts qu'elle dégusta tout en se remémorant les événements des dernières vingt-quatre heures.

Cela avait été un véritable tourbillon !

Inspectant la cuisine, elle ne put s'empêcher de penser qu'elle semblait tout droit sortie d'un catalogue d'ameublement. Les appareils en acier inoxydable étaient rutilants, mais l'ensemble paraissait… artificiel.

Etait-elle devenue, au cours des cinq dernières années, le genre de femme à apprécier ce type d'intérieur ? Cet environnement lui paraissait très loin d'elle.

Désireuse de trouver des réponses, elle entreprit d'explorer davantage cette maison qui était censée être la sienne et celle de Porter. Le reste était à l'image de la cuisine. Tout était parfaitement aménagé, net et sans âme. Nulle part, elle ne trouvait trace de son tempérament artistique.

Elle songea au dernier appartement dont elle se souvenait, celui dans lequel elle avait vécu cinq ans plus tôt. C'était un appartement modeste, mais au-dessus de son lit, elle avait accroché une peinture style Renaissance représentant une tragédie grecque. Il n'y avait pas un seul tableau de ce style dans cette maison. Porter détestait-il l'art Renaissance ? Avait-elle renoncé à ses goûts pour lui plaire ? Devait-elle tenter de changer les choses aujourd'hui ?

Le tumulte de ses pensées fut interrompu quand, au pied de l'escalier, elle faillit heurter sa belle-mère.

Courtney avait relevé ses cheveux en un élégant chignon. Sa jupe verte bruissa tandis qu'elle faisait un pas de côté pour éviter Alaina, et ses escarpins Jimmy Choo cliquetèrent sur le carrelage.

Imperturbable, la mère de Porter esquissa un geste de sa main aux ongles parfaitement manucurés.

— Venez avec moi… j'ai envie d'un café. A moins que vous ne préfériez rester seule.

— Bien sûr que non.

Alaina estimait passer suffisamment de temps avec, pour seule compagnie, ses pensées embrouillées et une tonne de questions sans réponses !

— Je serais ravie que vous me fassiez visiter…

Sa belle-mère lui lança un regard de biais.

— Ne vous sentez pas obligée, si vous n'en avez pas envie, lui dit-elle.

— Au contraire ! Je suis ravie d'avoir cette chance de faire connaissance. Vous êtes la mère de Porter.

Elle offrit son bras à Courtney. Il était temps qu'elle fasse connaissance avec sa famille. S'entendait-elle bien avec sa belle-mère ? se demanda-t-elle.

Courtney noua son bras au sien sans rechigner.

— Je suis aussi votre belle-mère. Et la grand-mère de Thomas. Je suis ici pour vous aider, autant que je le peux. Non que vous sembliez en avoir besoin… Vous êtes très bien avec Thomas.

Vraiment ? s'étonna Alaina. Elle l'espérait du plus profond de son cœur.

— Je ne connais rien aux bébés, soupira-t-elle.

— Avant votre mariage, peut-être pas, mais depuis, vous avez beaucoup appris. Vous étiez bénévole en réanimation néonatale trois fois par semaine. Vous vous occupiez des prématurés… et parliez à ceux qui étaient trop petits pour être pris dans les bras.

Sa belle-mère l'entraînait à nouveau vers la cuisine. Et vers le bureau de Porter.

— Ah, vraiment ?

Un nouvel élément à ajouter à ceux qu'elle apprenait sur sa vie passée : des expositions d'œuvres d'art, un diplôme de troisième cycle, des bébés prématurés… De toute évidence, sa vie était bien remplie.

— C'était dur pour vous de ne pas pouvoir avoir d'enfants, alors que vous y teniez tellement, fit Courtney en lui tapotant affectueusement la main.

Une certaine quiétude s'était installée entre elles. Comme une sorte de compréhension mutuelle.

— Et Porter ? demanda Alaina. Voulait-il aussi des enfants ?

— Bien sûr ! Vous avez vu comment il s'occupe de Thomas ?

Alaina revit Porter en train de masser la jambe douloureuse de leur fils. Il prenait son rôle de père très au sérieux, ce qu'elle trouvait incroyablement émouvant.

— Qui a eu l'idée d'adopter ?

Sa belle-mère marqua un instant d'hésitation.

— Vous feriez mieux de lui poser directement la question.

Alaina haussa un sourcil interrogateur. Courtney ignorait-elle la réponse, ou bien y avait-il eu une mésentente à ce sujet au sein du couple ?

— Je suis tellement lasse de lui poser sans cesse des questions sur les moindres détails de notre vie commune… J'espérais que vous pourriez m'aider à combler certains vides.

— Je suis navrée que vous souffriez d'amnésie, ma chère.

Courtney serra la main d'Alaina dans la sienne. Sa peau était incroyablement douce.

— Cela doit être extrêmement frustrant, reprit-elle, mais peut-être devriez-vous vous focaliser sur les bonnes choses, comme votre enfant, votre mariage, votre maison… Tout le monde n'a pas ça.

L'attitude de Courtney à son égard était assez ambivalente. A certains moments, Alaina était persuadée que sa belle-mère ne l'appréciait pas beaucoup, et l'instant d'après, celle-ci semblait vouloir lui offrir un réconfort sincère.

Alaina avait l'impression d'être perdue dans un labyrinthe.

— Je comprends, et je vous suis reconnaissante d'essayer de m'aider.

Elles étaient parvenues devant la porte du bureau de Porter. Alaina examina les photos encadrées qui ornaient les murs du couloir. Pas une seule ne la représentait aux côtés de sa belle-mère.

Alaina jeta un coup d'œil à Courtney, avant de se décider à lui poser la question qui lui trottait dans la tête.

— Est-ce que nous nous appréciions, vous et moi ?

Sa belle-mère arqua un sourcil, une légère expression ironique sur le visage.

— Honnêtement ? Pas beaucoup. Nous n'avons pas grand-chose en commun.

Alaina eut l'impression que c'était la première fois, depuis qu'elle était sortie du coma, qu'elle obtenait une réponse honnête de quelqu'un.

— Je crois que je vous aime bien maintenant, murmura-t-elle.

— C'est probablement parce que vous ne vous sentez pas mariée à mon fils.

Alaina se sentit piquée au vif. Pensivement, elle fit tourner son alliance autour de son doigt.

— Peut-être est-ce aussi parce que vous ne me voyez plus comme l'épouse de Porter.

— Peut-être.

Courtney eut un geste impatient de la main.

— J'ai fait des erreurs, et vous aussi. Nous avons la chance de pouvoir repartir de zéro.

Que de nouveaux départs ! songea Alaina. Si seulement elle pouvait savoir dans combien de temps ses souvenirs lui reviendraient. S'ils revenaient un jour…

Quoi qu'il en soit, Alaina n'avait pour l'heure pas d'autre choix que d'aller de l'avant.

— Dites-moi, Courtney... Si je recouvre la mémoire, j'en viendrai de nouveau à ne pas vous apprécier ?

Et si la mémoire lui revenait, que penserait-elle de son mariage ? Une autre question qu'elle ne pouvait se résoudre à poser...

— Je pense que nous avons trouvé un terrain d'entente et que nous nous y tiendrons, malgré ce que vous pourrez vous rappeler par la suite.

— Tant mieux. J'ai vraiment besoin d'avoir une amie en qui je puisse avoir confiance.

Alaina était sincère. Quoi qu'il y ait pu y avoir entre elles par le passé, cela n'avait plus d'importance aujourd'hui.

Elle n'était plus celle qu'elle avait été. Même si sa sortie du coma était récente, l'accident et l'amnésie l'avaient irrémédiablement changée.

— Alors ? Pouvons-nous être amies ?

— Amies... oui, ça me plaît. Pas d'histoire de mère et de fille. Je ne suis pas votre mère. J'ai déjà assez de problèmes à m'habituer à être grand-mère ! Et autant que je sois claire avec vous : je ne change pas les couches ! En revanche, je suis parfaite pour surveiller un bébé qui dort et j'adore faire des courses de Noël.

Courtney ponctua ses propos d'un clin d'œil malicieux.

— Je ne me sens pas vraiment prête à faire des courses de Noël, s'exclama Alaina.

Elle était terrorisée par la perspective de sortir en ville. S'aventurer dans les magasins en cette période de Noël ? Non, c'était vraiment trop effrayant.

— C’est la raison pour laquelle nous allons faire des achats sur Internet ! renchérit Courtney. Plus tard, bien sûr… Quand vous aurez un peu repris pied.

Courtney s’arrêta devant la porte ouverte du bureau de son fils à laquelle elle frappa doucement jusqu’à ce que Porter lève les yeux.

— Puisque Thomas dort, je vais prendre le relais pour le surveiller, annonça Courtney. Mon fils, occupe-toi donc de ta femme et refais-lui la cour !

- 4 -

Porter regarda sa mère s'éloigner avec le couffin et fut étonné de l'entendre chantonner. Il était surpris qu'elle prenne son rôle de grand-mère autant à cœur, mais, fataliste, il songeait qu'il n'y avait plus grand-chose de prévisible dans sa vie.

Sondant le visage d'Alaina, il perçut la tension dans sa mâchoire. Les sourcils froncés, elle gardait les bras croisés sur son ventre. Malgré le sourire qu'elle lui adressa, il sentit qu'elle n'était toujours pas très à l'aise en sa présence. Elle paraissait même sur le point de prendre la fuite, ce qu'il était résolu à éviter.

Il prit le temps de la contempler et de se réjouir de sa présence ici, vivante… vibrante.

Elle avait relevé ses cheveux en un chignon négligé dont s'échappaient des mèches qui encadraient son visage fin. Ses seins étaient moulés dans sa robe blanche, et il sentit son regard irrémédiablement attiré, se rappelant leur douceur. Il sentait la passion couver entre eux, et il était certain que s'il s'y prenait bien elle pourrait être ravivée. Ses mains brûlaient du désir d'épouser les courbes de son corps. Il voulait presser sa bouche sur ses genoux et se frayer un chemin sous sa jupe.

Elle ressemblait à Clara, dans *Casse-Noisette*, qui s'enfuit avec le prince. Mais pourrait-il être à nouveau ce prince ? Pourrait-il la séduire et lui faire comprendre à quel point ce qu'il y avait entre eux était merveilleux ?

Certes, au fil des années, la réalité qu'aucun des deux n'avait anticipée avait contribué à émousser le désir entre eux. A nouveau, il la contempla avec émotion.

Il se rappelait cette robe. Elle la portait deux ans plus tôt, pendant leurs vacances à St Augustine. Au départ, ils n'étaient censés rester là-bas qu'une seule nuit, après un vernissage, mais il avait décidé de lui faire une surprise. Il avait réservé pour le week-end entier le charmant *bed and breakfast* dans lequel ils étaient descendus. Ils avaient ainsi passé le week-end à rire et à boire du vin. C'était un temps où les choses étaient plus simples. L'époque où des étincelles jaillissaient encore entre eux.

Mais elles pourraient rejaillir de nouveau !

Il refusait de se résoudre au contraire.

— Ne laisse pas ma mère t'embêter ou te mettre la pression par rapport à notre couple, dit-il.

— Je te souhaite bon courage pour faire la cour à une jeune mère amnésique, ironisa-t-elle.

— Serait-ce un défi que tu me lances ?

Il adorait les défis.

— D'accord, fit-elle en ouvrant grand les bras. Fais de ton mieux.

— Vraiment ? Tu veux que je te fasse tourner la tête ?

— Bien sûr ! Quelle femme ne voudrait pas qu'on lui fasse tourner la tête ?

En souriant, elle se mit à tournoyer sur elle-même. Le tissu de sa robe vint se coller à ses cuisses.

Comme elle était sexy !

— Je relève le défi.

Elle cessa de tourner.

— Eh, attends un peu ! Il ne doit pas s'agir d'un jeu.

— Crois-moi, je comprends parfaitement ce que tu veux dire.

Il s'approcha et posa les mains sur ses épaules.

— Détends-toi, j'ai la situation bien en main. Laisse-moi te dorloter pendant que toi, tu te concentreras uniquement sur ta convalescence.

— Tu as raison. Le mieux que je puisse faire est de recouvrer la mémoire, pour que nous puissions aller de l'avant, plutôt que de rester ici et t'obliger à travailler dans cette maison de vacances.

Elle jeta un coup d'œil anxieux par la fenêtre.

— Je pense sincèrement qu'il est trop tôt pour que nous fassions une sortie dans le monde, murmura-t-elle.

Il comprenait. Il devait faire preuve de patience et de subtilité, sans pour autant perdre de temps. En effet, ils ne pouvaient se terrer ici indéfiniment, et la mémoire d'Alaina ne tarderait pas à revenir par bribes.

Il était temps d'agir.

— Je suis d'accord avec toi. J'ai une idée, mais il me faut une petite demi-heure pour m'organiser. Il y a un hamac sur la plage… Je t'y retrouverai.

Elle esquissa un sourire plein d'espoir.

— C'est parfait, murmura-t-elle.

Inspirant à pleins poumons l'air marin, elle se balançait dans le hamac fixé entre deux gros palmiers dont les feuilles bruissaient au-dessus de sa tête.

Porter pouvait-il vraiment l'aider à apaiser ses peurs ? Retrouverait-elle la mémoire simplement en passant du bon temps avec l'homme qu'elle avait épousé ? Elle voulait désespérément le croire. Somme toute, cela ne faisait qu'une petite semaine qu'elle était sortie du coma.

Et pourtant, à chaque heure qui passait sans qu'elle ait réalisé le moindre progrès, son anxiété s'accentuait. Elle avait terriblement besoin de réponses et continuait à espérer que se retrouver dans son environnement familier stimulerait sa mémoire et libérerait les souvenirs piégés quelque part dans son cerveau.

Observant le port au loin, elle tenta de se figurer la personne qu'elle était devenue : une femme de vingt-huit ans, mariée à un homme suffisamment riche pour côtoyer les familles les plus fortunées, à en juger par la taille des yachts qu'elle avait sous les yeux.

Etait-elle déjà montée sur l'un d'entre eux ? Evoluait-elle avec aisance dans ce monde de luxe ? Sachant ce que sa vie avait été par le passé, elle avait du mal à le croire…

Le cours de sa réflexion fut interrompu lorsqu'elle aperçut une femme très bronzée qui se dirigeait droit sur elle. Alaina jugea qu'elle avait probablement dix ans de plus qu'elle. Peut-être plus… Quoique… tout était question de perspective, car elle avait toujours l'impression de regarder le monde à travers les yeux d'une personne de vingt-trois ans.

La jeune femme marchait d'un pas décidé, ses longs cheveux bruns flottant sous un immense chapeau souple. De grosses lunettes de soleil dissimulaient ses yeux et une grande partie de son visage. Les pans de sa robe chamarrée s'ouvraient sous les assauts du vent.

Alaina se redressa. D'un côté, elle était heureuse de pouvoir discuter avec quelqu'un, mais de l'autre, elle se sentait nerveuse. Il était trop tôt, pensait-elle. Et si cette femme lui posait une question à laquelle elle était incapable de répondre ?

Courage, s'intima-t-elle. Ne venait-elle pas de se dire qu'il lui fallait aller de l'avant ? Se montrer forte, ne serait-ce que pour Thomas. Mais aussi pour Porter.

La jeune femme se précipita sur elle et la serra dans ses bras avant de s'écarter, les deux mains sur la poitrine.

— Oh ! mon Dieu, Alaina, je me disais bien que c'était toi ! s'écria-t-elle. L'espace d'une seconde, j'ai failli oublier que tu ne pouvais pas te souvenir de moi. Je suis Sage Harding, ta voisine. Enfin, j'aime à penser que nous sommes amies, même si nous ne nous voyons que deux ou trois fois par an, à l'occasion des vacances.

Deux ou trois fois par an ? s'étonna Alaina. Porter ne lui avait-il pas dit qu'ils venaient souvent ici ? Peut-être était-ce Sage qui ne venait que deux ou trois fois par an.

Porter n'avait aucune raison de lui mentir ! Elle ne comprenait pas pourquoi elle envisageait toujours le pire le concernant, pourquoi elle se montrait soupçonneuse, à douter de tout ce qu'il lui disait.

Ils étaient mariés. C'était la meilleure raison de lui faire confiance. Et ils avaient adopté un enfant ensemble !

En outre, ils avaient une belle vie. Pourquoi ne parvenait-elle pas à accepter cette réalité ?

— Merci de venir me parler, Sage. Cela m'aide à ne pas me sentir malade.

— Tu dois prendre le temps de te rétablir, déclara Sage en s'asseyant dans un fauteuil en cèdre blanc. Tu as eu un accident de voiture !

— Mon cerveau comprend certaines choses, mais j'ai du mal à me fier à lui ces derniers temps, fit Alaina en levant les yeux au ciel. Bref, assez parlé de mes problèmes médicaux. Parle-moi de toi. D'où viens-tu ? Es-tu ici avec ta famille ? Comment sommes-nous devenues amies ?

— Eh bien, que de questions ! s'exclama Sage en levant une main aux ongles vernis de vert vif. Je suis de Washington D.C. Mon mari siège à la Chambre des représentants, et nous gardons cette maison pour rester résidants en Floride. Nos deux enfants sont en internat. Enfin, toi et moi nous sommes rencontrées à l'occasion d'une collecte de fonds organisée dans une galerie d'art à l'intention des sans-abri.

Alaina hocha la tête. Une galerie d'art… Cela collait avec ce que Porter lui avait raconté.

— Qu'aimes-tu, en art ? demanda-t-elle à Sage.

— Oh, je n'y connais rien ! répondit cette dernière avec un geste nonchalant de la main. J'étais là pour les petits-fours, le champagne et les célébrités. Et aussi pour aider les sans-abri, bien sûr ! J'aime m'engager pour des causes. C'est un moyen très gratifiant d'occuper mon temps.

— C'est bien, approuva Alaina.

Elle ne savait trop que dire de plus à cette femme à la sincérité rafraîchissante, mais déconcertante.

Les coudes sur les genoux, Sage se pencha vers elle.

— Est-ce que tu vas vraiment bien ? s'enquit-elle. Je me suis tellement inquiétée. Dès que j'ai appris l'accident, je me suis précipitée à l'hôpital, mais tu ne pouvais pas recevoir de visites. Je me suis donc contentée de laisser des fleurs. Je voulais organiser une fête pour l'arrivée de ton bébé, mais cela serait un peu étrange maintenant, n'est-ce pas ? Peut-être vaudrait-il mieux attendre que la mémoire te revienne.

— Je crois que c'est mieux, en effet. J'ai besoin de me reposer.

— Oh oui, bien sûr ! Je ne voulais pas te déranger. J'étais juste tellement contente de te voir ! Et puis je voulais m'assurer que tout allait bien entre Porter et toi.

Ces propos recelaient un sous-entendu auquel Alaina choisit de ne pas prêter attention.

— Nous nous adaptons petit à petit à notre rôle de parents.

— Comment va le pied de ton bébé ?

— En bonne voie de guérison.

— Ah, tant mieux !

Sage baissa les yeux vers ses ongles de pieds, du même vert criard que ceux de ses mains.

— Je n'étais pas sûre que tu reviendrais cette année, après… euh… ton visiteur de Noël dernier.

Alaina s'efforça de ne pas broncher. Elle ne voulait surtout pas montrer son trouble ni questionner une parfaite inconnue.

— Merci de t'être arrêtée.

— Désolée, je n'aurais pas dû aborder ce sujet, s'excusa Sage. J'ai pensé que peut-être… il avait essayé de te contacter, et je voulais m'assurer que tu savais… Mes intentions étaient bonnes.

Elle se leva et ôta le sable qui collait à ses jambes.

— Je te prie de m'excuser, ajouta-t-elle.

— Excuses acceptées. Je comprends qu'il soit difficile de savoir quelle attitude adopter en présence de quelqu'un qui souffre d'amnésie.

Alaina se leva à son tour et aperçut Porter en train de descendre le chemin qui menait à la plage, un panier pique-nique et une glacière dans les mains.

— Voici mon mari.

Sage fit la grimace.

— Alors, il est temps que je m'esquive !

— Joyeux Noël à toi et à ta famille.

— A toi aussi, ma belle, dit Sage en serrant rapidement la main d'Alaina. Profite bien de la première visite du Père Noël à ton bébé.

Le Père Noël ? songea Alaina avec incrédulité.

Mais oui ! Elle aurait dû se concentrer sur le premier Noël de Thomas ! Faire ce que font toutes les familles : acheter des jouets ou bien confectionner des cookies de Noël. Du plus loin que remontaient ses souvenirs, elle avait toujours vu sa mère faire des cookies de Noël.

Porter et elle accordaient-ils de l'attention aux traditions ? C'était difficile à deviner dans un environnement aussi neutre et froid ! Si la situation était normale, Porter et elle seraient en cet instant même en train de faire la queue dans un magasin de jouets pour dénicher de quoi gâter leur enfant.

A cette pensée, un soupçon d'anxiété lui étreignit la poitrine. L'idée de se mêler à une foule lui semblait néanmoins moins inquiétante que la dernière fois qu'elle y avait songé.

Porter n'était plus qu'à quelques mètres d'elle, et déjà, à le voir, elle sentait les battements de son cœur s'accélérer. Elle s'autorisa à l'observer en détail pendant qu'il approchait. Ses larges épaules et son torse puissant laissaient supposer de beaux muscles sous sa chemise bleue décontractée. Sa mâchoire semblait comme sculptée dans du marbre. Un peu comme ces statues qu'Alaina possédait dans son ancien appartement.

Alors que les traits de son visage étaient durs, son sourire le rendait accessible. Compréhensif. Affectueux même. Etait-ce ce qu'elle avait vu chez lui au premier regard ?

Elle avait envie de l'embrasser. De savoir ce qu'elle ressentait lorsqu'ils faisaient l'amour ensemble. Dans la douche… ou dans les dizaines d'endroits où ses fantasmes les imaginaient.

A moins qu'il ne s'agisse de souvenirs. Comment savoir ? Il y avait eu entre eux une connexion physique indéniable dès l'instant où elle avait posé les yeux sur lui à l'hôpital. Depuis lors, cette sorte d'alchimie avait été présente dans tous leurs échanges, et l'amnésie n'y changeait rien.

Comment avait-elle pu regarder un autre homme, comme Sage l'avait laissé entendre, de façon assez peu subtile ? s'interrogeait-elle.

Plus d'une fois, elle s'était demandé si Porter lui cachait quelque chose. Cependant, jamais elle n'avait envisagé qu'il puisse chercher à lui dissimuler… sa propre faute !

Les yeux protégés par des lunettes de soleil, Porter dévala en courant le sentier qui menait à la plage, soulevant un nuage de sable sur son passage.

Il s'était attendu à trouver sa femme endormie dans le hamac, et non en pleine discussion avec leur commère de voisine. Il avait pourtant demandé à l'une de ses employées de vérifier que les Harding ne seraient pas là pour Noël ! De toute évidence, l'information qu'on lui avait transmise était erronée.

Sage Harding lui adressa un geste de la main avant de chausser ses lunettes de soleil et de s'éloigner d'un pas nonchalant vers sa maison sur pilotis d'un blanc immaculé.

Entre sa mère et Sage Harding, Porter avait du souci à se faire, car il continuait de vouloir cacher à sa femme des pans de leur passé. Certes, il n'en était pas fier, mais les médecins eux-mêmes étaient d'avis qu'il était préférable de laisser les souvenirs revenir d'eux-mêmes.

Quand elle était dans le coma, les examens pratiqués sur elle avaient révélé l'absence de lésion cérébrale. Or, le coma avait persisté. Le médecin avait alors expliqué que son cerveau cherchait peut-être à la protéger d'une vérité qu'elle n'était pas prête à gérer. Peut-être ne voulait-elle pas se souvenir à quel point ils avaient été proches de signer les documents du divorce. Peut-être désirait-elle autant que lui une seconde chance de créer une famille.

Il accéléra le pas. A la façon dont Alaina penchait la tête et l'observait de la tête aux pieds, il devina qu'elle était en proie à des questionnements. Et à une grande curiosité vis-à-vis de lui. Une curiosité à laquelle il avait très envie de répondre.

Le temps était compté, car bientôt la période des fêtes serait passée, et il leur faudrait rentrer chez eux. Elle découvrirait alors tout ce qu'il cherchait à lui cacher, et la situation deviendrait vite incontrôlable.

Il posa le panier pique-nique et la glacière dans le fauteuil en bois, pour que le seul siège libre soit celui à côté de sa femme.

— Tu devrais éviter Sage Harding, dit-il sans préambule.

— Sage ?

Elle se redressa dans le hamac.

— Pourquoi devrais-je l'éviter ?

— Parce qu'elle n'est pas aussi honnête qu'elle le prétend. Elle entretient des amitiés avec des personnes aisées, afin de trouver des fonds pour la campagne de son mari dans la course au Sénat. Pour le dire autrement, elle se sert des gens !

Elle hocha lentement la tête, un peu dubitative.

— D'accord, fit-elle. C'est triste de constater que certaines personnes utilisent ainsi les autres.

— Tu ne sembles pas très convaincue par ce que je dis d'elle.

Elle secoua la tête.

— Non, ce n'est pas ça… Mais parfois, on peut avoir des opinions différentes sur les gens.

C'était une réponse tout à fait diplomate, mais qui rappela à Porter qu'il lui fallait s'efforcer de regagner sa confiance.

— Tu as raison… il t'appartient de te forger ton opinion. Promets-moi simplement de te montrer prudente avec elle.

— Je le serai. Peut-être étais-je contente de découvrir que j'avais une amie — c'est ainsi qu'elle s'est présentée. Je me sens tellement isolée.

— Tu m'as demandé des numéros de téléphone d'anciens amis que tu pourrais appeler. Voici.

Il lui tendit un morceau de papier sur lequel étaient griffonnés des noms et des numéros de téléphone. Il espérait que cette petite attention la toucherait et lui montrerait qu'il se sentait impliqué dans son rétablissement.

— Pourquoi d'anciens amis ? Nous ne le sommes donc plus ?

— Tu as quitté la Caroline du Nord il y a longtemps. Certains de tes amis se sont mariés et ont changé de région eux aussi.

Il haussa les épaules.

— Les gens se perdent de vue au fil des ans. C'est la vie…

— Cela n'a guère d'importance de toute façon… Ces gens ne savent de ma vie que ce dont je me souviens déjà. Ils n'auront pas grand-chose à m'apprendre sur les cinq dernières années.

Elle ne pouvait réprimer la frustration terrible qu'elle ressentait.

— Peut-être pourront-ils tout de même te donner quelques pistes. J'essaie de t'aider, Alaina.

— Parce que moi, je n'essaie pas ? répliqua-t-elle sèchement. C'est tellement difficile de ne même pas me rappeler notre rencontre, et d'essayer malgré tout d'être une épouse et une mère dans un monde qui m'est totalement étranger !

Cette sortie ne prenait pas du tout la tournure que Porter avait espérée. La dernière chose qu'il souhaitait était qu'Alaina se sente encore plus seule.

— Je suis navré. Je sais que c'est infiniment plus difficile pour toi, et je ne veux que t'aider.

Il lui caressa les cheveux, puis posa la main sur son épaule.

— Je ne cherchais vraiment pas à te contrarier, reprit-il. Pouvons-nous oublier ça ? J'ai commandé un brunch. Tu as à peine touché à ton petit déjeuner… D'accord ?

— Oui, Porter, si tu veux. Je suis désolée de m'être énervée. Je comprends que c'est dur pour toi aussi, et je me rends compte que tu essaies de me faciliter les choses.

Elle pressa ses tempes de ses doigts, comme pour chasser une migraine.

— Est-ce que nous nous disputions souvent comme ça ? demanda-t-elle.

Il hésita. Il devait avancer prudemment. En fait, il n'avait pas la moindre idée de la façon dont il devait répondre à cette question cruciale.

Pour gagner du temps, il fouilla dans le panier et en sortit un gros pain, du brie et des crackers aux herbes. Puis des fruits frais pelés et découpés en morceaux, ainsi que des noisettes enrobées de chocolat noir. Tout ce qu'elle aimait. A l'époque où tout allait bien entre eux, les brunchs sur la plage étaient devenus un rituel. C'était ainsi qu'ils avaient passé leur premier rendez-vous.

— Nous avions parfois des mots, et oui, nous nous disputions aussi.

Il eut le courage de la regarder par-dessus les verres de ses lunettes de soleil.

— Mais nos réconciliations étaient mémorables, nuança-t-il en lui tendant une noisette au chocolat.

Elle l'observa pensivement pendant plusieurs secondes, puis ses épaules se relâchèrent. Elle prit alors la gourmandise avec un sourire espiègle. Ses yeux scintillaient comme la surface de l'océan réfléchissant les rayons du soleil.

— Cela ne doit pas être très sexy de draguer une femme qui vient de sortir du coma.

— Pourquoi ? fit-il en prenant son visage dans ses mains. Tu es très belle.

Elle ne se déroba pas à sa caresse.

— Je suis épuisée et blafarde.

— C'est donc l'endroit idéal pour que tu prennes du repos.

Il coupa un morceau de brie et le lui déposa dans la bouche.

— Allez, mange un peu, reprit-il. Il faut que tu reprennes du poids.

Elle mangea avant de dire :

— Etait-ce une critique ?

— Je viens de te le dire… Tu es et as toujours été magnifique à mes yeux.

De son pouce, il effleura sa lèvre inférieure.

— Et je suis plus que disposé à mettre en pratique nos compétences en réconciliation dès que tu t'en sentiras prête.

Elle mordilla le bout de son pouce, et des sensations exquises se propagèrent dans tout son corps.

— Porter, je mentirais en disant que je ne suis pas tentée.

Elle déposa un baiser au creux de sa paume, avant de l'écarter.

— Cependant, reprit-elle, tu n'as pas tort sur le fait que je manque d'énergie et que je dois recharger mes batteries. Tu as eu raison aussi de me conseiller de décompresser, car mes émotions jouent au grand huit sans crier gare. Il faut donc que tu te montres patient.

— Me voilà piégé par mes propres paroles, railla-t-il.

— Nous devrions rentrer, reprit-elle. Le bébé…

— Le bébé dort ! Ma mère le surveille, et la nounou n'est pas loin, car jamais je ne confierais mon fils à la seule garde de ma mère.

— C'est triste…

— Je plaisante.

— Vraiment ? Moi je ne trouve pas ça drôle. Est-ce la raison pour laquelle tu as embauché une nounou ? Parce que tu ne me fais pas confiance ?

Il sentit que la contrariété la gagnait à nouveau.

— J'ai parfaitement confiance en toi pour t'occuper de notre fils. Rassure-toi… J'ai seulement à cœur que tu te reposes.

Ils avaient besoin d'une aide extérieure le temps qu'ils reprennent leur routine quotidienne. Car il en était sûr : leur vie reprendrait son cours normal.

— Tu es à bout de nerfs toi aussi.

Il se frotta la nuque sans répondre. Et sans regarder Alaina.

Lentement, elle effleura ses épaules, puis ses doigts décrivirent des cercles dans son dos, rallumant son désir. Elle s'approcha ; leurs visages se touchaient presque.

— La présence de ta mère te stresse, n'est-ce pas ? demanda-t-elle d'une voix pleine de sollicitude.

A son tour, il tendit la main vers elle et caressa sa joue. Elle appuya la tête contre sa main et expira, son souffle chaud et humide chatouillant la peau de Porter.

Comme il la désirait !

— C'est fou, Alaina… Tu as toujours su lire en moi. Et ce, depuis le début.

Incapable de résister plus longtemps au désir qu'il avait de renouer avec sa femme, il se pencha pour l'embrasser.

- 5 -

Les lèvres chaudes de Porter firent à Alaina l'effet d'un choc, attisant son désir. Il glissa les doigts dans ses cheveux, tandis qu'elle se pressait contre son torse musclé, avec la sensation que son corps était en fusion.

Ils approfondirent leur baiser, tout en commençant à explorer le corps de l'autre. Elle sentait un désir puissant monter en elle, tandis qu'elle goûtait la saveur exquise de la langue de Porter.

Elle agrippa le tissu fin de sa chemise. Tout chez cet homme l'attirait, que ce soit la façon dont il la regardait, sa faculté à la faire sourire ou encore l'attention qu'il portait à leur enfant. En cet instant, elle concevait sans peine comment elle avait pu tomber amoureuse de lui et l'épouser. Elle mourait d'envie de se souvenir de tout ce qu'ils avaient partagé.

Elle détestait que Porter sache tout, et elle rien !

Cependant, elle était touchée et très troublée par toute l'énergie qu'il déployait pour tenter de la séduire à nouveau.

Alors qu'elle savourait pleinement ce merveilleux baiser, le vrombissement d'un hors-bord au loin la ramena brutalement à la réalité. Elle réalisa qu'elle était en train d'embrasser un homme qu'elle ne connaissait pas vraiment. Un homme à qui elle ne faisait pas totalement confiance.

Posant ses mains sur le torse de Porter, elle rompit leur baiser et le repoussa doucement. Puis elle leva les yeux vers lui et eut un petit rire gêné.

— Je n'aurais pas dû faire ça… Tu as une femme amnésique et un nouveau-né, et voilà que je me jette sur toi !

Il éclata de rire, renversant la tête en arrière.

— Mon Dieu, tu me rends fou ! Tu m'as toujours rendu fou.

Ces mots la troublèrent profondément : ils recelaient tant d'émotion ! Y avait-il également eu de l'émotion dans la façon dont Porter l'avait touchée ? Elle ne faisait pas encore suffisamment confiance à son jugement pour le déterminer.

Elle écarta les mèches de cheveux que le vent rabattait sur son visage.

— Je suis désolée. Je… ne voulais pas t'envoyer de signaux contradictoires.

— Ecoute, rien n'a changé. Nous nous sommes peut-être disputés pour divers sujets, mais nous avons toujours eu un lien physique très fort.

De son pouce, il suivit la courbure de ses lèvres.

— J'étais sincère quand j'ai dit que je ne te mettrais pas la pression.

— C'est bon à savoir.

Sautant sur ses pieds, elle commença à ranger les victuailles dans le panier.

— L'attirance entre nous est… problématique.

Elle ressentait le besoin soudain de s'activer et était impatiente de retourner auprès de son fils. Elle referma les récipients en plastique tout en avalant un morceau de brie dont elle apprécia la texture crémeuse.

Manger lui donnait l'excuse de ne plus avoir à parler.

Porter rompit le silence.

— Nous avons été mariés pendant des années, dit-il. Même si ton cerveau ne s'en souvient pas, je pense que dans une certaine mesure ton corps, lui, le ressent. Nous irons tout doucement, pour permettre à ta mémoire de récupérer.

Il lui tendit une noisette enrobée de chocolat, et leurs doigts se frôlèrent. De nouveau, elle sentit le désir monter en elle.

— Et si je ne retrouvais jamais la mémoire ?

Il esquissa un sourire sensuel.

— Alors, nous recommencerons au début.

— Oui mais… et si je n'étais plus la même femme qu'avant ? fit-elle, le cœur battant à coups précipités.

— Tu es la femme que j'ai rencontrée il y a cinq ans, rassure-toi.

— Ce n'est pas vrai ! Je me souviens de celle que j'étais il y a cinq ans. J'ai l'impression que c'était hier… Et la semaine dernière, je me réveille et je découvre que je suis mariée et mère d'un bébé, et que je ne me rappelle pas les cinq dernières années de ma vie. Tu imagines un peu ? Comment peux-tu penser que cela ne change rien ?

— Je t'assure que je comprends.

— Alors pourquoi ai-je l'impression que tu ne m'écoutes pas réellement ?

Comment pouvait-elle lui faire comprendre à quel point tout ce qu'elle vivait était bouleversant ?

Il s'agenouilla à côté d'elle pour l'aider à ranger.

— J'essaie de t'aider à te souvenir, comme tu me l'as demandé.

— Je ne le crois pas. Tu veux que je sois la femme que tu as épousée. Que notre vie ressemble à celle que nous avions à cette époque…

Il laissa échapper un rire bref.

— Tu es vraiment très loin de la vérité.

Elle suspendit son geste et s'assit dans le sable. Une boule s'était formée au creux de son estomac.

— Alors, nous avions des problèmes ?

— Ce n'est pas ce que j'ai dit.

— Quand je t'ai demandé si nous nous disputions, tu as déclaré que nous nous querellions et nous réconciliions au lit…

— En effet.

— Mais nous nous disputions ! Beaucoup !

Elle plaça le reste de la nourriture dans la glacière qu'elle referma brutalement.

— Cela arrive souvent aux couples mariés, fit remarquer Porter.

— Donc, nous nous disputions.

— Oui.

Il la prit par les épaules.

— Nous n'étions pas un couple parfait, et nous ne le sommes toujours pas. Mais une chance nous est donnée de bâtir une famille… C'est ce que nous voulons depuis toujours. Peux-tu au moins croire cela ?

Il sondait son visage.

Les joues en feu, elle tentait de maîtriser les émotions contradictoires qui se bousculaient en elle. Il lui demandait de lui faire confiance, et, en tant qu'épouse, elle se devait de lui accorder cette confiance.

Mais à en croire Sage Harding, n'avait-elle pas été sur le point d'avoir une liaison ?

Elle ne savait que penser.

Porter était pratiquement un étranger pour elle, et elle était mal à l'aise qu'il la presse de s'en remettre totalement à lui. Cela avait beau n'avoir aucun sens, quelque chose, au plus profond d'elle, lui enjoignait de se montrer prudente.

— Oui, murmura-t-elle enfin. Je sais que tu veux bâtir une famille.

Soudain, sa tête se mit à tourner, et elle eut l'impression que sa poitrine était dans un étau. Elle sentit une bouffée de panique monter en elle, comme si Porter l'emprisonnait de ses bras alors qu'il lui tenait seulement les épaules. Etant donné la relation violente qu'elle avait vécue par le passé, elle ne pouvait s'empêcher de craindre le relatif isolement dans lequel elle était. Elle se trouvait dans cette maison de vacances, à la merci de Porter, sans personne de sa connaissance autour d'elle pour lui venir en aide. Un peu comme lorsqu'elle était avec son ancien petit ami.

Que savait-elle réellement de cet homme, sinon qu'il était doux avec Thomas ? Elle était tiraillée entre le poids du passé dont elle se souvenait et de celui dont elle ne se souvenait pas.

De l'espace ! Oui, c'était d'espace qu'elle avait besoin !

Elle s'écarta de Porter et se mit à courir. Le martèlement de ses pieds sur le sol résonnait dans sa tête. Les poings serrés, elle courut sans ralentir jusqu'à la maison et se réfugia dans la cuisine.

La pulpe d'une framboise écrasée tomba dans l'évier quand elle desserra les doigts.

Elle prit une profonde inspiration, puis une autre.

Elle n'avait personne vers qui se tourner, se désespérait-elle. C'était dans des moments comme celui-ci qu'elle aurait aimé pouvoir se confier à sa mère ou à son père. Hélas, ceux-ci étaient décédés accidentellement à l'époque où elle était encore étudiante. Elle aurait tout donné pour avoir une famille sur qui se reposer.

Thomas ne méritait-il pas lui-même d'avoir une famille stable ? Un père et une mère aimants ?

Si elle n'était certaine que d'une chose, c'était qu'elle adorait son fils. Et si elle était parfaitement honnête avec elle-même, elle avait envie d'une famille unie tout autant que Porter.

Il y avait bien plus en jeu que son seul bonheur.

Pour la première fois, elle était plus effrayée par ce qui pourrait arriver à son mariage si les souvenirs lui revenaient que si elle laissait ces cinq dernières années enfouies au fond de sa mémoire.

Soulagé que le rendez-vous chez le pédiatre se soit bien passé, Porter referma la portière de la voiture dans laquelle sa femme venait de monter. C'était leur première sortie depuis qu'ils avaient quitté l'hôpital une semaine plus tôt. Porter s'installa au volant et se tourna vers l'arrière où Thomas, vêtu d'un joli body aux motifs de pères Noël, lui sourit de sa petite bouche édentée.

Le médecin avait confirmé que le pied de Thomas était en bonne voie de guérison. Il faudrait néanmoins être patient pour un rétablissement complet.

C'était un peu le thème récurrent de l'existence de Porter ces derniers temps : attendre, se montrer patient.

Parfois, l'attente lui était insupportable.

Cependant, il se réjouissait qu'Alaina et lui soient encore ensemble. Même s'il avait le sentiment que leur relation ne progressait plus depuis leur pique-nique sur la plage. Alaina avait édifié un mur autour d'elle, et il ne comprenait pas pourquoi. Depuis leur baiser, elle se montrait nerveuse et se hérissait à chaque fois qu'il la touchait. Il n'y avait que lorsqu'ils étaient tous les deux avec Thomas que leur relation était plus détendue.

Tous deux étaient complètement fous de leur petit garçon. Porter avait beau avoir construit de luxueuses résidences dans tout le pays, et fondé une société pesant plus d'un milliard de dollars sans l'aide de sa mère, cela ne signifiait rien à côté d'un sourire de Thomas ou d'un fou rire avec Alaina, lorsqu'ils essayaient de faire rentrer un petit bras rétif dans une manche de pyjama.

Pour Porter, la famille représentait tout. Dans le cadre professionnel, il avait la réputation d'être déterminé, mais cette détermination n'était rien comparée à la dévotion qu'il était prêt à déployer pour garder sa famille unie.

Il mit le contact et alluma la radio.

— Veux-tu que nous achetions des plats à emporter sur le trajet ? Ou bien nous pourrions aussi nous arrêter dans un *delicatessen* et manger en terrasse.

Serait-elle partante pour se détendre plus tard dans le jacuzzi ? se demandait-il. Il ne savait pas ce qu'il devait attendre d'elle depuis qu'elle lui avait rendu son baiser sur la plage… et pris ses jambes à son cou quelques minutes plus tard !

— Il fait tellement beau que je n'ai pas envie de rentrer. Restons dehors.

Il réprima un sourire. Peut-être sa patience était-elle enfin récompensée. Alaina n'avait pas voulu sortir de la maison depuis qu'elle était revenue de l'hôpital. Sa demande constituait donc un très bon signe.

— Bien sûr. J'aimerais d'abord m'arrêter sur un chantier pour une inspection finale. Ensuite, nous aurons le reste de la journée pour nous.

Il tendit le bras et lui prit doucement la main.

— Cela ne me dérange pas, répondit-elle. Et puis ça me plairait de te voir au travail.

Elle lui adressa un bref sourire avant de chercher une station de radio diffusant des chants de Noël. De la tête, elle se mit à marquer la mesure d'un classique jazzy tandis qu'ils remontaient la rue principale de la ville, bordée de palmiers croulant sous des flocons de neige lumineux.

En peu de temps, ils arrivèrent au chantier qui se trouvait dans un quartier nouvellement aménagé. La demeure que Porter devait inspecter était de style hispanique et surplombait une immense plage qui s'étalait paresseusement en contrebas.

— Comme cet endroit est beau, Porter ! s'extasia Alaina. C'est tellement exotique !

Il coupa le moteur de la voiture.

— N'est-ce pas ? C'est le projet sur lequel j'ai eu le plus de plaisir à travailler récemment. Veux-tu rester dans la voiture ou venir avec moi ?

Elle jeta un coup d'œil par-dessus son épaule en direction des deux hommes qui discutaient à côté de l'entrée en forme d'arche.

— J'aimerais venir, dit-elle, mais peux-tu d'abord m'expliquer qui sont ces hommes ?

— Le plus grand avec la boule à zéro est mon adjoint. Il s'appelle Oliver Flournoy. C'est un type charmant et bavard, mais toujours célibataire. L'autre est Micah Segal, notre directeur financier. Parfois, nous sortons au restaurant avec lui et sa femme Brianna. Ils ont un petit garçon, Danny, qui t'aime beaucoup. Tous les enfants t'adorent !

— Oliver et Micah… D'accord, j'ai mémorisé.

Elle eut un petit rire incertain, puis détacha sa ceinture de sécurité et descendit de voiture. Elle ouvrit la portière arrière et sortit Thomas de son siège.

Porter était impressionné par le courage de sa femme. C'était une étape importante pour elle d'affronter à nouveau le monde malgré son amnésie, et ce, sans peur apparente. Elle était bien plus que belle… elle avait une grande force intérieure qui l'attirait de manière irrépressible.

Comment avait-il pu perdre de vue cette facette de sa personnalité ?

Mais le moment était bien mal choisi pour avoir envie de l'entraîner loin des regards indiscrets et l'embrasser à en perdre haleine !

Il s'efforça de revenir au présent. Micah et Oliver étaient venus au-devant d'eux. Après les salutations, un silence gêné s'installa. Alaina berçait Thomas tout en regardant alternativement Oliver, Micah et Porter.

Oliver s'éclaircit la gorge.

— Comment vous sentez-vous, Alaina ? s'enquit-il, mal à l'aise.

— Pas mal, tout bien considéré. Et vous Oliver, comment allez-vous ?

— Ça va, ça va…, répondit-il en hochant poliment la tête. Je me prépare à aller passer les fêtes de Noël chez ma sœur.

— C'est bien, commenta-t-elle avant de tourner son attention vers l'autre homme. Et vous, Micah, tout va bien pour vous ?

— Je ne me plains pas, déclara celui-ci en cillant rapidement, comme s'il avait du mal à garder le contact visuel. Tout va bien à la maison.

Un silence pesant s'installa à nouveau.

Porter se lamenta intérieurement. Cela ne se passait pas aussi facilement qu'il l'avait espéré.

— Nous sommes heureux que vous vous sentiez mieux, reprit Micah avec effort.

— Nous le sommes aussi, renchérit Porter. Donne-moi Thomas, Alaina, et va explorer un peu le chantier. La vue depuis la terrasse arrière est sensationnelle. Oliver, peux-tu lui ouvrir la porte de la maison ?

Elle hocha la tête, soulagée d'avoir une opportunité de s'échapper. Après avoir laissé Thomas aux soins de Porter, elle suivit Oliver à l'intérieur de la maison. Elle marchait d'un pas vif et nerveux, tout en regardant autour d'elle. Elle parut apprécier le parquet flottant coloré et lança un sourire rapide à Porter avant de traverser la pièce principale pour gagner la terrasse.

Porter gardait les yeux rivés sur sa femme. Il était saisi par le courage dont elle faisait preuve face à l'amnésie. Avant, il lui aurait demandé son avis sur la décoration de la maison, son expertise étant toujours excellente. Il aimait, à cette époque, voir sa fibre artistique s'exprimer. C'était l'un des domaines dans lesquels ils s'entendaient le mieux.

— Comment ça se passe, avec ce petit bonhomme ? s'enquit Micah qui était resté auprès de lui. C'est tout nouveau pour toi, d'être père !

— C'est tout ce que j'ai toujours voulu, mais rien de ce que j'avais imaginé !

Il se sentait prêt à tout pour son fils. Absolument tout. Il ne s'était pas attendu à ressentir autant d'amour envers un autre être humain. Ni autant de fierté.

— Il est vraiment mignon, commenta Micah en chatouillant le pied en bonne santé de Thomas. Comment va son pied bot ? Je dois dire que je ne connais pas grand-chose sur cette malformation.

— Il devra subir deux autres opérations et suivre de la rééducation, mais les médecins assurent qu'il se rétablira totalement. Ce qui me dérange beaucoup, c'est qu'il souffre.

Micah hocha la tête avec compassion.

— Il sourit quand il te regarde ! C'est craquant.

— En effet.

Oui, pensa Porter. Le lien qu'il créait peu à peu avec son fils l'emplissait de bonheur, rendant plus réel son rêve d'avoir une famille unie.

— Et Alaina ?

— Elle a tout de suite su comment se comporter en tant que mère. L'amnésie n'a rien empêché de ce côté-là.

— Je suis désolé. Je ne sais pas… mais d'une certaine façon, cela peut arranger tes affaires, car tous les deux, vous étiez sur le point de… Enfin, tu dois me trouver insensible !

Micah se tut, embarrassé. Mais Porter ne lui tint pas rigueur de ses paroles. Leurs relations avaient été tellement tendues avant l'accident qu'Alaina et lui n'avaient pu dissimuler leurs problèmes à leur entourage.

— Ne t'inquiète pas, je comprends ce que tu veux dire.

— Venez dîner chez nous, proposa Micah. Comme au bon vieux temps.

Micah paraissait sincèrement préoccupé. C'était un type bien. Le genre d'homme sur lequel on pouvait compter.

— J'en parlerai à Alaina. Nous verrons si elle se sent prête. Elle souhaite s'entretenir avec des gens proches de nous, mais je veux que nous avancions doucement, en respectant les consignes du médecin.

Porter poursuivit sa conversation avec Micah. Mais toujours, son regard cherchait Alaina. Celle-ci se promenait dans la maison et étudiait la disposition des pièces. Ici, elle semblait être dans son élément. Les lignes douces et courbes lui correspondaient mieux que les angles et la modernité de leur maison de vacances.

Pourquoi ne s'en était-il pas aperçu plus tôt ? songea-t-il. Il se remémora toutes les fois où Alaina s'était pliée à ses goûts et ses désirs. Il se dit qu'il devait apprendre à l'apprécier pour ce qu'elle était, et non pour sa capacité à s'adapter à la vision qu'il se faisait de la vie.

— Tiens-moi au courant, reprit Micah. Nous pourrions dîner chez nous ou bien au restaurant.

Il donna à Porter une tape sur l'épaule.

— Nous pourrions même aller voir un ballet !

— Un ballet ?

Porter sursauta et se tourna vers Micah.

— Je vérifiais juste que tu m'écoutais, s'esclaffa ce dernier. Tu parais tellement subjugué par ta femme.

En effet, Porter ne parvenait pas à quitter Alaina du regard. Elle captivait son attention, mobilisait ses pensées. A la voir évoluer dans cette maison, il se demandait si la surprise qu'il lui avait faite en achetant la maison de la plage, quelques années plus tôt — quand ils avaient appris qu'ils devraient suivre un traitement contre la stérilité — avait été judicieuse. Aurait-il dû lui proposer de la choisir avec lui ? Parfois, sous prétexte de vouloir la surprendre, il l'excluait des décisions importantes, et s'attendait à ce qu'elle soit comblée par la surprise.

Il prit conscience qu'il devrait modifier sa façon de faire à l'avenir, quand il envisagerait des changements majeurs dans leur vie. Mais il avait aussi envie de faire quelque chose de spécial pour elle, et ce sans attendre.

Quelque chose qui lui plairait.

Une fois qu'ils eurent regagné la voiture, Porter conduisit jusqu'au Fishin' Francks, le restaurant préféré d'Alaina, où ils n'étaient pas allés depuis longtemps. Ils s'y régalèrent d'un délicieux déjeuner composé de tacos au poisson et aux épices cajun ainsi que d'avocats frais.

Alaina songea que cela lui faisait un bien fou de passer du temps dehors. Porter se montrait charmant et soucieux de satisfaire ses moindres désirs. L'observer en train de s'occuper de Thomas l'attendrissait au plus haut point. Son mari semblait totalement dévoué à son fils et plus que jamais déterminé à ressouder sa famille.

L'espace d'un instant, elle se demanda ce qui arriverait si jamais elle ne recouvrait pas la mémoire.

Peut-être était-ce, finalement, ce qu'il fallait souhaiter. Elle pourrait ainsi prendre un nouveau départ.

Repartir de zéro. De préférence dans une nouvelle maison. Comme celle qu'ils venaient de visiter. Une maison qui correspondrait à sa sensibilité artistique et qui symboliserait leur nouvelle vie. Elle pouvait presque imaginer Thomas faisant ses premiers pas sur le parquet aux lattes colorées. Elle voyait aussi des œuvres d'art dans la salle de séjour.

Après le déjeuner, ils se rendirent au Baby Supplies Galore Store. Alaina observa avec curiosité la clientèle. Dans la pure tradition de Noël en Floride, de nombreux enfants portaient des T-shirt avec des flamants roses affublés de bonnets de Père Noël. Des chants de Noël se mêlaient au brouhaha des clients en quête du cadeau idéal.

Alaina poussait le Caddie dans les allées, Porter auprès d'elle, une main dans le bas de son dos.

— Quel est le plus beau cadeau que je t'aie fait pour Noël ? demanda-t-elle.

Regardant les prix des articles, elle ne tarda pas à se rendre compte qu'ils étaient dans un magasin haut de gamme. Un seul jouet coûtait probablement autant que ceux qu'elle avait pu avoir dans son enfance sur cinq Noël consécutifs !

— Voyons… Une année, tu as réalisé une peinture inspirée des plans du projet immobilier qui a lancé ma carrière. J'ai adoré ça ! Elle est accrochée dans mon bureau.

— J'aimerais beaucoup la voir pour avoir une idée de la façon dont je peignais. Et te souviens-tu d'un cadeau de Noël que tu m'aies fait et qui m'ait beaucoup plu ?

— Je pense qu'il s'agit du voyage surprise à Paris… Nous avons passé une semaine à découvrir les galeries d'art et à manger du pain, du vin et du fromage !

— Ah ! du pain, du vin et du fromage ! Quelle exquise association !

Elle rit pour dissimuler ses regrets de ne pas se souvenir de ce séjour en France.

— Raconte-moi les Noëls de ton enfance, lui demanda-t-elle.

Ils s'arrêtèrent devant un panier rempli de hochets.

— Ma mère se surpassait ! railla-t-il. Elle est avocat, tu le savais ?

Il prit un hochet en forme de chouette des neiges et l'agita devant Thomas qui le gratifia d'un sourire ravi.

— Je crois que personne n'a pris la peine de me le préciser, répondit Alaina. Cela ne m'avait pas traversé l'esprit. Ta mère a donc pris des congés pour venir nous retrouver ici ? C'est gentil de sa part.

Porter fit la moue.

— Prendre des congés… c'est une façon de le dire, nuança-t-il. Ma mère est un bourreau de travail, tout comme moi. Ni elle ni moi n'avons besoin de beaucoup de sommeil !

— Ce n'est pourtant pas l'impression qu'elle donne. Elle paraît nonchalante, fait la sieste.

— C'est ma mère tout craché. Pleine de contradictions.

Elle serra un ours en peluche contre sa poitrine.

— J'aimerais tant que ma mère soit encore en vie pour rencontrer Thomas, murmura-t-elle. Elle l'aurait tant aimé.

Le front de Porter se creusa de plis soucieux.

— J'aimerais aussi qu'elle soit là pour toi.

— Ta mère est étonnamment agréable avec moi, poursuivit-elle en reposant l'ours dans le rayon. De ce point de vue, ce nouveau départ a sans doute été bénéfique. Nous ne nous sentons pas menacées l'une par l'autre.

— Tu n'as aucune raison de te sentir menacée par ma mère.

Il prit un renne et un bonhomme de neige miniatures. Il les examina de près avant de les tendre à Alaina.

— Qu'en penses-tu ?

— C'est parfait. Je me disais… étant donné que je ne me rappelle rien… et si nous choisissions d'opter pour de nouvelles traditions à partir de ce Noël ?

— Que veux-tu dire ? s'enquit Porter.

Il y avait tant de traditions. Elle choisit la plus simple : celle qui réunissait les familles au moment des fêtes.

— Commençons par le repas de Noël. Que mangeons-nous habituellement à Noël ?

— De la dinde, bien sûr, avec tous les accompagnements habituels.

— Même si cela me met l'eau à la bouche, j'aimerais que nous servions quelque chose de complètement différent cette année. Une belle côte de bœuf rôtie, par exemple. Ou une fricassée de crevettes !

— Une fricassée de crevettes ? répéta Porter. Pour Noël ?

— Oui, confirma-t-elle en s'animant, se sentant maîtresse de sa nouvelle vie pour la première fois. On mange ça en Caroline… Des crevettes, du maïs, des pommes de terre, des langoustines et du crabe… Peut-être aussi des saucisses. Qu'en penses-tu ?

Il prit un bonnet de Père Noël dans un panier et le mit sur la tête d'Alaina.

— Je pense que tu as l'air tellement excitée que je pourrais manger n'importe quoi, si cela peut te faire sourire ainsi !

Il posa sa paume contre sa joue.

— Ton sourire m'a manqué, tu sais…

Une fois encore, elle songea à ce qu'il devait ressentir. Dans un certain sens, il avait perdu sa femme. D'abord, il avait dû passer l'épreuve du coma, et maintenant, il devait faire face à l'incapacité d'Alaina à se rappeler ce qu'ils avaient été l'un pour l'autre.

A n'en pas douter, le Noël qui s'annonçait n'était certainement pas celui qu'il s'était imaginé pour l'arrivée de leur fils dans leur foyer.

— Je suis désolée pour toute la douleur que je te cause, murmura-t-elle.

— Je ne souffre pas en ce moment, affirma-t-il. Je suis heureux. Vraiment.

La sincérité brillait dans ses yeux dont l'intensité la troubla. Une douce chaleur naquit au creux de son ventre.

— Allez, faisons notre shopping ! dit-elle avec enthousiasme. Pour une fois, je ne vais pas me plaindre que tu aies de l'argent. Jouons au Père Noël !

Elle poussa le Caddie jusqu'au rayon suivant, celui des peluches.

— Je suis d'accord avec toi ! Et je suis fou des peluches !

Il lui lança un ours polaire qu'elle attrapa et agita devant Thomas en imitant une voix d'ours. Porter jeta son dévolu sur un canard en peluche et commença à interagir avec l'ours.

Le bambin gloussa devant le spectacle improvisé proposé par ses parents.

Une cliente d'âge mûr s'arrêta à leur hauteur.

— Si tous les parents étaient comme vous deux, le monde serait un endroit merveilleux, commenta-t-elle. Vous offrez à cet enfant le cadeau de l'imagination. C'est adorable. Quelle charmante famille !

— Merci, madame, dit Porter en caressant l'épaule d'Alaina.

Ce contact provoqua des fourmillements dans tous ses membres. Elle se sentit envahie par une sensation de bien-être. Peut-être qu'en définitive tout se passerait bien.

— Joyeux Noël, reprit la cliente. Profitez-en pendant qu'il est petit. Avant que vous vous en soyez rendu compte, il sera devenu adolescent et réclamera une voiture !

Sur un dernier sourire, elle s'éloigna.

— Une voiture ? s'esclaffa Porter. On verra plus tard. En tout cas, l'ours et le canard doivent intégrer notre foyer. Thomas a donné son approbation enthousiaste !

— Je crois que tu as raison. J'aime aussi beaucoup cet éléphant.

Elle prit un éléphant bleu dans le rayon.

Soudain, ses doigts se resserrèrent sur la peluche, tandis que des bribes de souvenir refaisaient lentement surface. C'était comme si elle était sous l'eau sans lunettes de natation. Ce qu'elle voyait était flou… Porter et elle, à une fête donnée en l'honneur d'une naissance, à l'approche d'un Noël. Tous deux riant, heureux pour leurs amis, pour ce bébé qui allait entrer dans leur vie. Mais tristes également, car aucun bébé n'était sur le point d'entrer dans la leur. Tristes à l'idée de passer Noël avec cette certitude déprimante.

— Qu'y a-t-il ? demanda Porter en lui prenant l'éléphant des mains. Quelque chose ne va pas ?

Le souvenir s'évapora d'un coup. Alaina se laissa tomber sur une palette au beau milieu du rayon.

— Je viens de me souvenir de quelque chose. D'avant… Un Noël, il y a quelques années… je ne sais pas exactement quand.

— Raconte-moi, l'encouragea Porter en s'accroupissant à ses pieds.

Elle s'efforça de rappeler à sa mémoire le moindre détail de sa vision.

— Nous étions à une fête prénatale après avoir appris que nous ne pourrions pas avoir d'enfants. Je…

Sa voix faiblit, et sa gorge se serra. Elle fut incapable d'articuler le moindre mot.

— Chut… tout va bien, murmura Porter en l'enveloppant de ses bras.

Il la serra contre lui, et elle s'abandonna, s'autorisant à pleurer. Elle eut la sensation que cette étreinte lui paraissait plus familière que le baiser qu'ils avaient échangé.

Il lui caressait lentement le dos tout en murmurant des mots doux dans ses cheveux. C'était le premier moment qu'elle avait vraiment l'impression de partager avec son mari depuis qu'elle s'était réveillée du coma. Elle se laissa totalement aller à cette sensation.

Serait-elle capable de se raccrocher à cela une fois qu'ils seraient de retour chez eux ?

Ou bien ce sentiment de bien-être s'évaporerait-il comme ce souvenir éphémère ?

- 6 -

Porter avait le chic pour concevoir et planifier. C'était un don qu'il avait aiguisé à mesure qu'il bâtissait son empire du bâtiment. Une expertise qu'il pouvait facilement transposer dans le domaine romantique.

Il était du genre à voir les choses en grand !

Et s'il y avait un projet qui méritait absolument de se réaliser, c'était bien celui qu'il avait en tête…

Le jour suivant leur expédition shopping, il fit de grands mystères et guida Alaina vers la salle de séjour en lui couvrant les yeux de ses mains.

— Tu es sûre que tu ne vois rien ?

Son corps heurtait parfois le sien, alors qu'ils progressaient lentement. Le parfum à la noix de coco de son shampoing lui chatouillait les narines, lui rappelant les nuits innombrables qu'ils avaient passées dans les bras l'un de l'autre. Il avait tellement envie de revivre ces moments d'intimité avec elle qu'il souffrait le martyre de devoir brider son désir. Cependant, il était conscient qu'il devait se montrer patient, car vouloir à tout prix mettre la jeune femme dans son lit risquait de compromettre ses plans à plus long terme.

— Je te le jure. Mais que mijotes-tu ?

— C'est une surprise. Fais-moi confiance…

Il la fit marcher dans la pièce et tourner sur elle-même jusqu'à ce qu'il soit certain qu'elle était complètement désorientée. Il ôta alors les mains de ses yeux et l'observa tandis qu'elle découvrait, ébahie, la surprise qu'il avait concoctée pour elle.

Un sapin de Noël de trois mètres de haut trônait au centre de la salle de séjour. Des guirlandes électriques enroulées dans ses branches diffusaient dans la pièce une lumière chaleureuse. Deux boîtes remplies de décorations flambant neuves étaient posées sur le sofa. Elle remarqua que les étagères derrière le sofa avaient été vidées des bibelots qui s'y trouvaient.

Une toile vierge, comme l'avait voulu Porter. Un cadre parfait pour qu'elle se crée de nouveaux souvenirs. Et qu'elle redécouvre aussi, peut-être, d'anciens souvenirs qui leur permettraient de se rapprocher.

Bien entendu, il existait toujours un risque qu'elle se remémore des choses qui fâchent et qu'elle réalise qu'ils avaient été à deux doigts de divorcer. Immanquablement, elle se demanderait alors pourquoi il le lui avait caché. Il croisait les doigts pour que les choses se passent autrement.

Elle avait raison. Il était temps d'adopter de nouvelles traditions pour Thomas. Les traditions permettaient à un enfant de se construire en toute sécurité. De toute évidence, Alaina accordait de l'importance aux traditions. Il ne s'en était pas rendu compte par le passé, probablement parce qu'il avait été trop occupé à tenter de la faire adhérer à ses idées préconçues sur la famille, plutôt que d'en imaginer de nouvelles ensemble.

Il aspirait vraiment à créer la famille qu'il n'avait pas eue étant enfant. La plupart du temps, il se retrouvait seul avec sa mère et le dernier homme en date dont celle-ci s'était entichée. Ils n'avaient jamais perpétué de traditions de Noël ou d'autres traditions quelles qu'elles soient. Certes, il aimait sa mère, mais leur relation avait toujours été distante.

Oui, décidément, il voulait mieux pour son fils !

Il entendait bien ne pas laisser passer la deuxième chance qui lui était offerte. Néanmoins, il se rendait compte que, porté par ce désir, il avait sacrifié les aspirations d'Alaina.

— Comment as-tu fait venir tout ça aussi vite ? s'exclama celle-ci, ses yeux bleus étincelant d'excitation.

— L'idée m'est venue pendant que nous faisions les courses hier. J'ai tout fait livrer.

— Mais tu avais déjà accroché des décorations.

— C'était celles que nous avions avant. Je me suis dit que nous pourrions en acheter de nouvelles que tu pourrais utiliser à ta guise.

Elle se jeta à son cou et le serra contre elle.

— Merci, c'est vraiment parfait !

Soudain, elle se figea et recula d'un pas. D'un geste machinal, elle sortit les décorations d'une des boîtes et les posa sur la table basse.

— Je me demandais… est-ce moi qui ai décoré cette maison ? s'enquit-elle d'une toute petite voix. Tout est si moderne, si design… Cela ne me ressemble pas… Je croyais que mes goûts me portaient vers la période Renaissance.

— Tu as raison.

Il hocha la tête, songeant qu'il avait vraiment raté quelque chose. Il aurait dû accorder davantage d'attention aux goûts de son épouse.

— La maison était déjà décorée quand je l'ai achetée pour t'en faire la surprise.

— Ah bon ? fit-elle d'une voix empreinte d'étonnement. Tu ne l'as pas construite toi-même ?

Elle sortit une crèche et se mit à genoux sur le sofa pour la placer au centre des étagères.

— Si, mais pour une autre famille. Le couple était sur le point d'emménager quand il a rompu. J'ai racheté la maison pour trois fois rien… Enfin, non que je n'aie pas été prêt à dépenser une fortune pour te faire plaisir !

Il esquissa un sourire penaud.

Elle plaça un renne argenté sur l'étagère du bas.

— Oh, je n'en doute pas !

Il se raidit. Etait-ce une pique ? Lui faisait-elle comprendre qu'elle réprouvait leur style de vie ? Il se souvenait à quel point elle avait toujours été mal à l'aise avec leur niveau de vie.

— Nous avions prévu de refaire la décoration, mais ne l'avons jamais fait. J'aurais dû insister.

— Ou moi, j'aurais dû insister ! renchérit Alaina. Je suis une adulte. Je suis responsable des décisions que je prends, même si je ne me souviens pas de les avoir prises !

Elle avait ponctué ses propos d'un haussement d'épaules ironique.

— Voudrais-tu que nous rénovions cette maison ? proposa Porter. Ou bien notre résidence principale…

— Notre résidence principale ? Tu sais… cela me semble encore tellement irréel.

Elle jouait avec un ruban de satin rouge.

— Je n'ai même pas vu notre maison de Tallahassee, reprit-elle. Ressemble-t-elle à celle-ci ?

— Non. Là-bas, tu as eu carte blanche pour la décoration.

— Depuis combien de temps vivons-nous dans notre maison de Tallahassee ?

Elle s'assit à même le sol entre le sofa et la table basse et entreprit de sortir les ornements des cartons. Tous étaient des pièces uniques fabriquées par un artisan local. Une par une, elle les plaça sur la table basse en les observant d'un œil approbateur.

Il se remémora l'époque où ils étaient pleins d'espoir pour l'avenir et projetaient d'avoir beaucoup d'enfants.

— Nous l'avons fait construire quand nous nous sommes mariés.

— Nous décidions donc ensemble.

— En effet.

Il s'accroupit à côté d'elle et l'aida à sortir les dernières décorations des boîtes.

— J'aurais préféré que nous nous installions dans l'autre maison, fit remarquer Alaina.

Elle laissa échapper un petit rire en accrochant un Père Noël vêtu d'une chemise hawaïenne à une branche du sapin.

— Nous pouvons toujours y aller, argua Porter en suspendant à son tour un flocon de neige.

— Non, nous ne pouvons pas nous éloigner du médecin qui suit Thomas.

Ils continuèrent à décorer le sapin, chargeant les branches jusqu'à ce qu'elles ploient sous les décorations. Il appréciait de la voir découvrir chaque décoration avec des petits rires.

Cette soirée se déroulait à merveille, se réjouissait-il.

Au moment où ils s'apprêtaient à fixer l'ange au sommet de l'arbre, le rire de Courtney se fit entendre dans l'entrée.

Il se hérissa aussitôt. Se retournant brusquement, il vit sa mère pénétrer dans le salon au bras d'un homme aux cheveux poivre et sel.

— Viens, mon chéri, dit Courtney à son fils en lui faisant un geste. Et vous aussi, Alaina…

Fulminant intérieurement, Porter se redressa. Qui était cet homme ? Sa mère ne réalisait-elle donc pas qu'Alaina et lui avaient besoin de calme ? Sa visite surprise avait déjà suffisamment contrarié ses plans !

— Que se passe-t-il, maman ?

— Je veux te présenter mon ami, Barry. Il est avocat fiscaliste.

Pas étonnant, pensa Porter. Il paraissait aussi policé que sa mère.

Barry tendit la main à Porter.

— Ravi de vous rencontrer tous les deux. Votre mère m'a beaucoup parlé de vous. Ah, vous décorez le sapin. Personnellement, c'est le moment des fêtes que je préfère !

Sa poignée de main était ferme. Il paraissait sympathique, mais c'était le cas de la plupart des avocats. Porter ne s'y trompait pas. Ces types-là savaient cerner les gens et emporter l'adhésion d'une assemblée. Barry ne faisait sans doute pas exception.

— Je suis de votre avis, Barry, intervint Alaina.

Courtney serra davantage le bras de son ami.

— Je suis si heureuse que Barry se joigne à nous pour le dîner. Nous allons faire une petite fête !

— Maman, puis-je te parler ? s'enquit Porter. Je voudrais te montrer quelque chose.

Sans lui laisser le loisir de répliquer, il prit sa mère par le bras et l'entraîna jusqu'à l'entrée. Il jeta un coup d'œil par-dessus son épaule et vit la dernière conquête de sa mère aider Alaina à mettre en place l'ange au sommet du sapin. Il ressentit une pointe d'agacement. C'était lui qui aurait dû le faire avec sa femme ! Quel genre d'homme se permettait-il ainsi de s'immiscer dans la décoration de la maison d'un autre ?

— Maman, siffla-t-il entre ses dents, était-il vraiment nécessaire que tu amènes ton petit ami aujourd'hui ? Alaina n'est pas encore en grande forme, et nous avons un nouveau-né…

— D'abord, commença Courtney en levant l'index, Alaina est plus forte que tu ne le penses. Deuxièmement, ton fils dort à poings fermés. Enfin, Barry n'est pas mon petit ami. Nous venons de nous rencontrer à l'occasion d'une soirée de charité à laquelle j'assistais, à l'invitation de ta voisine, Sage.

Porter leva les yeux au ciel. Voilà que Sage recommençait ses manigances ! Elle avait probablement invité Courtney pour glaner des informations sur Alaina.

— La situation est déjà suffisamment compliquée ici sans que tu fasses venir des étrangers. Tu aurais dû me consulter.

— Laisse-moi résumer la situation.

Sa mère croisa les bras sans le quitter des yeux.

— Je suis venue chez toi sans y être invitée, et j'amène quelqu'un qui n'est pas invité non plus. Cela te met mal à l'aise.

C'est plus fort qu'elle, songea Porter. Il fallait toujours qu'elle se conduise comme si elle se trouvait dans une salle d'audience !

— Tu diriges le témoin, maman…

— Très bien, s'exclama-t-elle en levant les deux mains. Barry et moi allons partir, alors !

Porter poussa un soupir exaspéré.

— Non, restez. Vous ne pouvez pas partir alors que tu viens d'annoncer que vous restiez dîner !

Sans un mot, sa mère le planta pour retourner au salon, ses talons cliquetant sur le sol.

Il soupira. Et dire que cette soirée aurait dû être calme et apaisante. Le moment idéal pour qu'Alaina et lui se rapprochent.

C'était raté pour cette fois !

Alaina coupa un morceau de filet mignon et le mit dans sa bouche sans perdre une miette de la joute verbale qui opposait sa belle-mère et Porter.

La tension entre eux montait d'un cran à chaque plat !

— Mon chéri, je dis simplement que si tu rapproches le sapin de la cheminée, il y aura assez de place pour nous asseoir confortablement et disposer tous les cadeaux de Thomas.

Courtney piqua une asperge avec sa fourchette avant de poursuivre.

— Réfléchis un peu… Visuellement, ce serait l'idéal. Nous pourrions prendre de superbes photos du premier Noël de Thomas. C'est important, un premier Noël !

Porter reposa lentement son verre à pied en cristal.

— Je sais, maman, mais…

— Mais quoi ? Tu ne t'intéresses pas aux photos ? Crois-moi, tu t'en mordras les doigts dans quelques années.

En soupirant, Porter piqua sa fourchette dans un morceau de viande. Son visage paraissait calme, mais Alaina remarqua la tension dans sa mâchoire.

Pour détendre l'atmosphère, elle décida de changer de sujet de conversation.

— Dites-moi, Barry, avez-vous toujours vécu en Floride ?

— Non, même si j'y habite depuis quarante ans et que j'ai le bronzage permanent des gens d'ici ! Je suis originaire du Colorado, près de Denver. Connaissez-vous le Colorado ?

Barry but une gorgée de vin tout en l'observant de ses yeux aussi limpides que le cristal.

C'était une question toute simple... Pourtant, Alaina se sentit submergée par une vague de panique. Etait-elle déjà allée dans le Colorado ? C'était exactement ce type de question piège qui lui faisait craindre les conversations avec les étrangers.

— Oh ! Barry, ne mets pas Alaina sur le gril comme ça, intervint Courtney en posant une main sur son bras. Elle a été victime d'un terrible accident de voiture et souffre d'amnésie légère.

Porter foudroya sa mère du regard. Courtney se contenta de ciller d'un air innocent. Alaina regarda alternativement Courtney et Porter. Même si sa belle-mère disait la vérité, elle n'aimait pas que son problème de santé soit mentionné de façon aussi désinvolte.

Elle préféra prendre le contrôle de la situation.

— Par amnésie légère, ma belle-mère sous-entend que je n'ai aucun souvenir des cinq dernières années de ma vie, rectifia-t-elle en tapotant son verre de ses ongles. Cela mis à part, je vais bien et je préfère qu'on ne me traite pas comme une grande malade.

— Je vous comprends très bien, approuva Barry en hochant la tête.

Courtney lui toucha à nouveau le bras avant de reprendre la parole.

— Je trouve qu'il est plus simple que les gens sachent ce qui est arrivé à Alaina. C'est plus facile pour eux de gérer la situation.

— Tu parles vraiment comme une avocate ! s'esclaffa Barry.

Porter lui lança un regard noir. Sa désapprobation quant à la légèreté avec laquelle sa mère avait parlé de l'événement qui avait bouleversé leur vie était flagrante.

Alaina craignait de le voir exploser d'une seconde à l'autre. Elle tendit le bras sous la table pour lui presser doucement le genou. Quand il tourna la tête vers elle, elle le supplia du regard de se maîtriser.

Elle eut l'impression qu'il la comprenait.

Etait-ce cela que signifiait être marié ? Cette façon de communiquer sans prononcer un mot…

C'était agréable en tout cas.

— Vous souffrez d'amnésie, commenta Barry entre deux bouchées de filet mignon. Quelle malchance ! Je vous souhaite un prompt rétablissement.

— Merci. J'ai la chance d'être très soutenue ici.

C'était la réponse la plus diplomate qu'elle puisse faire. Elle pressa à nouveau le genou de Porter en signe de reconnaissance. Puis, elle reporta son attention sur le contenu de son assiette.

Soudain, Thomas, qui était assoupi dans sa balancelle à l'autre bout de la pièce, se mit à crier. Alaina et Porter bondirent de leur chaise et se précipitèrent vers lui. Alaina prit Thomas dans ses bras et le berça en lui murmurant des mots doux.

Le bébé ne se calmait pas.

— Il a faim, dit-elle en consultant sa montre.

— Je m'en occupe ! proposa Porter.

Il se précipita vers la cuisine dont il revint quelques instants plus tard avec un biberon et une serviette. Il ne lui avait guère fallu de temps pour acquérir les réflexes du père expérimenté !

Alaina l'observa avec attendrissement.

Soudain, un souvenir flou lui revint en mémoire de façon fugace. Elle revit Porter avec un nouveau-né vêtu de bleu dans les bras. Le bébé n'était pas Thomas. Non, il s'agissait du fils du directeur financier de Porter. Porter regardait le bébé avec une expression tout à la fois attendrie et frustrée.

Le souvenir s'évapora aussi vite qu'il était apparu. Elle déglutit et fixa son mari, cet homme qui lui était si étranger et si familier à la fois.

Courtney posa son verre de vin.

— N'avez-vous pas une nounou censée s'occuper de Thomas ? fit-elle remarquer.

— Je tiens à être là pour mon fils et à m'assurer qu'il sait qui je suis, répliqua Porter en testant la chaleur du lait sur le dessus de sa main.

Il tendit le biberon à Alaina.

— C'est bien, Porter, fit Courtney en tapotant les coins de sa bouche avec sa serviette, mais tu as embauché quelqu'un, alors laisse faire cette femme et cesse de rôder autour de cet enfant comme une mère poule ! Moi, je ne t'ai jamais couvé. Je ne veux pas te laisser prendre le mauvais chemin. C'est pour le bien de mon petit-fils.

— J'apprécie ton investissement, maman.

Il parlait avec calme, comme s'il se faisait un devoir de se maîtriser, mais la tension dans sa posture indiquait clairement que sa patience atteignait ses limites.

— Je pense que c'est bien que Thomas soit pris en charge à la fois par une nounou et par ses parents, reprit-il. Et puis, la nounou est juste là le temps de nous permettre de retrouver nos marques.

Alaina l'écoutait avec attention. Porter était donc sincère quand il disait vouloir être un père impliqué. Elle l'admirait pour cela et voulait elle aussi jouer pleinement son propre rôle. Thomas méritait ce dévouement de la part de ses deux parents.

La réplique de Courtney ne se fit pas attendre.

— Je pense que tu as tort. Je trouve qu'avoir quelqu'un pour s'occuper de Thomas à plein-temps est une très bonne chose. Cela te permet de te consacrer à ton entreprise, afin de la faire prospérer de manière à ce que ton fils ne manque de rien.

Alaina ne manqua pas de trouver ce conseil déplacé et admira la maîtrise de Porter qui s'abstint de répondre du tac au tac. Elle commençait à comprendre pourquoi elle ne s'entendait pas bien avec sa belle-mère avant son amnésie. Elle n'avait pas besoin de souvenirs pour se rendre compte du caractère difficile de Courtney !

Ce qui la contrariait, c'était que ces accrochages entre Porter et sa mère jetaient une ombre sur ce qu'elle considérait comme la meilleure journée passée avec son mari depuis qu'elle était sortie du coma.

Même si elle savait qu'il y avait énormément de choses de son ancienne vie à mettre au jour, elle se surprenait à avoir envie de se créer de tout nouveaux souvenirs…

Enfin ! pensa Porter non sans soulagement en renfermant la porte derrière sa mère.

Il avait toujours su que la présence de sa mère pendant la période de Noël était une mauvaise idée. Courtney n'avait jamais particulièrement affectionné les fêtes de fin d'année et ne s'était jamais entendue avec Alaina.

Aujourd'hui, elle avait gâché l'atmosphère joyeuse et paisible qu'il avait essayé de créer pour sa femme. Heureusement, Courtney était sortie en compagnie de son avocat fiscaliste pour le reste de la soirée. Elle était fidèle à celle qu'elle avait été quand il était enfant, plus intéressée par les hommes que par son propre fils.

Quelle ironie ! Le drame d'Alaina était qu'elle ne se souvenait de rien ; celui de Porter, qu'il ne parvenait pas à oublier les moments difficiles du passé.

Quelle belle paire ils faisaient !

Tout en étirant les muscles de sa nuque, il gagna son bureau et enregistra des vidéos de leur maison de Tallahassee sur une clé USB afin de les montrer à Alaina. Peut-être cela raviverait-il sa mémoire.

Il soupira. Ce soir, l'attitude de sa mère l'avait fortement perturbé. Ce n'était pas qu'elle ait un nouveau petit ami qui le contrariait. Sa mère était une adulte, elle faisait ce qu'elle voulait ! Mais en la voyant se comporter ainsi, le passé lui était revenu en pleine figure.

Pour se calmer, il se rendit dans la chambre de Thomas. La présence de son fils l'incitait à ne pas se morfondre sur le passé. Il avait bel et bien l'intention de prendre soin de son fils et de créer la famille dont il avait toujours rêvé.

Enfant, Porter n'avait jamais manqué de rien, matériellement parlant. Sa mère était une brillante avocate qui gagnait très bien sa vie. En revanche, il avait ressenti une profonde solitude et était bien décidé à ce que jamais son fils n'éprouve le sentiment de ne pas être désiré. Pendant toute l'enfance de Porter, sa mère avait enchaîné les relations, passant d'un homme à l'autre. Des hommes qui ne se donnaient que rarement la peine de mémoriser le prénom de Porter ! A l'époque, il avait la désagréable sensation d'être invisible. Dès le collège, il était entré en internat et y était resté jusqu'à la fin du lycée, ne revenant chez lui que pour trois semaines à Noël et deux mois l'été.

Sa mère avait beau lui promettre des sorties au cinéma ou au bowling, il se retrouvait la plupart du temps à faire ces activités en compagnie d'une baby-sitter. En effet, Courtney avait la fâcheuse habitude de lui fausser compagnie pour batifoler avec son petit ami du moment.

C'était à l'occasion des vacances de Noël de ses douze ans que sa relation avec sa mère avait irrémédiablement changé.

Alaina n'était peut-être jamais allée dans le Colorado, mais lui y était allé !

Cette année-là, il était revenu chez lui pour les vacances, très excité à la perspective d'aller skier avec sa mère dans le Colorado, comme ils l'avaient projeté. De la neige, des chocolats chauds, de l'activité physique en plein air… autant d'activités alléchantes pour le gamin qu'il était.

Courtney et Porter étaient effectivement partis dans le Colorado, mais sa mère avait emporté dans ses bagages une nounou… et un petit ami ! Elle avait inscrit Porter au centre de loisirs pour la journée, et le soir, la nounou s'occupait de lui pendant que Courtney et son petit ami sortaient dîner.

Porter avait été cruellement déçu par le comportement de sa mère. Il avait tant espéré passer du temps avec elle et établir ce lien qui lui manquait tant. C'était lors de ce séjour qu'il avait réalisé qu'il ne l'aurait jamais. S'il voulait une famille autour de lui, il devrait se la créer lui-même.

Repoussant ce souvenir douloureux dans un coin de sa mémoire, il se pencha sur le berceau de Thomas. Le bébé dormait paisiblement en émettant de petits bruits.

Il était si mignon.

Oui, pour Thomas, tout serait différent. Porter et Alaina feraient en sorte d'être toujours auprès de lui. Ils prolongeraient la trêve temporaire qu'ils avaient instaurée avant l'accident et vivraient comme une vraie famille.

Alaina semblait ressentir le lien fort qui existait entre eux. Même si elle recouvrait la mémoire, elle laisserait le passé et leurs différends derrière eux et resterait avec lui. Ils étaient tous deux déjà tellement liés à leur fils.

Il se retourna en entendant un coup assourdi frappé à la porte.

Alaina se tenait sur le seuil, prête pour la nuit. Elle portait un T-shirt à bretelles croisées dans le dos qui mettait en valeur ses formes généreuses. Son short noir laissait voir ses jambes galbées et ses cuisses musclées.

— Ce fut une très belle journée, dit-elle. Peut-être n'es-tu pas si mauvais quand il s'agit d'être romantique.

Sa voix contenait une légère inflexion taquine. Porter eut très envie de la prendre dans ses bras et de la serrer contre lui.

— Vraiment, c'était super, reprit-elle. Les cadeaux que nous avons trouvés pour Thomas, les décorations que tu as achetées. Créer nos propres traditions de Noël. Cela veut dire beaucoup pour moi.

Elle s'était approchée, et ils n'étaient plus qu'à quelques centimètres l'un de l'autre. Elle était si proche que le parfum à la noix de coco de son shampooing vint chatouiller ses narines et attiser ses sens. Si proche qu'il sentit sa patience faiblir et le désir s'accroître de l'entraîner jusqu'à son lit.

Il fit de son mieux pour se ressaisir. Il y avait trop en jeu pour qu'il fasse preuve d'imprudence.

Il s'efforça de peser ses mots :

— Je veux que nous constituions une vraie famille, déclara-t-il en enfonçant ses mains dans ses poches pour se dissuader de la toucher. Et je trouve ton idée de fricassée de crevettes excellente ! Nous constituons une équipe et devons chacun apporter nos idées et contributions à notre vie de famille.

— Je le pense aussi. Le temps que nous passons ici nous y aide.

Elle fit une pause, les yeux dans le vague, comme si elle cherchait à sonder l'intérieur de sa mémoire.

— Tu sais, je me souviens vaguement d'avoir fait cette peinture que je t'ai offerte. C'est un peu flou, mais je me rappelle les couleurs que j'ai choisies.

Des bribes de souvenirs lui revenaient en mémoire. Il aurait dû s'en réjouir. Certes, il était heureux pour elle, mais il ne pouvait s'empêcher de se sentir anxieux. Que se passerait-il quand elle se rappellerait les erreurs qu'il avait commises ? Quand elle comprendrait pourquoi il esquivait les questions qu'elle lui posait ?

— C'est merveilleux, dit-il. J'adore ta peinture, tes choix de couleurs. Je suis impatient que tu redécouvres notre maison de Tallahassee.

Il ne pouvait qu'espérer qu'ils parviendraient à réparer leur mariage avant que les souvenirs affluent.

Les mauvais souvenirs.

Le divorce imminent.

L'angoisse lui serra la gorge. Les enjeux n'avaient jamais été aussi élevés, car aujourd'hui ils avaient un enfant.

— Quels sont les autres cadeaux que tu m'as faits pendant toutes ces années ? demanda-t-elle en se penchant sur le berceau pour remettre la couverture en place.

— Tu es passionnée par l'art et très active dans le regroupement des artistes de Tallahassee. Tu avais envie que les enfants des écoles primaires soient sensibilisés à l'art, alors j'ai financé un programme pour que des artistes viennent présenter leurs œuvres aux enfants pendant la classe.

— Oh ! Porter, comme c'est généreux de ta part ! s'exclama-t-elle. Je ne sais vraiment pas quoi dire.

Elle exprimait une telle reconnaissance qu'il se sentit encore une fois coupable de ne pas jouer franc jeu avec elle.

Oui, mais voilà… il se focalisait sur le long terme, et pour atteindre son objectif, il devait se taire. Elle le comprendrait certainement, si elle venait soudain à recouvrer la mémoire. Il ne pouvait en être autrement.

— Il est inutile de me remercier, Alaina. Tu le mérites. En tout cas, ce programme a remporté un franc succès. Les gamins ont été ravis.

Elle le fixa avec intensité. Il soutint son regard et perçut de la chaleur dans le bleu profond de ses yeux. Des yeux qui étaient à la fois ceux de sa femme et ceux d'une étrangère.

Thomas s'étira et émit de petits bruits, perturbé par le son de leurs voix.

— Nous parlons trop fort, murmura Alaina.

— Oui, il est temps de le laisser dormir paisiblement.

Porter prit le baby-phone pour le donner à la nounou.

— D'ailleurs, j'ai encore une surprise pour toi qui t'attend en bas.

Alaina suivit Porter au rez-de-chaussée où ils gagnèrent la salle de séjour. Ils n'allumèrent pas, mais s'assirent au pied du sapin, dans la lueur clignotante des guirlandes électriques.

— Ferme les yeux.

Le souffle chaud de Porter lui chatouilla l'oreille. Elle ferma les yeux et sentit qu'il posait une boîte sur ses genoux.

— Vas-y… tu peux ouvrir les yeux.

Elle obtempéra et découvrit un paquet rectangulaire soigneusement enveloppé dans du papier-cadeau. A la hâte, elle déchira le papier, dévoilant un coffret dont elle souleva le couvercle. Elle laissa échapper un cri de joie en découvrant le contenu de la boîte.

De la toile, de la peinture à l'acrylique, de la peinture à l'huile, de la craie, des pinceaux et des fusains. Il y avait là tout ce dont elle avait besoin pour laisser libre cours à sa sensibilité artistique !

— Oh ! Porter, tu n'aurais pas dû… Je veux dire… cela aurait pu attendre Noël !

L'émotion donnait à sa voix une inflexion plus aiguë. Comme elle avait hâte d'exprimer tout ce qu'elle ressentait sur une toile blanche !

Il posa les mains sur ses épaules.

— Je suis un homme simple, tu sais. Tout ce qui m'intéresse, c'est que ma famille ait ce dont elle a besoin. J'ai pensé que cet assortiment serait parfait pour toi. Je pense que tu n'es jamais restée aussi longtemps sans projet artistique en cours.

Au fond d'elle-même, Alaina était très touchée. Porter faisait vraiment tout son possible pour qu'elle se sente bien. Même en admettant que leur vie d'avant l'accident n'ait pas été parfaite, l'homme qui était devant elle aujourd'hui faisait d'indéniables efforts.

— C'est parfait, Porter. Merci.

Elle prit sa main. Elle commençait à avoir réellement l'impression de reconnaître la texture de sa peau.

Avançant son autre main, il repoussa une mèche de ses cheveux derrière son oreille.

— Je t'en prie.

— Puis-je te poser une autre question ?

— Bien sûr.

— Comment avons-nous décidé d'appeler notre fils Thomas ?

C'était le prénom de son père. Elle espérait que c'était la raison de leur choix, mais ne se fiait guère à son instinct ces derniers temps.

Elle eut un pincement au cœur. Thomas ne connaîtrait jamais son grand-père.

Porter se pencha vers elle et leurs épaules se frôlèrent. Elle se laissa aller contre lui et respira son parfum musqué.

— Nous avons choisi ce prénom en l'honneur de ton père. C'était une évidence. Je n'ai pas connu mon père, et le tien semblait avoir été un homme merveilleux.

Il l'enveloppa dans ses bras tandis qu'elle enfouissait son visage dans sa poitrine. Elle sentit les battements de son cœur s'accélérer. Elle commençait à considérer Porter comme quelqu'un à qui elle pouvait parler. Même si le terme confiance paraissait encore un peu exagéré, elle ne pouvait que se sentir émue par son comportement aujourd'hui.

Elle ne pouvait nier qu'elle se sentait prête à passer à l'étape suivante. Elle se languissait de davantage d'intimité avec lui. Son corps semblait reconnaître instinctivement le sien, là où la mémoire lui manquait.

— Je sais que nous avons dû rencontrer des difficultés dans notre relation, commença-t-elle. Peut-être parce que nous ne pouvions avoir d'enfants, et aussi pour d'autres raisons que je n'ai pas besoin de connaître maintenant. En tout cas, je suis heureuse que nous essayions de former une famille aujourd'hui. Et je me demandais si tu pouvais rester cette nuit avec moi. Pour dormir, seulement. Rien d'autre. Qu'en penses-tu ?

— Je pense que je serais un bel idiot de dire non !

- 7 -

Alaina avait du mal à croire qu'elle venait de demander à son mari si elle pouvait dormir auprès de lui !

Elle était en train de passer son pyjama dans la salle de bains. Le choix n'avait pas été facile. Que porter pour dormir aux côtés d'un homme qui l'attirait, mais avec qui elle n'était pas prête à avoir de relations intimes ? Si elle choisissait une chemise de nuit ou un T-shirt, n'était-ce pas l'inviter à glisser sa main dessous ? Si elle jetait son dévolu sur de la soie, cela lui donnerait une allure trop sexy.

Mais elle ne voulait pas non plus avoir l'air d'une vieille fille ! Elle avait donc opté pour un T-shirt en coton à bretelles rose pâle et un short à rayures.

Certes, leurs jambes risquaient de se frôler…

Oui, mais elle en avait envie ! Elle avait besoin d'être proche d'un autre être humain. De son mari. Son corps savait indéniablement que Porter et elle avaient formé un couple. Ils avaient une façon involontaire d'être synchrones physiquement qui indiquait qu'ils avaient fait quantité de choses ensemble, sexuellement parlant aussi.

Quand elle s'était réveillée du coma, elle avait eu la sensation que les cinq dernières années n'avaient pas existé, qu'elle avait rompu avec Douglas et obtenu contre lui une mesure d'éloignement quelques mois plus tôt seulement. Puis, pendant la semaine d'hôpital et celle qu'elle venait de passer dans la maison de vacances, elle avait peu à peu ressenti de la distance par rapport au passé. Ces semaines l'avaient aidée à apaiser sa tension initiale et son impression d'être coincée dans une autre époque.

Avait-elle surmonté le traumatisme de sa relation avec Douglas ? Certainement, puisqu'elle s'était mariée ! Même si les cinq dernières années lui manquaient, sa relation avec Douglas lui paraissait plus lointaine aujourd'hui que lorsqu'elle s'était réveillée à l'hôpital. C'était comme si son corps travaillait pour absorber le temps oublié, même si son cerveau ne suivait pas forcément.

Elle ne se rappelait pas son passé avec Porter, mais ses sentiments pour lui grandissaient de jour en jour.

Elle jeta un œil à sa bague de fiançailles et à son alliance, et pour la première fois, eut la sensation qu'elles lui appartenaient. Lorsque Porter lui avait offert ces fournitures artistiques, elle s'était sentie reliée à lui et à son passé. Cela lui donnait envie de créer davantage de liens avec le passé.

Oui, elle voulait passer cette nuit avec son mari !

Elle tira sur son T-shirt. Le doux coton caressa ses seins et déclencha un frisson qui la parcourut tout entière. Cela n'allait pas être aussi simple qu'elle le pensait. Prenant une profonde inspiration, elle sortit de la salle de bains. La chambre était baignée d'une douce lumière provenant du bougeoir en forme d'ancre posé sur la commode en acajou.

Elle songea qu'elle devrait peut-être redécorer cette maison pour qu'elle ressemble davantage à un foyer douillet et moins à une photo issue d'un catalogue d'ameublement. Cela dit, elle en parlerait d'abord à Porter. Elle tenait à ce qu'ils prennent leurs décisions ensemble, comme ils l'avaient fait en achetant les jouets de Thomas.

Adossé à la porte de la chambre, Porter l'observait.

Il portait un pantalon de jogging tombant sur ses hanches et un T-shirt blanc aux couleurs d'une équipe de base-ball de Tallahassee, qui mettait en valeur sa carrure athlétique.

Comme il est sexy, songea-t-elle.

Et il était à elle !

Elle joua avec la ceinture élastique de son short.

— C'est un peu bizarre, murmura-t-elle.

— Je suis désolé que tu ressentes ça.

— Moi aussi, mais je l'ai dit et ne peux le retirer.

— Tu n'as pas à le faire.

Elle souleva les draps, avant de s'immobiliser.

— Je ne sais même pas de quel côté je dors.

— Tu ne t'es pas trompée.

— Tu dis ça parce que c'est vrai ou pour me ménager ?

— Parce que c'est la vérité. Ton instinct est bon. C'est bien ton côté du lit.

Elle sentit quelque chose se libérer en elle. Peut-être devrait-elle suivre son instinct plus souvent quand elle était avec Porter.

Elle s'installa dans le lit et tapota le matelas à côté d'elle.

— Viens me rejoindre !

— Tes désirs sont des ordres, répliqua-t-il en s'allongeant à ses côtés.

— Bon, ça va… je ne fais pas de crise cardiaque.

— Hum, tu sais trouver les mots pour m'exciter !

Elle rit et le poussa de ses deux mains. Sous ses doigts, elle sentit la résistance opposée par ses muscles.

Amusé, il laissa échapper un rire grave.

Elle se laissa tomber contre l'oreiller rebondi et remonta le drap sur elle. Porter se tourna sur le côté et appuya sa tête dans sa main.

— Et maintenant ? demanda-t-elle. Notre situation est tellement peu conventionnelle que je ne sais pas quelles sont les règles à suivre.

— Il n'y a pas de règles en ce qui me concerne. Nous faisons ce que nous voulons.

— Comment dormions-nous ? voulut-elle savoir. Est-ce que je me lovais contre ta poitrine ? Est-ce que tu me prenais dans tes bras ? Ou bien dormait-on chacun de notre côté du lit ?

— Pourquoi ne pas voir ce qui vient naturellement ? proposa Porter en ouvrant un bras.

Après un instant d'hésitation, elle posa sa tête sur l'épaule de Porter qui referma son bras autour d'elle.

Elle soupira de satisfaction. Oui… elle se sentait bien comme ça. La sensation de son corps contre celui de son mari lui paraissait naturelle.

Ses paupières lourdes de sommeil commençaient à se fermer. La journée avait été épuisante, et se retrouver dans ce lit avec lui lui faisait un bien fou. Elle se plaqua davantage contre lui. Elle était comme hypnotisée par le mouvement régulier de sa poitrine qui suivait le rythme de sa respiration.

Elle ferma les yeux.

Comment était-il possible de se sentir aussi à son aise et aussi excitée en même temps ?

Le sommeil était bien la dernière chose que Porter avait en tête. C'était devenu la règle ces derniers temps. Depuis l'accident. Depuis la succession confuse des jours et des nuits à l'hôpital. Il avait ainsi pris l'habitude de travailler jusque tard dans la nuit afin de détourner son esprit de la situation critique dans laquelle se trouvait sa famille.

Ce soir, cependant, il travaillait pour une tout autre raison. Il travaillait pour occuper ses mains et les empêcher de s'égarer sur le corps de sa femme.

Il avait toutes les peines du monde à se concentrer.

Comment l'aurait-il pu, avec Alaina ainsi pressée contre lui ? Cela faisait tellement longtemps qu'ils ne s'étaient pas retrouvés l'un contre l'autre, mêlant la chaleur de leurs corps. Il fit courir ses doigts dans les cheveux d'Alaina, qui se blottit davantage contre lui.

Evidemment, il brûlait d'envie de la toucher et de lui faire l'amour, mais il ne devait pas perdre son objectif de vue. Pour la première fois depuis des mois, il avait l'impression que les choses allaient bien entre eux. Et pas seulement de son côté. De celui d'Alaina aussi.

Oui, ils étaient en train de devenir une famille. Tout du moins le pensait-il, car il lui fallait bien avouer que son expérience de la famille était plutôt chaotique.

Il tenta de se concentrer sur sa tablette et consulta quelques rapports. Bientôt, le besoin de sommeil se fit sentir.

Soudain, Alaina se mit à trembler et s'écarta brusquement de lui.

— Arrête !

Ce n'était qu'un murmure, mais il était chargé de désespoir.

— Lâche-moi… Ne… Non ! Arrête.

Son joli visage était défiguré par l'angoisse. Elle se mit à se débattre contre un assaillant invisible.

De toute évidence, elle faisait un horrible cauchemar.

Porter lui secoua doucement l'épaule.

— Tout va bien, Alaina. Tout va bien.

Elle haleta et ouvrit brusquement les yeux. Elle inspecta la pièce d'un air apeuré avant de poser le regard sur Porter.

— Je suis désolée, fit-elle, le souffle court. Je ne voulais pas te réveiller. Oh ! ce n'était vraiment pas une bonne idée ! Je vais m'en aller.

Il la saisit par le bras pour l'en empêcher.

— Calme-toi, Alaina. Reste là. Te rappelles-tu ton rêve ? T'es-tu souvenue d'éléments du passé ?

— Non, pas vraiment, soupira-t-elle en s'affaissant contre lui. J'ai rêvé de Douglas… de l'époque où j'étais avec lui. T'ai-je parlé de Douglas ?

— Le petit ami que tu avais avant moi ? Oui, tu m'en as parlé.

— Que t'ai-je dit exactement ?

— Essaies-tu de me soutirer des informations ? As-tu aussi oublié des pans de cette période de ta vie ?

— Je me souviens qu'il était violent verbalement. Puis il a commencé à me frapper.

Les yeux dans le vague, elle secoua la tête.

— Et puis, je n'ai plus supporté et je l'ai quitté.

— C'est ce que tu m'as dit, confirma Porter.

Quand elle lui avait parlé de Douglas, il avait fait en sorte de garder un œil sur lui et de s'assurer qu'il respectait bien la mesure d'éloignement.

— Je suis désolé que cette nuit rappelle à ta mémoire de mauvais souvenirs. C'était censé être une expérience positive pour toi.

— Cela aurait été pire si j'avais été seule. Essayons à nouveau.

— Avec plaisir.

Elle se blottit de nouveau contre lui et posa la main sur son torse. Il la serra contre lui, tout en s'interrogeant sur la façon dont il pourrait la rassurer et l'aider à se sentir à l'aise.

Peu à peu, elle sentit sa respiration s'apaiser. Sa régularité fit comprendre à Porter qu'elle s'était endormie.

Il avait beau être déterminé à protéger sa femme de menaces telles que celle que pouvait représenter Douglas, il ne pouvait nier qu'il n'avait aucun moyen de la protéger des pensées délétères liées à son passé.

Les rais de lumière mordorée qui filtraient à travers les rideaux de tulle tirèrent Alaina des bras de Morphée. Elle observa un long moment son mari qui, les yeux clos, dormait encore profondément.

Avec précaution, elle sortit du lit et gagna la chambre de Thomas. Celui-ci l'accueillit avec un sourire craquant.

— As-tu faim, mon chéri ? roucoula-t-elle en le prenant dans ses bras.

Elle s'installa dans le rocking-chair et lui donna son biberon. C'était le moment de la journée qu'elle préférait. Celui où elle pouvait se retrouver seule avec son enfant. Elle se balançait tout en lui parlant, chantait même, parfois. Le temps filait à toute vitesse comme dans un rêve enchanté. C'était tout ce qu'elle avait toujours espéré que la maternité lui apporterait. Ce calme absolu qui régnait en elle quand elle avait son fils dans ses bras.

Ce matin, elle ressentait aussi le désir de retourner dans le lit qu'elle partageait avec Porter ! De mémoriser ses traits, de graver ces moments dans sa mémoire pour qu'ils ne puissent pas lui échapper à leur tour.

Peut-être le moment était-il venu de se remettre à dessiner, songeait-elle. De réaliser des portraits. Elle commencerait par Porter. S'attacherait à reproduire les traits de son visage et la puissance qu'il dégageait. Sans oublier les légères rides autour des yeux. Et tandis qu'elle s'efforcerait de le dessiner, qui sait… peut-être les souvenirs des années passées ensemble afflueraient-ils à sa mémoire ?

Une fois Thomas rassasié, elle le recoucha non sans l'avoir embrassé tendrement. Elle était remplie d'amour pour ce petit être.

Elle le dessinerait juste après Porter.

Elle redescendit sur la pointe des pieds et récupéra son nouveau carnet à dessins et ses crayons avant de retourner se coucher. Elle observa Porter dont le visage était baigné par les rayons du soleil levant. Puis, elle se saisit d'un crayon et commença à l'esquisser, en commençant par son visage. Absorbée dans sa tâche, elle perdit la notion du temps et du monde autour d'elle.

Un coup frappé à la porte de la chambre la fit violemment sursauter.

— La Belle au bois dormant est réveillée ? chuchota sa belle-mère sur le pas de la porte.

Courtney portait un chemisier dont le col était maintenu fermé par une broche représentant un flocon de neige en diamant.

Porter ronfla bruyamment et se tourna sur le côté sans se réveiller.

— Voulez-vous prendre le petit déjeuner avec moi ? J'ai bien envie d'une petite conversation entre femmes.

— Pourquoi pas ? Je suis moi-même affamée.

Elle posa son carnet et ses crayons sur la table de nuit. Cette diversion était la bienvenue, car si elle était restée plus longtemps aux côtés de Porter endormi, qui sait si elle aurait été capable de résister à la tentation. Elle avait besoin de prendre de la distance pour recouvrer ses esprits. De plus, sa belle-mère aurait peut-être des conseils à lui donner.

Elle suivit Courtney jusqu'à l'escalier menant à la cuisine au rez-de-chaussée.

— Je ne vous avais jamais vue en train de dessiner, lui dit sa belle-mère. Je me faisais la réflexion que vous aviez la même expression que Porter lorsqu'il réalise des plans.

— Vraiment ?

Courtney hocha la tête.

— Porter a toujours été un garçon manuel. Ça a commencé au collège. Il construisait toutes sortes de choses. Une fois, il a bricolé une table pour moi dans le but de me l'offrir à Noël. Il avait seize ans. Il m'a expliqué qu'il aimait l'idée de pouvoir créer des objets de ses propres mains, et ce à partir de rien. Cela ressemble à de l'art, n'est-ce pas ?

— Oui, le processus est similaire. Le fait de créer plutôt que d'acquérir quelque chose de fabriqué. Je pense que c'est la raison pour laquelle cette maison me semble étrangère. La décoration est neutre, standard et aseptisée, contrairement à toute création qui comporte des imperfections.

— Vous parlez comme Porter. Quand il a construit cette table, je crois que c'est le moment où il a décidé qu'il n'avait plus besoin de moi.

Elle eut un petit rire, mais la tristesse dont il était empreint n'échappa pas à Alaina.

Elles s'assirent sur les hauts tabourets de la cuisine, face à l'océan. Un défilé de bateaux décorés pour les fêtes se préparait. Les bateaux se rassemblaient peu à peu. Sur le pont de l'un d'eux trônait un Père Noël gonflable, mais la plupart étaient plus simplement parés de grosses guirlandes de verdure.

— Je suis certaine qu'il avait encore besoin de vous, déclara Alaina. S'il est l'homme qu'il est aujourd'hui, c'est en partie grâce à vous.

Un homme qu'elle-même essayait ardemment de comprendre. De réapprendre à connaître.

Sa belle-mère arqua un sourcil en glissant deux morceaux de pain dans le grille-pain.

— Je me le demande parfois. Porter a bâti chaque maison dans laquelle il a vécu en tant qu'adulte. Parfois, je suis surprise qu'il n'ait pas lui-même construit son yacht !

— Comment ? s'exclama Alaina. L'un de ces yachts nous appartient ?

— Absolument. En général, mon fils préfère que je m'installe sur le yacht plutôt que dans la maison quand je viens vous voir. Sympa, non ? Bref. Nous avons toujours eu quelques problèmes relationnels, Porter et moi.

Courtney fit tourner les bagues autour de ses doigts avant de continuer.

— J'étais follement amoureuse du père de Porter, vous savez. J'étais jeune et quand j'étais dans ses bras, je croyais que la vie m'appartenait. Mais il avait d'autres aspirations, d'autres rêves. Il nous a quittés peu après la naissance de Porter.

— J'imagine que cela a été difficile d'élever seule un petit garçon tout en travaillant, compatit Alaina.

— Vous voulez la vérité, Alaina ? J'étais — et suis toujours — une brillante avocate. Je peux décortiquer un dossier comme personne… Mais la maternité ? Non, vraiment je n'ai jamais été douée pour ça. Pas comme vous, pour qui cela semble si naturel.

Alaina hocha la tête d'un air compréhensif, mais s'abstint de tout commentaire. Elle était consciente que Courtney était excentrique, mais elle ne doutait pas de l'amour de cette femme pour son fils. Les liens familiaux n'étaient pas toujours aisés, et Alaina avait le sentiment d'en savoir plus que quiconque à ce sujet.

Elle commençait tout juste à comprendre la personnalité de Porter. Et peu à peu, elle voyait clair dans ce qui l'opposait à sa mère. Courtney était du genre à acheter les choses plutôt qu'à les créer, et à s'appuyer sur une aide extérieure. C'était pour cela qu'elle avait insisté pour qu'une nounou prenne soin de Thomas. Porter, lui, était homme à tout faire seul. Il avait édifié son empire du bâtiment de la même façon qu'il avait construit cette fameuse table, à l'âge de seize ans. Il avait prouvé qu'il pouvait partir de zéro et réussir dans la vie, et ce sans l'aide de sa mère, alors qu'il aurait parfaitement pu s'appuyer sur sa fortune. Il n'avait en rien reculé devant l'ampleur de la tâche.

Et moi, dans tout cela ? se demanda Alaina.

Elle venait de passer deux semaines dans le brouillard de l'amnésie. Effrayée de ce qu'elle pourrait découvrir si elle cherchait trop.

Porter, lui, savait tout de leur histoire. De leurs luttes. Et il était toujours autant dévoué à sa famille.

Peut-être avait-elle besoin de tout savoir, elle aussi, ce qui signifiait qu'il lui fallait fouiller, y compris dans la saleté.

En parlant à Sage, par exemple.

Tandis qu'Alaina versait du café dans deux mugs de Noël décorés d'anges, elle prit une résolution. Aujourd'hui serait un jour consacré à l'exploration. L'exploration de son passé, y compris de ses aspects potentiellement désagréables.

Le temps était venu pour elle de reconstruire sa vie.

Pour commencer, elle devait en apprendre davantage sur l'acquisition de ce yacht. Car elle était sûre d'une chose : ce genre de joujou pour frimeurs n'était pas du tout son style !

- 8 -

Porter avait été surpris lorsque Alaina avait suggéré qu'ils fassent une sortie avec le yacht. Jamais, en effet, elle n'avait fait une telle proposition.

En fait, le Sunseeker, beau bébé de vingt-quatre mètres de long, avait toujours été un sujet de discorde entre eux depuis que Porter l'avait acheté, deux ans plus tôt. Elle avait toujours détesté ce bateau, arguant qu'il était trop tape-à-l'œil. Il était un signe criant de leur fortune, et cela la mettait terriblement mal à l'aise.

Porter, lui, n'avait jamais vu les choses sous cet angle. Pour lui, ce yacht représentait la liberté. Une possibilité de fuir le monde, d'être libéré de ses responsabilités professionnelles. Et puis oui, quand il l'avait acheté, il avait espéré que ce bateau leur offrirait la possibilité de se détendre ensemble et de se retrouver, à un moment où leur mariage commençait à battre de l'aile.

Le bateau tanguait joyeusement au gré du courant, et les autres yachts se trouvaient suffisamment loin pour qu'Alaina et Porter aient l'impression d'être seuls.

Porter sortit de la cabine, deux bouteilles d'eau à la main. Les vagues léchaient la coque du bateau avec un bruit apaisant. Il tendit le visage vers le ciel et apprécia la chaleur du soleil d'hiver sur sa peau.

A chaque jour qui passait, il se sentait plus proche d'Alaina. Plus proche qu'il ne l'avait jamais été. Il lui semblait qu'ils tissaient peu à peu un lien nouveau. Et depuis la nuit précédente, un changement s'était opéré dans leur relation.

Il prit un moment pour admirer Alaina.

Elle était vêtue de leggings et de plusieurs hauts superposés, et chaussée de tongs. Elle était étendue sur les coussins blancs d'un transat, penchée au-dessus d'un bloc sur lequel elle dessinait avec fougue.

Le vent faisait voleter ses mèches blondes.

Elle était tout simplement magnifique.

— Puis-je voir tes dessins ?

Elle était en train de faire une esquisse au fusain. Elle ne leva pas le nez.

— Es-tu certain de vouloir voir ? Il y en a de toi.

— M'as-tu représenté en bouffon… ou en cyclope ? demanda-t-il en s'installant à son tour dans un transat.

Elle lui jeta un rapide coup d'œil.

— Pourquoi ferais-je ça ?

— Parce que nous avons parlé de nos disputes passées.

— Tu t'es montré très compréhensif et patient avec moi. Quoi qu'il arrive, je ne l'oublierai pas.

— Que veux-tu qu'il arrive ? s'enquit-il avec un soupçon d'inquiétude.

— Tu pourrais te lasser d'avoir une épouse amnésique.

— Je ne me lasserai jamais de toi.

Elle s'empourpra en le fixant à travers ses lunettes de soleil.

L'esprit de Porter s'emballa à la pensée de la nuit qu'ils avaient passée côte à côte. De son corps pressé contre le sien et du parfum à la noix de coco de son shampoing. Il avait eu envie de tellement plus que de rester simplement allongé à côté d'elle ! Et il ne pensait toujours qu'à ça !

Elle parut lire dans ses pensées car une expression d'avidité se peignit sur son visage. Une expression qu'il n'était pas loin d'interpréter comme étant du désir.

Le bruit d'un poisson sautant hors de l'eau pour y disparaître à nouveau les ramena à la réalité du moment.

Alaina se pencha et lui tendit son carnet d'esquisses.

— Tiens… Regarde, si cela te fait plaisir.

Tandis qu'il tournait les pages du carnet, elle ne le quittait pas des yeux, tout en se mordillant les ongles. Il étudiait attentivement les dessins. Il y en avait des dizaines. La maison de la plage. Des bateaux sur l'océan. Thomas avec un bonnet de Père Noël.

Il hocha la tête d'un air appréciateur.

— Tu as fait du bon boulot !

— J'ai comme l'impression que dessiner m'aide à exprimer des pensées que je ne peux formuler en mots. C'est… Oh ! je ne sais pas comment expliquer ça, si ce n'est que c'est comme de la méditation.

Il tourna une page et découvrit une esquisse non achevée de lui en train de dormir. Alaina semblait s'être attardée sur ses yeux. Comme si elle cherchait à déterminer quelque chose à son sujet.

Ses dessins étaient très beaux. Hyperréalistes. Porter avait oublié à quel point elle avait du talent.

Le dernier dessin du carnet lui coupa le souffle. Il représentait une pièce meublée de divers objets… tous issus de leur passé commun !

Avait-elle recouvré la mémoire ?

Le sol de la pièce était recouvert d'un tapis marocain. Sur un bureau se trouvait un globe terrestre avec un pied fêlé. Ces objets faisaient partie de leur vie passée. Si Alaina ne les identifiait pas comme tels, quelle était la signification de leur présence sur ce dessin ? Porter ne parvenait à décider s'il devait lui en parler…

Dis-lui la vérité, s'enjoignit-il.

— Sur ce dessin, commença-t-il, il y a des objets que je t'ai offerts au cours de notre vie commune.

— Ah oui ? s'exclama-t-elle. Lesquels ?

— Ce tapis, par exemple, fit-il en le désignant. C'est le tout premier cadeau que je t'ai fait, quand tu vivais dans cet appartement minuscule avec du carrelage dans ta chambre. Tu disais que tu détestais avoir froid aux pieds en te levant le matin. Je savais que tu aimais les objets colorés et ayant une histoire. J'ai donc fait l'acquisition de ce tapis lors d'un voyage professionnel.

Elle l'écoutait attentivement tout en fixant son dessin.

— Je me suis réveillée avec cette scène à l'esprit, expliqua-t-elle. J'ai pensé qu'elle provenait d'un rêve… mais peut-être les souvenirs tentent-ils de se frayer un chemin jusqu'à moi finalement !

— C'est fort possible.

— Quel autre objet provient de notre passé ?

— Ce globe avec le pied fêlé.

— C'est un drôle de cadeau, commenta-t-elle en rajustant ses lunettes sur son nez. D'où vient-il ?

— Il s'est cassé lors de notre déménagement. Je l'avais acheté pour notre premier anniversaire de mariage. C'était un globe en céramique que tu as peint toi-même. A la place des pays, il y a des citations sur l'art et la vie. J'ai toujours pensé que tu devrais le reproduire et le vendre en série !

Elle sourit.

— Penses-tu que c'est le matériel de dessin que tu m'as offert qui m'a fait penser à ce globe ?

— Peut-être.

— Et le fait d'être sur ce yacht… Est-ce que cela pourrait m'aider à me remémorer certaines choses ?

— Honnêtement, ce qui peut te revenir à la mémoire, ce sont nos disputes à ce sujet. Tu étais contrariée que j'achète ce bateau. Tu pensais que nous aurions pu dépenser l'argent autrement. Mais à cette époque, nous nous disputions déjà pour tout et rien.

— J'apprécie ton honnêteté.

— Je veux que tu me fasses confiance. Tu le crois, n'est-ce pas ?

— Oui. Mais je ne suis pas certaine que tu aies envie que je me souvienne de tout. Tu as l'air très motivé par l'idée de « tout recommencer » ! C'est toi qui as les cartes en main, car tu connais tout de notre passé, alors que moi, je ne sais que ce que les gens veulent bien me dire.

Il ne pouvait le nier. Et il était conscient qu'il lui devait la vérité brute, mais il ne pouvait se résoudre à la lui révéler alors qu'ils étaient si proches d'avoir ce qu'ils avaient toujours voulu. Ce temps passé sur le yacht leur offrait un répit loin du monde, et il devait mettre à profit cet instant suspendu hors du temps pour parvenir à ses fins.

— J'ai une idée, Alaina. Et si nous prétendions être des personnes différentes ? Deux étrangers qui viennent de se rencontrer et se retrouvent coincés sur ce yacht.

Deux étrangers attirés l'un par l'autre et qui veulent apprendre à se connaître.

Il enleva le bouchon d'une bouteille d'eau, puis la lui tendit.

Leurs regards se croisèrent. Ce fut comme si l'air crépitait sous l'effet du courant électrique circulant entre eux.

Elle prit la bouteille d'eau et lui adressa un sourire radieux.

— Je suis prête à jouer !

Les teintes rosées du soleil couchant viraient au rouge pourpre à mesure qu'il disparaissait derrière la ligne d'horizon. Une brise fraîche s'était levée, qui faisait frissonner Alaina. Elle se frotta énergiquement les bras et les jambes pour se réchauffer.

Le yacht brillait de mille feux dans la lumière tombante, et bien qu'Alaina réprouve son prix, elle ne pouvait qu'admettre qu'il était bien agréable de naviguer dessus. Elle était séduite par le balancement apaisant du yacht, par l'odeur piquante du sel dans ses narines, par la quiétude environnante. Elle aurait presque pu croire que Porter et elle étaient seuls au monde.

Malgré tout, elle ne pouvait se départir d'un léger malaise.

— Tu sembles frigorifiée, constata Porter en rapprochant son transat du sien.

Il avait rapporté de la cabine une couverture ornée d'inscriptions en lettres cursives. Alaina plissa les yeux pour tenter de les déchiffrer… sans succès. Etait-ce elle qui avait fait cette acquisition ?

— Il m'est arrivé d'avoir plus chaud, effectivement, répondit-elle.

Et pourtant, elle sentait bel et bien une chaleur se diffuser en elle à mesure que Porter la rejoignait. La nuit passée auprès de lui les avait indéniablement rendus plus proches. Et elle brûlait de désir de franchir encore une nouvelle étape.

— Tu as de la chance que je sois équipé !

Il lui drapa les épaules de la couverture, les effleurant au passage, ce qui la fit frissonner de plus belle. Elle s'enveloppa dans la couverture, cherchant à canaliser le besoin de contact qu'elle avait avec Porter. En avait-il autant envie qu'elle ? Que se passerait-il ensuite ?

— Comme c'est généreux de ta part, le taquina-t-elle.

— Ne t'emballe pas… Il y a une contrepartie !

Une étincelle malicieuse dansait dans ses yeux.

— Oh ! vraiment ?

— Eh oui, tu me devras un rendez-vous en échange. Et puis, il faut aussi que tu partages cette couverture !

La malice dans son regard s'était muée en quelque chose de voluptueux.

Elle sentit les pointes de ses seins durcir sous l'effet du désir intense que Porter provoquait en elle. De toute évidence, il avait en tête autre chose que le partage chaste d'un lit.

Resserrant ses doigts sur la couverture, elle affronta son regard sans flancher.

— Je vais y réfléchir. Je te trouve bien exigeant.

Se sentant soudain audacieuse, elle écarta un pan de la couverture pour inviter Porter à s'asseoir tout près d'elle. Il obtempéra sans attendre.

— Alors, on joue ? fit-il en pressant sa cuisse dure contre la sienne.

— D'accord, j'adore jouer !

— Parfait. Alors je te pose une question, et tu dois y répondre. Ensuite, c'est à ton tour de m'interroger.

Il se tourna légèrement de manière à lui faire face.

— D'accord, dit Alaina en hochant la tête. C'est moi qui commence. Quelle est la pire boisson que tu aies bue ?

— La pire boisson ? Euh… A l'université, un ami m'avait mis au défi de boire une mixture de tous les alcools possibles et imaginables… Je n'ai jamais refait cette erreur, crois-moi.

Il grimaça à ce souvenir.

— C'est vraiment dégoûtant ! s'esclaffa-t-elle. Qu'est-ce qui a bien pu te convaincre de relever ce défi ?

— Hé, mademoiselle, protesta Porter en la poussant gentiment de l'épaule. Tu n'as droit qu'à une seule question ! A mon tour. Si tu devais rester coincée devant une émission télé pour le restant de tes jours, quelle serait-elle ?

— Ah… alors d'abord, rappelle-toi que je ne suis pas très à jour en ce qui concerne les programmes télé, mais si je devais subir ce supplice, ce serait devant *Scoubidou*. Je m'imagine parfaitement en train de conduire la machine à bulles ! En fait, quand j'étais petite, je voulais être détective à cause de ce dessin animé.

— *Scoubidou ?* Tu m'étonnes ! Tu aurais l'intelligence de Véra et la beauté de Daphné.

Il passa son bras autour de ses épaules, l'attira contre lui et rabaissa le dossier du transat pour qu'ils puissent admirer les étoiles. Alaina se tourna de façon à se retrouver pressée contre sa poitrine, l'oreille posée sur son cœur dont elle entendait les battements assourdis.

— C'est gentil… A mon tour ! Dis-moi quel est ton péché mignon en termes de nourriture. Ce que tu pourrais manger encore et toujours, sans jamais te lasser.

Il expira lentement.

— Tu sais poser les bonnes questions. Je mangerais des biscuits Oreo tous les jours, si je n'étais pas raisonnable. J'adore la crème entre les deux biscuits.

— Porter… Vraiment ? De toute la nourriture du monde, tu ne trouves pas mieux que des Oreo ?

Elle releva la tête pour sonder son visage. De petites rides se creusèrent dans ses joues tandis qu'il essayait de garder son sérieux.

— Oh oui, absolument. A mon tour… Qui était le premier garçon que tu aies embrassé ?

— Oh, mon Dieu, cela fait une éternité que je n'ai pas pensé à Bobby Dagana ! J'avais quatorze ans… Un jour, il m'a raccompagnée chez moi et m'a embrassée devant la porte. Ma mère a tout vu et n'a cessé de me taquiner après.

— Si je t'avais connue quand tu étais ado, je t'aurais embrassée bien avant que cette idée traverse l'esprit de Bobby Dagana !

Il caressa ses cheveux, traçant des cercles de ses doigts.

— Mmm… c'est bon, murmura-t-elle. Peux-tu continuer pendant que je réfléchis à une autre question ?

Elle passa ses doigts dans la boucle de sa ceinture.

— Non, désolé ! Débrouille-toi ! Non… je rigole !

Il attrapa une mèche de ses cheveux qu'il enroula autour de son index.

— A quoi penses-tu en ce moment ?

La gorge serrée, elle attendit la réponse. Chaque seconde lui semblait durer une éternité.

— Tu veux la vérité ? Je pense à toi. A combien tu es belle et à quel point j'ai de la chance.

Il avait dit ces mots sans la moindre trace de sarcasme.

Il lui serra le bras et un silence s'installa entre eux.

Elle déglutit.

— Tu trouves que tu as de la chance que ta vie soit bouleversée parce que ta femme ne se souvient même pas de t'avoir rencontré !

Ses yeux s'étaient emplis de larmes.

— Oh ! Alaina, s'exclama Porter en lui caressant le visage. Je ne te mérite pas.

— Mais pourquoi dis-tu ça ?

— Parce que tu m'as accompagné aujourd'hui, alors que tu sentais que ce yacht n'était pas un terrain neutre pour nous. Alaina, pourquoi es-tu venue avec moi ?

Il regretta ces mots aussitôt après les avoir prononcés.

Il eut envie de se gifler. Il avait été à quelques secondes de reconquérir sa femme et il se sabotait lui-même en posant une question qui allait remettre en cause la progression de ces derniers jours !

— Ce yacht semblait avoir été un sujet litigieux entre nous… alors j'ai voulu tenter de résoudre le problème, expliqua Alaina.

— T'es-tu souvenue de quelque chose à ce sujet ?

Il avait la sensation que son mariage était une bombe à retardement qui exploserait dès l'instant où Alaina recouvrerait la mémoire. Il devait donc tirer profit au mieux du temps qu'ils passaient ensemble avant que cela arrive.

— J'ai quelques sensations, admit-elle en fronçant les sourcils. Des intuitions, plutôt. Mais non, pas de souvenirs précis.

Ouf ! Encore un peu de répit.

Il chercha les mots qui, tout en étant honnêtes, ne dévoileraient pas tout.

— Nous nous sommes beaucoup disputés à ce sujet, avoua-t-il. Tu pensais que c'était un gâchis d'argent et que nous n'avions pas besoin d'un yacht, surtout aussi gros.

— C'est effectivement un gros bateau, murmura-t-elle en dessinant paresseusement des cercles sur sa poitrine. C'est important pour toi, n'est-ce pas ? Il doit y avoir une signification freudienne à tout cela, ne crois-tu pas ?

Il ne mordit pas à l'appât en exprimant de la mauvaise humeur, comme il l'aurait fait par le passé. Il chercha, au contraire, à expliquer ce qu'il ressentait plutôt qu'à réagir de façon impulsive.

— Ce yacht me fournit l'opportunité de larguer les amarres et de m'échapper de mon quotidien. Quand je suis en mer, je ne pense ni à mon travail ni à mes chantiers…

— Oh ! je vois, fit-elle, attentive. As-tu déjà essayé de m'expliquer ça ?

— Non, admit-il. J'aurais dû…

Elle resta silencieuse si longtemps qu'il se demanda si elle était contrariée. Elle leva enfin le regard vers lui, ses yeux bleus scrutant son visage.

— Est-ce que je t'aurais écouté, si tu avais essayé ?

Il ne s'attendait pas à cette question. Peut-être étaient-ils tous les deux en train de changer, pensa-t-il. Peut-être du bien émergerait-il finalement de cet horrible accident de voiture.

— Peut-être… peut-être pas, répondit-il. Je ne peux vraiment pas répondre à ça, Alaina.

Il se redressa et sortit une clé USB de sa poche.

— J'ai mis sur cette clé des vidéos et photos de notre maison de Tallahassee. Et quand nous retournerons là-bas, je ferai tout ce qui est en mon pouvoir pour te mettre en relation avec des gens que tu connais. Si tu es prête pour ça, bien sûr.

— Merci… Cela signifie beaucoup pour moi. Bien plus que n'importe quel cadeau hors de prix.

Elle prit la clé USB et la pressa contre sa poitrine.

— Je suis vraiment consciente que tu es à l'écoute de mes besoins et que tu fais tout ton possible pour rétablir la confiance entre nous.

La confiance…, songea Porter. Quel concept délicat !

Le médecin lui-même avait conseillé de ne pas trop pousser Alaina à se souvenir. Peut-être Porter se servait-il de cette excuse pour ne pas se montrer plus honnête, mais quoi qu'il en soit, que c'était bon de la tenir dans ses bras ! Il ne voulait surtout pas risquer de dire quelque chose qui la ferait fuir.

Posant la clé sur la table, elle mit sa paume sur la poitrine de Porter.

— Je veux me rapprocher de toi… même si ce n'est, pour le moment, que physiquement.

Ils étaient mariés depuis longtemps, et Porter savait reconnaître le désir dans les yeux de sa femme. Il percevait aussi la passion dans sa voix, devenue plus rauque.

Leurs corps se reconnaissaient. Ils n'avaient besoin ni de mots ni de souvenirs particuliers.

Pourtant, il voulut s'assurer qu'il ne se méprenait pas.

— Alaina, dit-il en prenant son visage entre ses mains, es-tu sûre que c'est ce que tu veux ?

— Absolument certaine, murmura-t-elle contre ses lèvres avant de l'embrasser.

En gagnant la cabine, elle ne cessa de l'embrasser avec fougue. Elle se délectait de sa saveur. Les sensations dans son corps étaient nouvelles et familières à la fois.

Presque surréelles.

Définitivement sensuelles !

Les mains de Porter sur elle, le contact rugueux de sa barbe naissante, son odeur… tout cela lui faisait perdre la tête.

Plus rien n'avait de sens. Passé et présent se mêlaient dans une confusion totale. Elle n'était certaine que d'une chose. Elle désirait Porter, et leur alchimie était indéniable. La soirée qu'ils venaient de passer l'avait ramenée à la vie, et elle était persuadée que jamais elle ne s'était sentie aussi vivante.

Ils se marchaient sur les pieds tandis qu'ils progressaient dans le couloir menant à la cabine principale. Il lui rendait chacun de ses baisers, tout en glissant ses doigts dans les boucles de ses cheveux.

Ralentissant tout à coup, il la colla contre la cloison en bois et se pressa contre elle. Il rompit leur baiser pour la regarder. Ses yeux de la couleur du charbon sondèrent son visage, comme cherchant des réponses à des questions non formulées.

Elle comprit ce qui lui passait par la tête. Il hésitait, se rappelant qu'elle n'avait aucun souvenir d'être sa femme.

Pourtant, d'une certaine façon, elle se souvenait. Elle sentait le lien fort entre eux et ne remettait pas en doute leur histoire commune.

Elle avança le visage pour quémander un baiser et le rassura.

— Je le veux, souffla-t-elle contre sa bouche avant de lui mordiller la lèvre inférieure.

Sa main s'égara sur la bande de peau entre le T-shirt de Porter et la ceinture de son pantalon. Il renversa la tête en arrière, puis la souleva de façon à ce qu'elle noue ses jambes autour de sa taille. Elle passa ses bras autour de son cou et pressa son sexe contre lui.

Elle le désirait ardemment. Lui, Porter, son mari.

Il la porta jusqu'à la cabine dont il ouvrit la porte d'un coup d'épaule. La chambre était faiblement éclairée, mais Alaina s'en fichait. Tout ce qui lui importait, c'était l'homme qui la touchait.

Et ce grand lit qui leur tendait les bras !

Porter l'allongea doucement sur le lit et s'étendit sur elle, prenant appui sur ses avant-bras, son sexe plaqué contre son ventre. Leurs regards se soudèrent, et elle perçut dans ses yeux un désir aussi puissant que le sien.

Une envie insatiable. Un feu dévorant.

— Tu m'as tant manqué, Alaina, dit-il. Tellement !

Il ponctuait chacun de ses mots d'un baiser. Il s'écarta et commença à lui retirer ses vêtements un à un, ne lui laissant que sa petite culotte. Avec révérence, il fit courir ses doigts sur les pointes de ses seins qui durcirent sous sa caresse.

Elle était impatiente de sentir sa peau nue contre la sienne. Elle lui ôta sa chemise et déboutonna son jean de ses doigts fébriles. Quand ils furent enfin nus, elle eut l'impression que la peau brûlante de Porter la marquait au fer rouge.

Elle se demanda alors comment elle avait pu oublier cet homme.

Il enfouit son visage dans son cou où il déposa de multiples baisers avant de revenir à sa bouche. Tout en lui maintenant les bras au-dessus de la tête, il lui retira sa culotte. Elle se cambra vers lui.

Les doigts de Porter explorèrent son sexe par des caresses exquises. Sa bouche butinait son ventre, ses hanches, tandis que ses mains pétrissaient ses seins. Soudain, sa langue fut là où ses doigts avaient attisé le désir, la titillant jusqu'à ce qu'elle laisse échapper un cri d'extase.

Elle se redressa, et sans quitter Porter des yeux, prit son sexe entre ses doigts. Il ferma les yeux pendant qu'elle le caressait, doucement d'abord, puis de plus en plus vite.

Leurs bouches se trouvèrent de nouveau et leurs langues reprirent leur joute. Elle noua ses jambes autour de la taille de Porter et l'incita à entrer en elle. Un gémissement lui échappa lorsqu'il l'emplit tout entière.

Ils étaient ancrés l'un à l'autre, unis par un lien qui allait bien au-delà du physique.

Il se mit à aller et venir en elle doucement, avant d'accélérer le rythme. Il y avait pourtant une dimension éminemment intime dans cette fusion de leurs corps. Quelque chose qui ne reposait pas sur le passé, mais qui existait simplement entre les deux personnes qu'ils étaient aujourd'hui.

Les mains agrippées au drap, elle accueillait avec

des gémissements rauques chaque assaut qui la portait inéluctablement vers l'extase.

Il l'embrassait en même temps que leurs corps soudés voguaient vers le plaisir. Elle avait l'impression de se fondre en lui. Elle avait resserré l'étreinte de ses jambes autour de sa taille. Elle lui rendait ses baisers avec ardeur et accueillit dans sa bouche le cri rauque de délivrance que Porter poussa en atteignant l'orgasme.

Elle le suivit presque aussitôt dans le plaisir. Son corps se détendit tout à coup, mais continua longtemps à frémir, sous les ondes du plaisir qui irradiait tout son corps.

Tandis qu'elle maintenait le corps couvert de sueur de Porter contre le sien, elle eut la certitude qu'ils avaient déjà fait ça avant.

Elle connaissait Porter. Pas parce qu'un souvenir concret lui était revenu, mais d'une façon instinctive et insaisissable. Comme une réminiscence qu'elle aurait voulu attraper mais qu'elle ne parvenait pas à atteindre.

Oui, sans l'ombre d'un doute, elle savait que cet homme était son mari.

- 9 -

Porter se sentit gagné par un profond sentiment d'apaisement. Alaina avait enfilé son T-shirt. Il lui allait bien. Elle se pressa contre lui, sa tête reposant sur son épaule, ses bras encerclant son torse nu.

Cette paix ne fut, hélas, que de courte durée, car Porter ne tarda pas à être taraudé par la pensée qu'il ne lui avait toujours pas dit toute la vérité sur l'état de leur mariage avant l'accident. Tous deux venaient de franchir une nouvelle étape dans la reconstruction de leur couple, et il ne pouvait plus continuer à lui dissimuler la vérité au prétexte de la protéger.

Elle avait toujours été une femme forte et indépendante, et cela n'avait pas changé. Il la sentait très impatiente de retrouver sa vie, et il devait faire tout ce qui était en son pouvoir pour l'y aider.

Il le ferait. Il résolut de lui offrir — de leur offrir — un merveilleux Noël ensemble, puis, juste avant d'entamer la nouvelle année, il lui révélerait tout sur leur passé. Il espérait qu'elle comprendrait la possibilité de nouveau départ offerte par cette nouvelle année, aussi bien littéralement que symboliquement.

Plus il réapprenait à la connaître, plus il prenait conscience des erreurs qu'il avait commises avec elle.

Il se rendait compte qu'il n'avait pas seulement envie d'une famille.

Non, il la voulait, elle ! Il voulait qu'ils soient ensemble.

Amoureux.

Ce soir, il y avait eu entre eux la même alchimie que lorsqu'ils étaient tombés amoureux.

Une nouvelle résolution s'imposa à lui. Il voulait désormais aider Alaina à recouvrer la mémoire. Il n'avait plus peur qu'elle s'en aille, une fois qu'elle saurait.

Ils étaient faits l'un pour l'autre, il en était convaincu. Ils constituaient une équipe. Une famille.

Elle ne pourrait que se rendre à l'évidence.

— Raconte-moi la première fois où nous avons fait l'amour, lui demanda-t-elle.

— Es-tu sûre que tu ne préfères pas attendre de t'en souvenir par toi-même, plutôt que ce soit moi qui te le raconte ?

Elle le fixa de ses yeux bleus encore troublés par la passion.

— Je veux t'entendre me dire ce que tu te rappelles.

— Comme tu veux.

Il posa sa main sur la courbe de sa hanche.

— Je vais faire de mon mieux pour planter le décor. Je suis venu dîner dans ton appartement. Tu prétendais faire le meilleur bœuf aux champignons farcis ! J'ai apporté une bouteille de vin. Tu portais une magnifique robe verte. Du rouge à lèvres vif. Tu avais bouclé tes cheveux. Nous avons mangé… et tu avais raison !

Il fit une pause pour l'embrasser. Il avait l'impression qu'il ne pourrait jamais se rassasier d'elle.

— C'était le meilleur bœuf aux champignons farcis que j'aie jamais mangé, murmura-t-il à son oreille. Et puis…

Il promena sa langue dans son cou, goûtant sa saveur de sel de mer et de sueur mêlés.

— On connaît la suite.

Un soupir rauque s'échappa des lèvres d'Alaina qui inclina la tête pour presser sa bouche contre la sienne.

— Recommençons tout de suite !

Il eut un grognement approbateur.

Elle s'installa à califourchon sur lui, se frottant contre son sexe dur, déclenchant immédiatement une poussée de désir chez lui. Porter ne se lassait pas de humer son parfum envoûtant, qui avait sur lui l'effet d'un puissant aphrodisiaque.

Elle caressait son torse, la tête renversée en arrière, lui offrant une perspective idéale sur sa gorge. Il glissa ses mains sous son T-shirt imprégné de sa chaleur et se délecta de la douceur de sa peau. Puis il progressa vers ses seins. Il en titilla les pointes tout en l'embrassant dans le cou. Les gémissements d'excitation qu'elle poussait l'encouragèrent à accentuer l'intensité de ses baisers.

Elle pressa son sexe moite contre lui. Il ferma les yeux. Jamais il ne l'avait désirée autant qu'en cet instant même. Elle était son plus beau fantasme incarné. Elle était… Alaina.

S'agrippant à ses épaules, elle se souleva et s'empala sur lui. Ils se retrouvèrent soudés l'un à l'autre. Elle était là où il voulait qu'elle soit et reste le plus longtemps possible.

Ce qui constituait un véritable défi, car l'ondulation de ses hanches mettait à mal sa résistance !

Il empoigna ses fesses et encouragea son va-et-vient. En gémissant, elle enfouit ses doigts dans ses cheveux et les tira doucement. Ses soupirs rauques rendaient Porter fou et oblitéraient tout souvenir du passé.

Ne comptait que le présent.

Il faisait de son mieux pour contenir l'explosion qu'il sentait monter en lui. Il attendait qu'elle le rejoigne. Quand sa respiration sembla devenir incontrôlable, il sut qu'elle était proche de l'extase.

Alors, il cessa de se retenir et tous deux atteignirent l'orgasme ensemble. Leurs cris de jouissance se mêlèrent, tandis que, comme des vagues léchant progressivement la plage, le plaisir se propageait en eux en ondes successives.

Elle se laissa tomber à côté de Porter et poussa un profond soupir.

— Porter… il n'est pas juste que tu saches exactement ce qui m'excite, alors que moi, je ne le sais pas vraiment pour toi, se plaignit-elle.

— Tu ne le sais pas vraiment ? s'esclaffa-t-il. Crois-moi, ton instinct est excellent !

— Hum… Peut-être que certaines choses me reviennent de façon inconsciente.

Une fraction de seconde, ces mots le glacèrent.

— Comme quoi ? l'interrogea-t-il.

— Rien de spécifique, répondit-elle en mêlant ses doigts aux siens. Des impressions fugaces… La sensation de te connaître.

— Cela me fait plaisir. Nous sommes toujours mariés, malgré tout ce qui s'est passé.

Elle approuva d'un murmure, puis laissa un silence s'installer. Il roula sur le côté, prenant appui sur son coude.

— Veux-tu dormir ?

Elle suivit de ses doigts la courbure de sa bouche.

— J'aimerais dormir avec toi sur le bateau, mais je voudrais retrouver Thomas.

Il lui embrassa le bout des doigts et l'attira contre lui.

— Je le comprends très bien, la rassura-t-il. Retournons auprès de notre fils.

Thomas était un élément important dans le lien qui les unirait une fois qu'Alaina aurait recouvré la mémoire. Si Porter parvenait à offrir à sa femme un magnifique Noël familial, elle comprendrait pourquoi, afin de préserver leur famille, il avait retardé le moment de lui dire la vérité sur leur passé tumultueux.

Elle lui pardonnerait et ils pourraient s'attacher à créer un environnement stable et heureux dans lequel élever leur fils.

Enfin… il espérait qu'elle lui pardonnerait…

Car à cause de son amnésie, Alaina n'était plus exactement la femme qu'il avait connue.

Le clair de lune baignait la plage d'une lueur argentée qui adoucissait les contours de la maison, lui donnant presque l'apparence d'une aquarelle.

Envoûtée, Alaina contemplait ce spectacle, y découvrant un charme qu'elle n'avait pas perçu auparavant. Certes, ce n'était pas ce genre de maison qu'elle aurait choisi pour foyer, mais elle était consciente de la chance qu'elle avait de pouvoir profiter d'un environnement aussi magnifique et propice à sa guérison.

Elle passa ses bras autour de ses genoux et se recroquevilla sur elle-même dans le hamac. Celui-ci oscillait sous l'effet du vent, au même rythme que les vagues venant se briser sur le rivage.

Elle était redescendue sur la plage après avoir vérifié que Thomas allait bien. Porter était parti chercher de quoi manger pendant qu'elle regagnait la plage munie d'un ordinateur portable. Elle avait l'intention de regarder les photos que son mari avait enregistrées sur la clé USB.

C'était tellement gentil de sa part, songeait-elle tout en faisant défiler les photos sur l'écran. Plus elle en découvrait, plus elle était excitée à l'idée de retourner à Tallahassee et de reprendre une vie normale avec Porter et Thomas.

Levant les yeux de l'écran, elle observa la maison voisine de la leur. Celle de Sage. Elle s'interrogeait toujours sur le sous-entendu de sa voisine, évoquant la présence d'un autre homme dans la vie d'Alaina. Avait-elle dit ça pour lui nuire ? Pouvait-il y avoir eu un autre homme dans sa vie ? se demandait Alaina avec inquiétude. Elle n'avait pourtant pas l'impression d'avoir été le genre de femme à tromper son mari. Mais que savait-elle au juste de leur mariage, finalement ?

Un malaise la parcourut au souvenir de Douglas, son ancien petit ami qui l'avait harcelée. Etait-ce lui qui rôdait encore autour d'elle, après tant d'années ? Porter n'avait rien évoqué de ce genre, mais peut-être devrait-elle aborder le sujet et demander qu'on vérifie où Douglas se trouvait ces derniers temps.

Une silhouette approchant vers elle se dessina dans la nuit brumeuse. Ses yeux prirent quelques secondes pour s'habituer à l'obscurité, et elle reconnut son mari. Avec un soupir de soulagement, elle referma l'ordinateur et le mit de côté.

Porter descendait la colline d'un pas assuré, une pizza dans une main, le baby-phone dans l'autre. L'ayant rejointe, il lui adressa un large sourire, posa le baby-phone et le carton à pizza sur la chaise Adirondack et vint s'installer à ses côtés dans le hamac.

— Tu es la seule femme que je connaisse qui préfère qu'on la drague en lui proposant de la pizza plutôt que du homard, plaisanta Porter en lui tendant une part.

Une délicieuse odeur de fromage et de tomate vint chatouiller les narines d'Alaina.

— Merci d'avoir rassemblé toutes ces photos de notre vie à Tallahassee, lui dit-elle. Je n'ai pas tout regardé, mais j'adore la maison.

— J'en suis heureux. Nous célébrerons le nouvel an là-bas avec notre fils.

— Et ta mère ?

— Ma mère ne sera pas avec nous. Je ne sais d'ailleurs pas très bien ce qu'elle fait ici.

Malgré la semi-obscurité, elle vit son regard s'assombrir à la mention de sa mère.

Elle sentit son cœur se serrer. Au plus profond d'elle-même, elle voulait une famille unie. Et cela incluait Courtney.

— Ta mère t'aime, tu sais. Et elle a envie de passer du temps avec ton fils.

Elle reposa sa part de pizza et passa une main réconfortante dans le dos de Porter.

— Notre fils, rectifia-t-il en lui embrassant le front. Tu es une bonne mère, Alaina.

— Merci. Ce ne sont vraiment pas les circonstances idéales pour devenir mère pour la première fois. Ta mère m'a appris que j'étais bénévole auprès de grands prématurés, à l'époque où nous essayions d'avoir un enfant.

— En effet. C'était très courageux de ta part. Comme je l'ai déjà dit, tu es faite pour être mère.

Elle tenta de s'imaginer à l'hôpital, un bébé dans les bras. Son bénévolat avait-il apaisé la souffrance de ne pouvoir être enceinte ? Ou bien cela avait-il, au contraire, exacerbé la douleur ?

— Ta mère et moi sommes bel et bien différentes, reprit-elle, mais cela ne veut pas dire qu'elle t'aime moins que j'aime Thomas.

— Mais toi, tu es généreuse. Ma mère n'a pas été très sympa avec toi lorsque nous nous sommes mariés.

— Pourquoi ?

Elle l'avait plus ou moins deviné par les conversations qu'elle avait pu avoir avec sa belle-mère. Mais les petites rancœurs du passé avaient-elles encore leur raison d'être, maintenant qu'un enfant était entré dans leur vie ?

— Je n'ai jamais vraiment su pourquoi, et vu que tu n'as jamais dit de mal d'elle, je n'ai pu en découvrir davantage.

Elle hocha la tête, pensive. Elle se demandait si l'animosité entre elle et sa belle-mère pouvait ne résulter que d'un malentendu.

— Elle non plus n'a pas dû dire du mal de moi, sinon tu saurais quel était le problème, fit-elle remarquer.

— Tu as raison, je n'avais pas pensé à ça.

— Je pense qu'il faut le garder à l'esprit. Et puis, ta mère et moi nous entendons bien aujourd'hui. Nous sommes reparties sur de nouvelles bases. Elle veut faire partie de notre vie, de celle de Thomas. Je vois qu'elle en a très envie.

Un coup de vent envoya une mèche de cheveux dans ses yeux. Elle retira le bandeau élastique qu'elle avait autour du poignet et s'en servit pour rassembler ses cheveux en un chignon imparfait sur le dessus de sa tête.

— Oui, elle veut faire partie de la famille, mais seulement quand ça l'arrange, déclara Porter d'une voix pleine d'amertume.

Il passa une main dans ses cheveux en soupirant. Elle lui prit la main et mêla ses doigts aux siens.

— Allez… Que pourrions-nous offrir à ta mère pour Noël ? Il faudrait aussi trouver quelque chose de neutre pour son petit ami… au cas où il serait là lui aussi. Ce serait gênant qu'il n'ait aucun cadeau à ouvrir s'il se trouvait parmi nous à Noël !

Mâchoires serrées, il lâcha la main d'Alaina.

— J'ai froid, pas toi ?

— Pas vraiment. Je suis bien tout contre toi.

Elle essaya d'accrocher son regard. De l'inciter à lui parler.

Ils traverseraient tout cela ensemble s'il s'ouvrait à elle.

Etait-ce quelque chose qui se produisait souvent par le passé ? Etait-ce le genre de différend qui les opposait avant ?

— Il est temps de rentrer, décréta Porter. Une longue journée nous attend demain, avec tous les cadeaux à envelopper. Il ne faudrait pas que nous attrapions froid.

Il commença à rassembler les restes de pizza.

Après l'avoir embrassée sur le front, il prit le chemin du retour, disparaissant dans l'obscurité.

La laissant avec un profond sentiment de malaise et de solitude.

Porter avait trouvé refuge dans son bureau et essayait de calmer ses nerfs en se jetant à corps perdu dans le travail.

Il ne comprenait pas pourquoi il s'était énervé contre Alaina. Il savait qu'il s'était montré excessif et craignait d'avoir réduit à néant sa seconde chance avec elle. Peut-être avait-elle réalisé qu'il ne méritait pas son amour ? Peut-être son comportement allait-il déclencher le reflux de ses souvenirs.

Mais pas uniquement des bons.

Les mauvais souvenirs. Toutes les querelles.

Sans même s'en rendre compte, il avait cessé de travailler sur ses plans et s'était mis à naviguer sur Internet, cherchant des cadeaux de Noël.

Elle avait raison. Il fallait qu'il se bouge…

Non seulement pour trouver un cadeau pour Courtney, mais aussi pour combler l'espace qu'il venait de créer entre sa femme et lui !

Des questions tournaient en boucle dans sa tête. S'était-il montré égoïste en conservant le secret sur leur passé ? Avait-il mis Alaina dans une position de désavantage en lui cachant la facette sombre de leur mariage ?

Un coup frappé à la porte lui fit relever les yeux.

Courtney se tenait sur le seuil.

— Bonsoir, Porter. Je cherche ce que je pourrais offrir à Thomas pour Noël. Comme je sais qu'Alaina et toi avez déjà fait vos courses, j'ai pensé que nous pourrions comparer nos listes.

Tiens donc ! Sa mère était prête à jouer au Père Noël maintenant ! Après toutes ces années où elle n'avait pas accordé la moindre attention aux fêtes. Evidemment, il n'était pas envieux par rapport aux cadeaux que son fils pourrait éventuellement recevoir d'elle, mais il ne voulait surtout pas que Thomas s'attache trop à Courtney. Qui sait si celle-ci, reprenant ses bonnes vieilles habitudes, ne s'évaporerait pas de leur vie du jour au lendemain.

— Des vêtements feront l'affaire, répondit-il, lèvres pincées. Ou bien mets de l'argent de côté pour ses études. Comme tu veux.

Elle hocha la tête, puis avança dans la pièce en arrangeant son foulard vert autour de son cou.

— Cette maison me rappelle beaucoup celle que j'avais louée pour le Noël que nous avons passé dans les Keys. T'en souviens-tu ?

— Oui… Moi, je trouve qu'elle ressemble davantage à celle que tu avais louée pour Noël à Virginia Beach.

— Je confonds souvent les lieux, tu sais. En tout cas, je n'aime pas retourner en vacances deux fois au même endroit. C'est trop déprimant !

Un petit sourire triste se dessina sur ses lèvres.

Les habitudes ont la vie dure, songea Porter. Depuis combien d'années Alaina et lui n'avaient-ils pas passé les fêtes à Tallahassee ? Il aurait dû ramener Alaina là-bas afin qu'ils puissent y reprendre leur vie commune. Au lieu de quoi, il avait fui et était venu se réfugier ici. Peut-être y avait-il plus de similarités qu'il ne le croyait entre sa mère et lui.

— C'est du sérieux avec ce type ? demanda-t-il soudain en refermant le couvercle de son ordinateur.

Courtney secoua la tête.

— Non. Tu sais, je ne cherche plus l'amour de ma vie. Après que ton père m'a quittée… Tu sais, je l'aimais profondément. Vraiment. Et puis il m'a quittée alors que j'étais enceinte.

Sa voix se brisa. Elle leva sur son fils des yeux brillants de larmes.

— Je suis désolé, maman, murmura-t-il le cœur serré.

Il n'avait jamais deviné que sa mère ait pu concevoir des sentiments aussi forts envers qui que ce soit.

— Oh ! ne me regarde pas comme ça, mon chéri. Je sais que je n'ai pas été une mère parfaite pour toi, mais je ne regrette rien de ma vie, car elle m'a donné ce cadeau qui est toi.

Elle le serra contre elle. Ce n'était pas une étreinte très appuyée, mais cela n'avait rien à voir avec les accolades qu'elle simulait habituellement.

Il avait été tellement obnubilé par les manquements de Courtney envers lui pendant toute son enfance qu'il n'avait jamais perçu à quel point sa mère avait souffert de la défection de l'homme qu'elle aimait. Jamais il n'avait vraiment réfléchi à ce que son père avait fait à sa mère. Pas plus qu'il n'avait pris conscience à quel point celle-ci avait dû se sentir seule et trahie.

Quel abruti égoïste il était !

— Merci, maman, je suis heureux que Thomas t'ait dans sa vie, murmura-t-il en la serrant contre lui.

Soudain, un cri glaçant d'Alaina les arracha aux bras l'un de l'autre.

- 10 -

Alaina s'était brutalement redressée dans son lit, haletante et le regard perdu. Le cauchemar qu'elle venait de faire embrumait son esprit comme des fumées toxiques.

En réalité, il ne s'agissait pas d'un rêve, mais bel et bien d'un souvenir qui refaisait surface. Un souvenir remontant à cinq années plus tôt. Un épisode qu'elle n'avait pas oublié mais relégué dans un coin de son esprit, car il était trop douloureux d'y penser au quotidien.

Pourquoi rêvait-elle de son ex-petit ami ? De cette dernière et épouvantable fois où elle avait vu Douglas ? De ce qu'il lui avait fait ?

Porter se précipita dans la chambre en regardant autour de lui comme s'il s'attendait à y trouver un intrus, puis il s'approcha d'elle, inquiet.

— Que se passe-t-il, Alaina ? Est-ce que tu vas bien ?

Thomas se mit à pleurer dans la chambre voisine. Ses cris plaintifs parvinrent jusqu'au cerveau embrouillé d'Alaina.

Elle voulut se lever.

— Je vais voir Thomas.

Courtney, qui avait suivi Porter, intervint depuis le seuil de la chambre :

— Je vais m'occuper du bébé pour vous laisser discuter. Je vous promets de ne pas le laisser tomber !

Elle avait ajouté ces derniers mots dans un trait d'humour qui tomba à plat. Puis, elle s'éloigna au son de ses talons cliquetant sur le sol.

Le cœur battant à tout rompre, Alaina attendit que les pleurs de son fils se soient apaisés avant de se laisser aller contre la tête de lit.

Porter traversa la pièce pour fermer la porte, puis retourna auprès de sa femme. Il s'assit sur le lit tout près d'elle tandis qu'elle tentait de retrouver une respiration normale.

— Que s'est-il passé ? souffla Porter en caressant ses cheveux emmêlés.

— J'ai fait un autre cauchemar au sujet de Douglas.

Elle frissonna. Le mot semblait bien faible pour décrire l'événement qu'elle avait réellement vécu cinq ans auparavant. Elle savait intellectuellement que cet épisode s'était déroulé plusieurs années plus tôt, mais en raison de son amnésie, il lui semblait beaucoup plus récent. Un froid glacial s'insinua en elle, et elle remonta la couette pour se pelotonner dessous.

— En quoi ce rêve était-il différent de celui que tu as déjà fait sur lui ? demanda Porter.

— Cette fois, il ne se contentait pas de me harceler ou de me gifler. Douglas me faisait mal, bien plus mal que ça.

Il se raidit.

— Bien plus ? répéta-t-il.

— Tu sais ce que je veux dire.

Elle esquissa un geste vague de la main comme si cela suffisait à exprimer ce qu'elle refusait de verbaliser.

— Je n'en suis pas certain.

— Tu dois bien le savoir ! répliqua-t-elle en le regardant avec dureté. Nous sommes mariés depuis presque quatre ans. Tu dois bien savoir ce qu'il m'a fait !

Ses mots s'étaient terminés sur une note désespérée tandis qu'elle scrutait le visage de Porter, y cherchant les réponses à ses interrogations.

Revivre cet événement était terriblement douloureux. Souvent, elle avait regretté que ce soit Porter qui comble peu à peu les vides de sa mémoire, mais en ce qui concernait cet épisode, elle ne voulait pas en revivre une seconde de plus.

Il plissa les yeux.

— Tu m'as raconté qu'il était violent verbalement avec toi, et que cette violence était allée crescendo jusqu'à ce qu'il te frappe au visage. C'est la raison pour laquelle tu l'as quitté. Mais ensuite, il s'est mis à te suivre et à te harceler. Tu lui as alors demandé de cesser ces agissements.

Doucement, il lui prit la main. Ce n'était qu'un simple contact, mais elle y puisa le courage qui lui faisait défaut jusqu'alors. Un courage plus que nécessaire, dans la mesure où elle réalisait qu'elle avait peut-être dissimulé à Porter un élément important de son passé.

— Je ne t'ai vraiment jamais expliqué ce qui s'est passé une fois que je l'ai quitté ? le pressa-t-elle. La raison pour laquelle j'ai demandé qu'on lui impose une mesure d'éloignement ?

— J'ai supposé que comme il te suivait tu avais parlé à la police.

Il fronça les sourcils. Pour une fois, les rôles étaient inversés. C'était elle qui avait connaissance d'éléments qu'il ignorait.

— J'ai parlé à la police à ce moment-là, et plus tard, raconta-t-elle. Tu ne sais vraiment pas ? Tu ne t'es jamais renseigné sur moi ?

— Je me sens insulté que tu supposes ça de moi !

— Tu me sembles pourtant être le genre d'homme à chercher à en savoir un maximum sur les gens qui t'entourent.

— On dirait que tu me prends pour un type qui cherche à tout contrôler !

Il eut un petit rire, cherchant à la détendre.

— Non… tu sembles seulement très… minutieux.

— Je vois. C'est une façon diplomate de l'exprimer !

— Tu n'es pas du tout comme Douglas, mais je crois que, depuis que je suis sortie du coma, il m'arrive de craindre que tu ne sois comme lui. Comme si l'amnésie pouvait contrarier l'équilibre entre nos personnalités. Tout cela reste très effrayant pour moi.

— Je ne suis pas sûr de comprendre ce que tu essaies de me dire. Que s'est-il passé exactement que tu as revécu dans ce cauchemar ? T'es-tu remémoré la fois où Douglas est venu ici ?

Elle le fixa avec stupeur.

— Il est venu ici ?

— Oui, une fois. Tu as paniqué. Je suis arrivé à la maison juste à temps et…

Il s'interrompit et serra les poings avant de reprendre.

— Je l'ai frappé et nous avons appelé la police. Il a fait quelques jours de prison pour avoir violé l'injonction d'éloignement, et puis c'est tout. Nous ne l'avons jamais revu. Aux dernières nouvelles, il avait été arrêté pour agression et à nouveau emprisonné.

Ce devait être l'événement auquel Sage avait fait allusion, pensa Alaina. Elle n'avait donc pas fréquenté d'autre homme dans le dos de Porter. Elle n'avait pas trompé son mari, car jamais, au grand jamais, elle n'aurait couché à nouveau avec Douglas ! Et grâce à Dieu, celui-ci était sous les verrous, hors de sa vie, et dans l'incapacité de lui faire mal à nouveau.

Le soulagement qui la gagna lui donna le courage de tout dire à Porter. Peut-être ne lui avait-elle pas révélé toute la vérité auparavant, mais elle avait besoin de le faire maintenant.

— Douglas a fait plus que me gifler, murmura-t-elle. Quand il a commencé à me harceler, j'ai cru au début qu'il ne tarderait pas à se lasser. Hélas, les choses ont empiré.

Le simple fait de se remémorer ces mois d'angoisse suffisait à faire resurgir l'ancienne terreur, et la souffrance qui allait avec.

Porter lui frotta lentement le dos, cherchant à l'apaiser. Il restait silencieux, mais bel et bien présent, attendant qu'elle se confie davantage.

— Une nuit, après le travail, je l'ai surpris en train de rôder autour de mon appartement. Je ne sais pas combien de fois il l'avait déjà fait. Il a prétendu qu'il me surveillait, observait mes habitudes. Et que le temps était venu pour nous d'être à nouveau ensemble.

Porter laissa échapper un grognement de protestation.

— Le plus souvent, je me faisais raccompagner jusque chez moi, mais pas ce soir-là. Jamais il n'aurait osé s'attaquer à moi si j'avais eu quelqu'un pour me protéger… il était tellement lâche !

— Ne me dis pas que tu te sens responsable de ce qui t'est arrivé ! intervint Porter. Tu dois savoir que tu n'as en rien mérité l'enfer que ce salaud t'a fait subir.

— Non, je ne me sens pas responsable. Je sais qu'il m'aurait trouvée seule à un moment ou un autre. Il est impossible de rester sur ses gardes vingt-quatre heures sur vingt-quatre. Il s'en est pris à moi parce que ma famille était morte et que j'étais quelqu'un d'assez isolé.

Porter déglutit péniblement.

— Veux-tu me raconter ce qui s'est passé ?

Elle posa la main sur la sienne, réalisant qu'elle aurait dû le rassurer tout de suite.

— Il ne m'a pas violée, si c'est ce que tu penses.

— Je ne pense rien. J'attends que tu me parles.

Elle expira bruyamment.

— Il m'a rouée de coups sur le parking, souffla-t-elle. Avec une grande violence. Coups de pied, coups de poing… il a bien failli me tuer. Après son départ, j'ai réussi à me traîner jusqu'à ma voiture et à conduire jusqu'à l'hôpital.

— Mais… comment se fait-il qu'il n'ait pas été emprisonné pour de bon ? l'interrogea Porter.

Elle respirait avec difficulté, cherchant à endiguer le flot de souvenirs qui la submergeait.

— Des relations familiales et un bon avocat ont réussi à convaincre le jury que mes blessures étaient dues au fait que ma voiture était tombée dans un fossé alors que je me rendais à l'hôpital !

Il secoua la tête d'un air atterré.

— J'ai eu beau faire, le jury ne m'a pas crue. L'avocat de Douglas a prétendu que j'étais déséquilibrée et que j'essayais de lui nuire. Il a réussi à convaincre le jury.

— Quelle mascarade ! grommela Porter.

— Eh oui…

Elle s'était sentie si démunie et si seule, sans personne pour la soutenir au tribunal. A l'époque, elle s'était volontairement éloignée de ses proches, craignant que Douglas ne s'en prenne à l'un d'eux.

C'était la double peine des victimes de violences conjugales : l'agresseur isolait la femme qui, effrayée et humiliée, s'isolait encore plus de son propre gré.

— Que s'est-il passé ensuite ?

— Une mesure d'éloignement a été prononcée à l'encontre de chacun de nous.

Elle s'interrompit et contempla ses mains.

— Tu ne sais vraiment rien de tout cela ? lui demanda-t-elle en levant les yeux sur lui. Je ne t'ai jamais rien dit ?

— Absolument pas.

Il secoua la tête.

— J'espère que tu me crois !

— Je te crois, oui, mais cela m'amène à me demander pourquoi je n'ai pas partagé une telle chose avec toi. C'est vraiment étrange, car les blessures que j'ai eues expliquent certainement, en partie, pourquoi nous n'avons pas pu avoir d'enfant.

Il prit sa main dans la sienne.

— Je suis tellement désolé que tu aies traversé une telle épreuve.

— Tu n'es pas fâché que je ne t'en aie rien dit ?

— Je me sens un peu frustré. J'aurais aimé que tu aies suffisamment confiance en moi pour m'en parler.

Elle faillit lui demander qu'il lui explique ce qui n'allait pas entre eux, pour qu'elle n'ait pas souhaité partager avec lui quelque chose d'aussi important, mais peut-être se le demandait-il lui-même.

Pourquoi ne lui avait-elle pas fait confiance ? Cette question la taraudait, car en dépit des difficultés qu'elle rencontrait depuis sa sortie de l'hôpital, elle s'était beaucoup rapprochée de Porter au fil des jours. Elle se projetait dans l'avenir avec lui, et se voyait construire une vie avec lui et leur fils.

Oui, mais voilà… ce cauchemar remettait tout en cause. Il constituait une menace pour son avenir. Un sentiment de malaise s'installait insidieusement en elle, prenant racine dans le fait qu'elle n'avait pas fait pleinement confiance à Porter par le passé. Elle ne lui avait pas livré la terrible chose qui lui était arrivée, ce qui en révélait beaucoup sur leur relation.

Enfin… sur leur relation passée !

Car aujourd'hui, les choses étaient différentes. Se leurrait-elle en pensant qu'ils avaient commencé à bâtir un lien plus solide que celui qui les unissait avant ? Un lien qui pouvait vraiment durer ?

Elle désirait plus que tout sauvegarder ce lien qu'ils avaient créé, d'autant plus qu'elle se sentait totalement perdue dans ce monde et n'avait que cela à quoi se raccrocher. Elle avait besoin de Porter.

Porter fut totalement pris au dépourvu lorsque Alaina le poussa sur le lit et s'installa à califourchon sur lui.

Ses intentions ne laissaient aucun doute. Elle voulait qu'ils aient une relation sexuelle. Tout de suite. Maintenant !

De ses doigts impatients, elle déboutonna sa chemise tout en se penchant pour l'embrasser à pleine bouche, avec fougue. Après l'avoir débarrassé de sa chemise, elle traça un chemin de baisers sur son torse avant de dessiner des cercles avec sa langue autour de ses mamelons.

En même temps que le corps de Porter réagissait instantanément à cet assaut, son esprit se répandit en conjectures. Mais qu'arrivait-il à Alaina ?

Elle embrassa son ventre, puis continua son chemin descendant. Elle ouvrit son pantalon et libéra son sexe qu'elle prit dans sa bouche. Il enfonça sa tête dans l'oreiller en poussant un grognement. Alaina titilla de sa langue le bout de son sexe tout en le caressant de ses deux mains.

Les mains agrippées aux draps, il faisait tout son possible pour retarder le moment de l'explosion. Les battements de son cœur résonnaient dans ses oreilles tandis que de la sueur perlait sur son front.

Elle leva les yeux sur lui et le regarda avec une expression pleine de volupté.

Faisant appel à toute sa volonté, il la prit par les bras et la hissa à sa hauteur. Il se devait d'être honnête avec elle en lui révélant ce qu'il ne lui avait pas encore dit. Mais il ne pouvait faire fi du fait qu'elle-même n'avait pas été totalement honnête avec lui pendant qu'ils étaient mariés et lui avait dissimulé un élément important de son passé. Un élément crucial et dramatique. Il s'inquiétait de ce que cela révélait de ses sentiments envers lui.

— Alaina…

Elle posa son index sur les lèvres de Porter, puis se débarrassa de sa chemise de nuit.

— N'essaie même pas de me dissuader. Je sais ce que je veux. Je sais ce dont j'ai besoin. De toi. Tout de suite !

La vue d'Alaina en petite culotte le laissa muet. Le désir qu'il avait d'elle était irrépressible.

Néanmoins, son attitude le perturbait. Devinait-elle instinctivement que la situation deviendrait plus complexe, une fois qu'elle aurait recouvré la mémoire ? Savait-elle de façon inconsciente que leur union était loin d'avoir été parfaite ? Etait-ce la raison pour laquelle elle voulait partager ce moment avec lui, avant que tout soit gâché ?

Il réalisa soudain qu'il ne pouvait pas aller plus loin. Pas de cette façon, alors qu'il y avait encore tant de secrets entre eux. Il ne pouvait pas lui faire l'amour tant qu'ils ne seraient pas sur un pied d'égalité. Elle méritait mieux de sa part. Elle avait suffisamment souffert. Il n'était pas en mesure de réparer le passé, mais pouvait au moins recommencer à zéro, en se comportant comme l'homme qu'elle méritait.

Il prit la chemise de nuit qu'elle avait ôtée et tâta le tissu encore imprégné de la chaleur de son corps. Il résista à l'envie de le presser contre son visage pour respirer son odeur.

Il s'éclaircit la gorge et relâcha la chemise de nuit.

— Alaina... peut-être est-ce le bon moment pour toi, mais ce n'est pas le bon pour moi.

Elle se figea et le fixa d'un air atterré.

— Est-ce ce que je t'ai raconté au sujet de Douglas qui t'a ôté l'envie ?

Sexy en diable, elle le toisa avec un air de défi.

— Non, ce n'est pas ça. Pas du tout.

Il s'assit et enveloppa la jeune femme dans le drap.

— Je te désire tellement que je m'en cognerais la tête contre les murs. Mais maintenant que tu as ces cauchemars et ces flashs, je pense que nous devons nous montrer prudents. Peut-être allons-nous trop vite, avec le risque qu'un flot d'émotions te submerge et te déstabilise. Je me demande si nous ne devrions pas consulter ton médecin.

Alaina pencha la tête et détourna les yeux.

— Est-ce que tu me considères comme étant… imparfaite ?

Le défi avait disparu dans ses yeux, laissant place à une vulnérabilité qui le bouleversa.

Il lui prit le menton, l'incitant à le regarder.

— Ne me fais pas dire ce que je n'ai pas dit. Je tiens énormément à toi. Je veux ce qui est le mieux pour toi.

— Tu tiens à moi ? siffla-t-elle avec un mouvement de recul. Sois honnête avec moi, Porter. Est-ce que nous nous aimions ?

Oh oui, comme ils s'étaient aimés ! songea-t-il. Et pourtant, il l'avait perdue. Ils avaient décidé de divorcer, se réconciliant temporairement pour leur bébé.

— Qu'est-ce qui te retient maintenant ? reprit-elle. Je ne comprends pas.

La pensée qu'il pourrait la perdre à nouveau eut raison de ses réticences.

— Rien ne m'arrête, déclara-t-il. Absolument rien.

Il se pencha pour l'embrasser, encouragé par le gémissement d'Alaina.

Tout paraissait si juste entre eux, ici et maintenant. Si seulement le monde extérieur et les mauvais souvenirs n'étaient pas tapis juste derrière la porte ! Pour l'heure, Porter donnerait à Alaina tout ce qu'il pourrait, en espérant qu'elle percevrait tout ce qu'elle signifiait pour lui.

Il la fit rouler pour qu'elle se retrouve sur le dos et,

avec des gestes assurés, lui ôta sa culotte avant de se débarrasser du reste de ses propres vêtements.

La peau laiteuse d'Alaina brillait dans le clair de lune. Elle était superbe. D'une beauté à couper le souffle.

— Alaina, tu es la femme la plus belle et la plus envoûtante qu'il m'ait été donné de rencontrer. Tu me bouleverses tout autant qu'avant. Depuis notre rencontre, je t'ai désirée à chaque instant… et aujourd'hui encore davantage.

Dans les premiers temps de leur mariage, il avait pris le temps de découvrir et mémoriser chacune des courbes de son corps, chaque grain de beauté de sa peau. A l'époque, ils étaient émerveillés et certains d'être faits l'un pour l'autre.

Comment avait-il pu perdre cela de vue ? Comment s'était-il retrouvé à deux doigts de renoncer à elle ?

Il s'étendit sur elle, chair contre chair. Ils ne firent plus qu'un lorsqu'il la pénétra et se mit à aller et venir en elle. L'étreinte brûlante des membres d'Alaina autour de lui faisait tambouriner son cœur dans sa poitrine.

Prenant son visage entre ses mains, il l'embrassa à pleine bouche. Il avait l'impression qu'il ne pourrait jamais se rassasier d'elle. Il voulait plus. Pour l'éternité.

Cette prise de conscience se répandit en lui, comblant chaque vide dans son corps. Il ne s'agissait pas seulement de former une famille et d'être de bons parents. Il s'agissait surtout d'être l'époux d'Alaina, son amant, son amour. Ses sentiments pour elle étaient encore plus intenses qu'avant, exacerbés par les épreuves qu'ils traversaient.

Il l'aimait.

Trois mots simples qui le libérèrent totalement et le menèrent à une jouissance explosive, tandis que les cris d'extase d'Alaina résonnaient à ses oreilles. Elle enfonça ses ongles dans son dos, comme si elle voulait rester ancrée pour toujours dans ce moment.

Il s'allongea sur elle, nicha son front contre son épaule et huma avec délice son odeur voluptueuse.

Le parfum de leur étreinte.

L'enveloppant dans ses bras, il la fit rouler pour qu'ils se retrouvent allongés côte à côte. Elle pressa sa joue contre sa poitrine et traça du bout des doigts des cercles sur son ventre. Les pales du ventilateur au plafond tournaient paresseusement, refroidissant l'atmosphère.

Il pensa alors que le monde extérieur et les soucis ne pouvaient être tenus à distance éternellement. Car à chaque instant elle pouvait recouvrer la mémoire.

Le temps était compté.

— Tu n'as pas répondu à ma question, Porter.

— Quelle question ?

Elle s'appuya sur un coude et plongea ses yeux dans les siens.

— Est-ce que nous nous aimions avant que je perde la mémoire ?

Il pesa soigneusement sa réponse.

Oui, il l'avait aimée, profondément. Mais leur passé avait été compliqué et il lui devait davantage d'honnêteté pour leur avenir commun. Cela dit, il devait prendre garde à ne pas mettre trop de pression sur elle, surtout à ce stade encore prématuré de sa guérison. Les cauchemars dont elle était la proie mettaient en évidence le tumulte de son esprit.

Certes, elle était forte, mais elle avait traversé beaucoup d'épreuves. Il lui fallait donc agir avec prudence et réfléchir à la meilleure façon de lui dire la vérité.

Pour le moment, il devait répondre à sa question.

S'aimaient-ils avant qu'elle perde la mémoire ?

Il ignorait quels étaient réellement les sentiments d'Alaina.

Quant à lui… il l'avait beaucoup aimée.

Etait-ce encore le cas ?

Pouvait-il réellement aimer une femme qui ne se souvenait même pas de leur première rencontre ? Une femme qui risquait de ne jamais retrouver les sentiments qu'elle avait un jour éprouvés à son égard ?

La frustration d'Alaina était à son comble.

Porter était devenu distant et passait le plus clair de son temps retranché dans son bureau. Où était passé le tendre amant ? Le père attentif ? Le rejet dont elle faisait l'objet de la part de Porter ainsi que les cauchemars qui la hantaient la nuit ne la laissaient pas en paix.

Depuis qu'elle s'était réveillée du coma en ayant oublié les cinq dernières années de son existence, sa vie n'était qu'une succession de frustrations. Pourtant, Porter lui avait enseigné la patience tout en lui faisant la cour pour raviver leur mariage.

Et au moment où elle avait elle-même envie d'être séduite, il s'était fermé comme une huître !

C'était l'avant-veille de Noël, et jamais elle ne s'était sentie aussi peu en phase avec l'esprit des fêtes de fin d'année. Comme c'était injuste pour Thomas, qui allait vivre son premier Noël ! Le petit garçon méritait à cette occasion un foyer rempli d'amour et de joie.

Nouant la ceinture de son peignoir, elle gagna la chambre du bébé. Elle ressentait le besoin d'être auprès de son fils et de trouver la paix en le berçant dans ses bras. Peut-être aussi avait-elle besoin de s'isoler pour laisser couler ses larmes.

Elle poussa doucement la porte et avança sur la pointe des pieds vers le berceau où son fils dormait paisiblement, sa poitrine se soulevant et s'abaissant au rythme de sa respiration. Au moment où elle s'apprêtait à s'installer dans le rocking-chair, elle s'immobilisa en voyant Courtney, assoupie sur le lit, son bras pendant vers le sol. Un biberon d'eau et du lait en poudre étaient posés sur la table d'appoint.

Alaina l'observa, se demandant pourquoi elle n'avait pas remarqué avant combien Porter ressemblait à sa mère.

Sa belle-mère sursauta soudain et se redressa en bâillant.

— Oh ! j'ai dû m'endormir, marmonna-t-elle. Vraiment, la nounou a le meilleur job du monde !

Alaina rit doucement, ravalant ses larmes.

— Nous aimons tous Thomas, mais je dois avouer que j'apprécie d'avoir de l'aide.

Elle prépara le biberon et le secoua. Thomas allait s'éveiller d'un instant à l'autre et serait à n'en pas douter affamé.

— C'est une entrée un peu particulière dans la maternité, reprit-elle.

— Vous vous en seriez très bien sortie toute seule, la rassura Courtney. Mais je suis contente d'être ici. Je me suis dit… je ne savais pas comment cela se passerait entre Porter et vous… alors je suis venue.

Elle s'étira avant de se baisser pour récupérer ses chaussures.

— J'ai grand besoin d'un café. Avez-vous envie de quelque chose ?

— Un café et des biscottes me feraient plaisir, répondit Alaina tout en réfléchissant aux paroles de Courtney.

Qu'avait-elle voulu dire exactement ? Elle tenta de se remémorer ses mots exacts, mais elle ne savait plus ce qui était réel et ce qui était de l'ordre de l'impression. C'était un peu la même chose avec ses dessins récents : elle ignorait lesquels étaient issus de la vie réelle et lesquels n'étaient que le fruit de sa propre imagination.

Son esprit était dans un tel état de confusion !

Elle aurait juste voulu être certaine de quelque chose.

De n'importe quoi !

Lorsque Thomas gémit, elle fut soulagée du répit que cela lui offrait. Elle le prit dans ses bras en soutenant sa jambe plâtrée.

Son petit garçon avait tellement besoin d'elle.

Après l'avoir changé, elle s'installa dans le rocking-chair et lui donna son biberon, savourant la joie simple de sentir ce corps chaud lové contre elle. Elle pencha la tête pour embrasser le duvet de sa tête. Les petits doigts de Thomas se resserrèrent autour du biberon.

Comme il était mignon !

Plus que tout autre événement de sa vie, elle aurait aimé se souvenir du jour où Porter et elle avaient rencontré Thomas pour la première fois à l'hôpital. Que se passerait-il si jamais elle ne parvenait pas à se souvenir des cinq années passées ? Cette pensée suffisait à l'emplir de panique.

Sa belle-mère apparut sur le seuil de la chambre, deux tasses de café fumant dans les mains. Courtney en posa une à côté d'Alaina avec une assiette de biscottes, puis s'assit sur le rebord du lit.

L'odeur du café chatouilla les narines d'Alaina et lui mit l'eau à la bouche. Cependant, elle ne voulait pas tenir une tasse brûlante pendant qu'elle portait son fils.

— Merci encore de vous occuper de Thomas depuis que nous l'avons ramené de l'hôpital, dit-elle à Courtney.

— Je suis heureuse d'aider. Je n'ai certes pas un instinct maternel très développé, mais nous sommes une famille.

Courtney souffla sur le café avant d'en avaler prudemment une gorgée.

— Je suis tellement heureuse que Porter et vous ayez réglé les choses entre vous.

Réglé les choses ? Alaina fit de son mieux pour ne pas montrer sa surprise. Sa belle-mère venait de laisser échapper une information importante. C'était le moment qu'Alaina attendait pour enfin glaner des informations sur son passé. Soutirer davantage d'éléments à Courtney ne serait cependant pas simple, car cette femme était une brillante avocate.

Alaina choisit une stratégie de contournement.

— Porter et moi sommes parvenus à nous comprendre grâce à Thomas.

— Tant mieux. Je suis heureuse que vous restiez ensemble.

Elle secoua la tête tristement.

— Un divorce est dévastateur pour un enfant. Certes, le père de Porter et moi n'avons jamais été mariés, mais vous comprenez ce que je veux dire. Cela a été dur pour mon fils de ne pas avoir de père dans sa vie.

Divorce…

Alaina cilla sans rien montrer de son trouble.

Porter et elle étaient sur le point de divorcer, quand l'accident était survenu.

C'était donc ça, le secret que son époux avait pris tant de soin à lui dissimuler !

- 11 -

Porter observa le chaos qui régnait dans la salle de séjour et ne put s'empêcher d'esquisser un sourire amusé.

Le sol était parsemé de papiers-cadeaux déchirés et de jouets de bébé. C'était, dans son idée, exactement ainsi que devait se dérouler le premier Noël d'un enfant : des cadeaux partout et la présence d'une famille aimante !

Sa famille.

Le premier Noël de Thomas avait été un succès. Porter et Alaina avaient déballé tous les présents offerts à leur fils et pris de nombreuses photos. Même Barry avait apporté un cadeau pour le petit — un énorme chien en peluche.

La seule ombre au tableau en ce jour de fête avait été l'attitude d'Alaina. Cela faisait quelques jours que Porter sentait la jeune femme se fermer peu à peu. Elle était manifestement contrariée qu'il passe autant de temps reclus dans son bureau, mais c'était la seule façon qu'il avait trouvée pour contrôler le désir qu'il avait d'elle. Cela lui procurait également le calme nécessaire pour réfléchir à la manière dont il pourrait lui annoncer qu'il lui avait caché un élément crucial de leur passé commun.

Quelle était la bonne façon pour un homme de dire à sa femme en pleine fête de Noël : « Oh ! à propos, avant l'accident, nous avions consulté un avocat dans l'idée de divorcer… » ? Cette vérité ne pouvait pas s'emballer facilement dans un papier-cadeau !

Quoi qu'il en soit, il ne se sentait plus en capacité de prétendre que tout allait bien. Voilà pourquoi, quand il sortait de sa tanière, ses échanges avec Alaina étaient plus que tendus.

Sa mère et son petit ami s'étaient retirés pour le reste de la soirée, laissant Porter et Alaina seuls. Thomas était couché. Alaina commença à jeter dans un sac-poubelle les papiers froissés et les emballages. Elle s'affairait avec rapidité, comme mue par une rage sourde.

Il posa sur l'étagère derrière le sofa le dessin encadré de Thomas qu'Alaina lui avait offert. Ce serait le début du processus de décoration de cette maison, afin qu'elle devienne un vrai foyer pour leur famille et reflète la pluralité de leurs goûts.

A la radio passait un pot-pourri de chants de Noël.

Ce fut le moment que choisit Porter pour sortir de sa poche un écrin enveloppé dans de la soie. Il avait gardé ce cadeau pour l'offrir à Alaina dans l'intimité, espérant lui montrer à quel point il tenait à elle.

Il *tenait* à elle ?

Non, décidément, il fallait qu'il cesse d'utiliser ce terme on ne peut plus tiède ! Il savait qu'il l'aimait. Profondément.

Inutile de le nier.

Oui, mais voilà… L'aimait-elle encore ?

Il s'apprêtait à lui tendre l'écrin quand la voix d'Alaina lui fit suspendre son geste.

— Etions-nous sur le point de divorcer quand nous avons adopté Thomas ?

Il la fixa d'un regard vide, son cœur tambourinant lourdement dans sa poitrine.

— Pourquoi dis-tu cela ? Te souviens-tu de quelque chose ?

— Contente-toi de répondre à ma question.

Elle laissa tomber le sac plein de papiers d'emballage et se redressa, dans une posture offensive.

— Notre mariage était-il terminé ? reprit-elle. Etions-nous sur le point de nous séparer quand l'accident s'est produit ? Réponds-moi, bon sang !

Il sentait la colère irradier de tout son être, même si sa voix restait à un volume normal.

— Notre mariage était en danger, oui, admit-il. Comment l'as-tu su ?

— C'est ta mère qui me l'a dit, répondit-elle d'un ton sec et accusateur.

Il ravala un juron. Pourquoi sa mère s'était-elle permis de faire ça ? C'était à lui de parler à sa femme !

Sa contrariété était teintée de déception, d'abord à l'encontre de sa mère, mais aussi contre lui pour n'avoir pas mieux géré la situation.

— Je voulais attendre que Noël soit passé, mais je vois que j'ai eu tort.

— En effet.

— Je suis désolé, Alaina. Tellement désolé. Cette amnésie… Enfin… il faut que j'arrête de me chercher des excuses.

Il se passa une main nerveuse dans les cheveux.

— La vérité est que nous avions décidé de divorcer, lâcha-t-il enfin.

— De divorcer, répéta-t-elle d'une voix lugubre. Vraiment ?

— Nous en avions discuté avec un avocat. Mais nous n'avions pas commencé la procédure officielle.

— Pourquoi ?

Une lueur d'espoir s'alluma dans son regard, comme si elle voulait l'entendre dire qu'ils s'étaient réconciliés.

Mais il ne lui mentirait pas. Il ne lui mentirait plus.

— Nous avons décidé de rester ensemble temporairement à cause de Thomas.

— Pourquoi ne me l'as-tu pas dit plus tôt ? Avant les fêtes ?

— Quel en aurait été l'intérêt, alors que tu ne te souviens de rien ? Je n'étais pas censé te stimuler…

— Arrête ! le coupa-t-elle vivement. Cesse de chercher des excuses. Tu m'as induite en erreur. Délibérément !

— Pardonne-moi d'avoir voulu sauvegarder ma famille, répliqua-t-il. En effet, j'ai saisi cette chance qui m'était donnée pour que Thomas, toi et moi puissions avoir un avenir commun. Et puis au fil du temps, c'est devenu plus que ça. J'ai eu envie de te faire la cour, de te séduire à nouveau. J'ai voulu reconquérir ma femme.

— Reconquérir ! s'exclama-t-elle avec amertume. Comme une sorte de trophée ?

— Reconquérir ton amour, rectifia-t-il.

— Je vois, concéda-t-elle, mais tu l'as fait en me maintenant volontairement dans l'ignorance. Tu aurais pu me faire comprendre que la situation était compromise… que nous n'avions pas que de simples disputes.

Sa voix se brisa, et elle dut s'interrompre pour se reprendre.

— Tu sais combien c'était dur pour moi, de n'avoir aucun souvenir de toi.

— Mais toi non plus, tu ne m'as pas tout dit ! se rebiffa Porter. Tu ne m'as jamais confié ce que t'avait fait Douglas. Nous étions mariés, et tu ne m'en as pas parlé !

Cette découverte l'avait terriblement blessé, et pourtant, il avait décidé de ravaler sa souffrance, car le plus important pour lui était de consolider leur avenir.

— J'ai l'impression que notre mariage était une imposture, murmura-t-elle en serrant les poings. J'aime Thomas du plus profond de mon cœur, mais je ne comprends pas pourquoi nous avons décidé d'adopter si nous étions sur le point de divorcer.

— Nous n'étions pas exactement sur le point de divorcer…

— Arrête de jouer avec les mots ! Cela équivaut à me mentir. Je ne veux plus que tu me mentes. Dis-moi précisément à quel stade était notre relation avant que je perde la mémoire.

La douleur de ces jours était gravée dans l'esprit de Porter de manière indélébile. Il se mit à faire les cent pas dans la pièce. Il ne pouvait plus échapper au passé ni à l'avenir.

— Nous avions envie d'un enfant depuis si longtemps… Au moment où nous avions perdu l'espoir que notre relation perdure, nous avons eu un coup de fil au sujet de Thomas. Ça tombait mal, mais il avait besoin de nous. Il allait subir une intervention chirurgicale. Nous avions peur qu'il soit placé dans une famille d'accueil. Alors nous avons décidé de rester ensemble jusqu'à ce que l'adoption soit validée.

— Et tu n'as pas estimé qu'il était important que je le sache ? demanda-t-elle en croisant les bras sur sa poitrine.

— Tu n'étais pas en état…

— C’est pour ça que tu as décidé de te glisser de nouveau dans mon lit ! ironisa-t-elle.

— Je voulais reconstruire ma famille, se défendit Porter. J’y ai vu cette opportunité.

Il s’arrêta devant elle et posa ses mains sur ses épaules. Comment parvenir à lui faire comprendre ce qu’il avait traversé et à quel point il avait changé ? Comment lui expliquer qu’il voulait cette seconde chance, pas seulement pour leur famille, mais parce qu’il l’aimait profondément ?

— Tu y as vu cette opportunité, répéta-t-elle d’un ton grinçant en repoussant ses mains. Laisse tomber. C’est trop, Porter. Cette trahison me fait trop mal pour que je puisse te pardonner.

Rassérénée par l’atmosphère sereine de la chambre de Thomas, Alaina berçait son bébé avec amour.

Sa place était ici, et son cœur se serrait à l’idée qu’elle pourrait ne pas avoir cet enfant dans sa vie. En dépit des semaines difficiles qu’elle venait de traverser, elle avait la certitude qu’avoir une famille était tout ce à quoi elle avait toujours aspiré.

Quel enfant merveilleux…

Son enfant… et celui de Porter.

Thomas bâilla en clignant des yeux lourds de sommeil.

— Tu sais que je t’aimerai toujours, mon Thomas, lui murmura-t-elle à l’oreille. Toujours.

Tandis qu’elle fixait la fresque murale — celle qu’elle avait peinte —, des images troubles se mirent à défiler dans son esprit. Des visites chez des médecins… Des clichés de vacances, de chambres d'hôtel… Des bribes d'un passé… De son passé.

Elle retint son souffle, de peur que respirer chasse les souvenirs. Mais bien au contraire, ceux-ci devinrent plus clairs, plus nets. Des pans des cinq dernières années resurgirent pour former un ensemble cohérent.

Et puis, un épisode dramatique s'imposa à elle et la bouleversa.

Avec une netteté confondante, elle se remémora le trajet en voiture après que Porter et elle étaient allés chercher Thomas. La situation avait été très tendue les mois précédant l'adoption. Leur incapacité à avoir un enfant avait ravivé chez Alaina des souvenirs de ce que Douglas lui avait fait subir et des dommages irréversibles qu'il avait causés à son corps. Cette pensée l'avait submergée au moment où ils avaient récupéré Thomas, et elle avait été prise de violents maux de tête. La douleur s'était encore accentuée quand elle avait réalisé que leur fils faisait resurgir à son esprit son passé tourmenté.

Ce passé qu'elle fuyait et qu'elle avait caché à Porter.

A un homme qu'elle avait épousé et aimé.

Un homme qu'elle aimait toujours.

Porter fulminait. Il cherchait sa mère, bien décidé à lui dire ce qu'il pensait d'elle et à comprendre pourquoi elle avait cherché à compromettre sa seconde chance avec Alaina.

Il trouva Courtney dans la cuisine en train de déguster de la glace dans un bol orné de branches de gui.

— Pourquoi as-tu fait cela ? attaqua-t-il, bille en tête.

— De quoi parles-tu ? s'enquit-elle en le considérant d'un regard froid.

— Tu as dit à Alaina que nous avions été sur le point de divorcer.

Courtney resta impassible, se contentant de hausser vaguement les épaules.

— Il fallait bien que quelqu'un lui dise la vérité.

— Ce n'était pas à toi de le faire ! s'insurgea-t-il en croisant les bras sur son torse puissant.

Il se sentait trahi que sa mère se soit arrogé le droit de parler à Alaina. Il prit une profonde inspiration pour calmer ses nerfs.

— Si c'était à toi de lui parler, dommage que tu n'aies pas pris la peine de le faire avant de partager à nouveau son lit ! répliqua Courtney.

Elle le fixait d'un air stoïque, celui qu'elle affichait tous les jours au tribunal.

— Ce ne sont pas tes affaires. J'agis en fonction de ce qu'ont dit les médecins.

Tandis qu'elle secouait la tête d'un air obstiné, un sourire narquois se dessina sur ses lèvres.

— Tu utilises ça comme une excuse pour pouvoir poursuivre Alaina de tes assiduités.

— Je veux reconquérir ma femme ! Où est le problème ?

— Le problème, c'est ta façon de procéder. Je t'aime, Porter, mais j'aime aussi Alaina. Et j'estime qu'une femme ne mérite pas d'être trompée par un homme qui est censé l'aimer.

Sur ces mots, elle se leva et quitta la pièce.

Tromper ? Porter faillit courir après sa mère pour lui enjoindre de l'écouter. Il ne trompait personne ! Il avait juste essayé de gagner du temps pour que sa famille se reconstruise. Il tentait simplement de faire en sorte qu'Alaina retombe amoureuse de lui, de façon à ce qu'elle puisse l'aimer autant que lui l'aimait.

Il l'aimait ?

Oh oui, il l'aimait. Ce n'était pas parce qu'il n'avait pas dit les mots que ce n'était pas le cas.

Mais… pourquoi, alors, n'avait-il pas pris la peine de les dire à Alaina ?

Le choc initial passé, Alaina prit le temps de la réflexion. Elle avait envie de faire quelque chose pour se réconcilier avec Porter. Elle ignorait si cela serait possible, mais elle voulait à tout prix essayer.

Elle inspira l'air salé et observa les lumières des yachts qui scintillaient dans la nuit tombante. Puis, elle se concentra de nouveau sur son carnet de dessins, ayant plus que jamais besoin de laisser sa créativité s'exprimer. Elle se mit à esquisser un portrait de famille au fusain tout en faisant osciller le hamac avec son pied. Elle dessina Porter, Thomas et elle sur leur yacht, dans une contrée tropicale. Thomas jouait avec un petit bateau devant un palmier décoré en arbre de Noël.

Les sourcils froncés, elle envisagea différentes façons d'entamer sa conversation avec Porter et de lui faire comprendre ce qu'elle avait appris sur elle-même et sur ses sentiments pour lui depuis l'accident.

Si seulement elle pouvait exprimer ses sentiments par des mots aussi facilement qu'elle les exprimait sur le papier à dessin !

Un bruit de pas lui fit lever les yeux.

Porter approchait. Il avait dans les mains une boîte enveloppée dans du papier doré.

— Cela t'ennuie si je m'assois à côté de toi ? s'enquit-il.

Elle lui fit de la place dans le hamac.

— Vas-y…

Il s'installa à côté d'elle, touchant son épaule de la sienne, ce qui lui rappela l'alchimie qu'il y avait toujours eue entre eux.

Elle le savait parce que, maintenant, elle se le rappelait.

Sans un mot, il lui tendit la boîte. Elle en sortit un classeur rempli de plans et d'esquisses de maisons.

— Je me suis dit que tu voudrais peut-être choisir toi-même à quoi ressemblerait notre future maison, plutôt que ce soit moi qui décide à ta place ce dont tu as envie. J'aimerais que nous vivions ensemble dans cette nouvelle maison, mais il t'appartient de décider.

Elle avait la gorge serrée. Les mots lui manquaient tellement elle était émue.

— Alaina, reprit Porter, je te prie de m'excuser de ne pas avoir été honnête avec toi dès le départ.

— C'est moi qui te dois des excuses, soupira-t-elle.

— Que veux-tu dire ?

Prenant son courage pour affronter cette conversation qu'ils devaient absolument avoir, elle se convainquit que l'honnêteté et la communication étaient leur seul espoir.

— Je pense que j'ai perdu la mémoire avant l'accident, expliqua-t-elle, même si elle avait besoin de l'avis d'un spécialiste à ce sujet. Je crois que cela a été déclenché par la peur de devenir mère, suite à ce qui m'est arrivé avec Douglas.

— Plus jamais je ne le laisserai s'approcher de toi.

Pour Porter, tout paraissait simple, mais les peurs d'Alaina étaient bien plus complexes. Elle ne craignait pas que Douglas la poursuive à nouveau. Ce qui lui faisait peur, c'était que son ancien petit ami l'ait détruite à jamais.

— Il est en prison, reprit-elle. J'aurais dû te dire il y a bien longtemps ce qui s'est passé, mais je ne l'ai pas fait. Je ne suis donc pas en position de te juger pour avoir passé certaines choses sous silence. Je crois que je me suis tellement convaincue que tout irait bien que j'ai oublié de te montrer les faiblesses derrière mon armure.

Peut-être s'était-elle imaginé que si elle ne mentionnait pas l'agression de Douglas, ce serait comme si elle ne s'était jamais produite.

— J'ai comme l'impression que nous devons tous les deux apprendre à faire confiance, commenta Porter en lui caressant les cheveux. D'autres souvenirs te sont-ils revenus ?

Même dans la lumière tombante, Alaina discernait l'inquiétude et la peur dans ses yeux. Elle prenait conscience à quel point il avait peur de la perdre.

— J'ai des flashs de ce qui s'est passé avant l'accident... je me souviens de certaines autres choses, mais ce ne sont que des bribes.

Il poussa un long soupir et appuya son front contre le sien.

— Ma mère affirme que tu mérites mieux que ce que je te donne. Elle a raison, Alaina... J'aurais dû agir différemment depuis que tu es sortie du coma. Et bien avant cela aussi.

Le Porter d'avant l'accident, celui dont elle avait quelques minces souvenirs, n'aurait jamais dit quelque chose d'aussi tendre ou montré autant de vulnérabilité. Elle se le rappelait arc-bouté sur son objectif de bâtir une famille et une vie fidèle à ses propres désirs et principes.

Elle posa les yeux sur le cadeau qu'il venait de lui faire. Le carnet de plans, pour une future maison… C'était le cadeau de l'homme qu'il voulait devenir. Un homme attaché à satisfaire également ses désirs à elle.

Un homme avec qui elle pouvait bâtir sa vie.

— Je te fais confiance, déclara Alaina. Si tu dis que tu m'aimes, c'est que c'est la vérité.

— Mais je ne l'ai pas dit.

— Pas encore. Mais tu vas le faire.

Elle sourit en lui prenant la main.

— Tu es bien sûre de toi, la taquina-t-il.

— J'apprends à faire confiance à mes sentiments plutôt qu'à me reposer sur des souvenirs du passé en noir et blanc. Les sensations, les émotions, l'amour…

— L'amour ? répéta-t-il. M'aimes-tu ?

— J'attends toujours que tu le dises en premier.

Il lui serra fortement la main et la porta à ses lèvres pour l'embrasser doucement, déclenchant des frissons en elle.

— Dieu sait que je suis prêt à te le dire. Alaina Rutger, tu es la seule et unique femme pour moi. L'amour de ma vie, la mère de mon enfant. Mon amante. Ma vie.

Elle prit le visage de Porter dans ses mains.

— Porter, mon amour, le père de mon enfant. Tu es mon âme sœur à jamais, même quand nos souvenirs s'effaceront.

Il mit un genou à terre.

— Veux-tu m'épouser ?

— Mais… nous sommes déjà mariés ! s'exclama-t-elle en le regardant avec un mélange d'incrédulité et d'excitation.

— Je suis sûr que tu retrouveras un jour totalement la mémoire, mais si tel n'était pas le cas, j'aimerais que nous ayons tous deux le même souvenir du jour où nous avons échangé nos vœux.

Des étoiles scintillaient dans ses yeux, en une danse pleine de promesses d'amour.

— J'adore cette idée ! Et je t'adore. D'accord, marions-nous à nouveau.

— Renouvelons nos vœux au nouvel an, dans notre maison de Tallahassee.

— C'est parfait !

Elle l'embrassa avec fougue. Avec passion. Sûre de lui, sûre d'eux et de ce qu'ils accompliraient ensemble.

— Tu es parfaite, Alaina, lui murmura-t-il à l'oreille. Absolument parfaite !

Épilogue

Un an plus tard

— Joyeux Noël, mon amour, dit Porter en embrassant Alaina.

Tous deux se prélassaient sur le pont de leur yacht, se délectant du soleil de décembre qui réchauffait doucement leur peau.

— Joyeux Noël à toi aussi.

Elle le rejoignit dans son transat et se pelotonna contre lui avec un soupir de satisfaction.

— C'est le plus beau Noël en famille que j'aie passé, ajouta-t-elle.

Leur fils dormait dans la cabine, sous la surveillance de sa grand-mère et du nouveau mari de celle-ci. Car oui, Barry était resté dans la vie de Courtney, et celle-ci en paraissait très heureuse.

Porter lui aussi était heureux.

Il caressa le bras de sa femme et mêla ses doigts aux siens.

— Je suis content que tu apprécies le yacht, finalement.

— J'aime nos escapades ensemble, confirma Alaina en lui prenant la main. Ce sont de belles occasions de consolider notre famille.

Le bruit des vagues contre la coque du yacht se mêlait au carillonnement des clochettes de leur palmier arbre de Noël.

Avant l'accident, Porter n'aurait jamais pu imaginer qu'il puisse passer de si beaux moments en mer avec sa femme. Sa devise aujourd'hui était qu'il fallait profiter au maximum des plaisirs de l'existence. Grâce au nouveau départ qu'il avait pris avec Alaina et Thomas, il venait assurément de passer la plus belle année de sa vie !

Il repoussa une mèche des cheveux d'Alaina derrière son oreille.

— Tu ne m'as pas dit pourquoi tu as choisi Florida Keys comme destination de Noël ?

— J'ai pensé que c'était l'endroit idéal pour passer une semaine en ayant le minimum de contact avec le monde extérieur, répondit-elle. J'ai mon mari, mon fils, ma famille… que demander de plus ?

Thomas n'avait plus de plâtre et pouvait marcher à quatre pattes dans le sable. Il lui faudrait subir une dernière opération dans quelques mois. Quand bien même il serait en retard pour marcher, il ne devrait pas, selon les médecins, avoir de séquelles.

Porter et Alaina avaient tout ce qu'ils avaient toujours souhaité dans la vie. Cela n'avait pas été simple, mais ils s'étaient accrochés, empruntant des voies nouvelles pour que leur union s'épanouisse.

Alaina n'avait pas complètement recouvré la mémoire. Porter lui avait alors suggéré de le surprendre… d'organiser des dîners surprise ou bien de véritables projets de vacances.

Pour l'heure, il se délectait de sentir la chaleur d'Alaina contre lui et du spectacle de sa peau laissée à nu par son bikini.

— J'aime tes choix de destination de vacances.

— Et moi, j'apprécie la façon dont tu m'as aidée à reprendre le contrôle de mon monde. J'aimerais pouvoir me souvenir des moindres détails du passé, mais je commence à accepter que cela pourrait ne jamais être le cas.

Il hocha la tête. Il savait qu'elle avait eu du mal, au départ, à faire le deuil de ses souvenirs. Elle s'était remémoré certains bons moments, mais aussi certaines disputes. Il avait voulu qu'elle les lui raconte avec ses mots, et il l'avait écoutée avec attention, ce qui lui avait permis de considérer les choses de son point de vue à elle.

Cela les avait aidés à cimenter le nouveau lien qui s'était créé après l'accident. Ils avaient fait la paix avec leur passé et leur couple était plus fort que jamais.

Il l'embrassa sur le nez.

— Tu n'as pas vraiment répondu à ma question… Pourquoi les Keys ? Il y a plein d'autres endroits pour s'isoler.

Elle s'assit et sortit de dessous le transat une boîte entourée d'un gros ruban rouge.

— Pourquoi n'ouvres-tu pas ton cadeau ?

Ils avaient déjà échangé des cadeaux de Noël et l'un de ceux d'Alaina pour Porter avait été un petit mot lui promettant « un cadeau spécial » un peu plus tard.

Il avait supposé quelques ébats sexuels.

Avec une curiosité non feinte, il souleva le couvercle de la boîte. Un dessin encadré reposait sur une garniture en satin. Le dessin au fusain représentait Porter, Alaina et Thomas sur leur yacht, dans une contrée tropicale. Thomas jouait avec un petit bateau devant un palmier arbre de Noël.

Elle posa sa main sur l'épaule de Porter.

— Je dessinais cela il y a un an, quand tu m'as retrouvée dans le hamac et que tu m'as dit que tu m'aimais. C'était l'image de la famille idéale que je me faisais. C'était l'espoir que je nourrissais. Ce rêve est devenu réalité.

— Ça l'est, en effet.

— C'est le plus beau cadeau de Noël que j'aie jamais eu, et j'entends bien en profiter toute l'année durant. Merci.

Il lui fit un clin d'œil.

— J'en déduis donc qu'il me faut annuler notre vol Miami-Paris.

Elle se mit à rire.

— Surtout pas ! J'ai tellement envie de visiter le Louvre ! répondit-elle en l'embrassant.

Elle avait vu les photos de leur premier voyage à Paris, dont elle ne conservait aucun souvenir. Devant sa frustration, Porter avait tout de suite su ce qu'il lui offrirait à Noël.

Il mit de côté le dessin et prit sa femme dans ses bras.

Ils redécouvriraient Paris pour le nouvel an. Certains couples n'avaient pas de deuxième chance, alors il se sentait privilégié d'en avoir une avec Alaina et avait bien l'intention d'en profiter au maximum.

Il était certain que chaque jour passé avec l'amour de sa vie lui apporterait son lot de belles surprises.

MAUREEN CHILD

La fiancée secrète

Traduction française de
TATIANA ANDONOVSKI

PASSIONS

HARLEQUIN

Titre original :
THE LONE STAR CINDERELLA

Ce roman a déjà été publié en 2014.

- 1 -

Dave Firestone n'avait qu'une seule chose en tête.

Assurer l'avenir de son ranch, le Royal Round Up.

A tout prix.

Sa réputation était en danger et il n'était pas question de laisser un scandale ou des rumeurs anéantir ce qu'il avait mis des années à construire.

Cela faisait plusieurs mois qu'Alex Santiago avait disparu, et malgré tout Dave sentait bien que les soupçons continuaient de planer sur lui.

Il était temps de découvrir, d'une façon ou d'une autre, ce que son ami le shérif Nathan Battle pensait de toute cette affaire.

Il sauta de son 4x4, remonta le col de sa veste. Le vent d'est balayait sans relâche la région depuis plusieurs jours. Pour un mois d'octobre, il faisait très froid, et cela augurait un hiver encore plus glacial.

Pour accomplir la mission qu'il s'était fixée, Dave s'était rendu à la frontière entre son ranch et celui des frères Battle, Nathan et Jack.

Ayant repéré l'homme à qui il était venu parler, il avança d'un pas décidé.

Grand, vêtu d'un manteau en cuir noir élimé et un chapeau vissé sur la tête, Nathan Battle était en train de remettre de l'ordre dans le fil barbelé qui surplombait la clôture séparant le Royal Round Up et le Battlelands.

Derrière lui se trouvait Bill Hardesty, un de ses employés. Ce dernier déchargeait du fil barbelé d'une remorque.

Dave fit un signe de tête à l'attention de Bill, puis reporta son attention sur Nathan.

Ce dernier s'approcha de lui.

— Salut, Dave, ça va ?

Dave Firestone n'étant pas du genre à avouer qu'il avait un problème, il opta pour une réponse neutre.

— On peut dire ça. Jack m'a dit que tu étais dans le coin. Jamais je n'aurais cru trouver le shérif en train de rafistoler une barrière de barbelé, déclara-t-il, amusé.

— J'aime bien me balader sur le ranch et mettre la main à la pâte avec les hommes. J'en profite pour réfléchir et ça me permet de me vider l'esprit. C'est mon frère qui fait le gros du travail dans le ranch, mais nous sommes associés, donc c'est normal que je lui prête main-forte de temps à autre. En plus, Amanda a décidé de faire plein de changements dans la maison en vue de l'arrivée du bébé, alors on est envahis par les ouvriers. Ici, par comparaison, c'est… c'est calme.

Bill laissa échapper un rire étranglé.

— Profitez-en, patron. Quand le bébé sera là, vous pourrez dire adieu au calme !

Nathan rit de bon cœur.

— Allez, aide-moi donc à décharger le barbelé au lieu de raconter des bêtises, dit-il à l'attention de Bill.

Dave aurait préféré trouver Nathan seul, mais qu'à cela ne tienne, il lui parlerait, même avec Bill dans les parages.

Ces derniers mois à Royal avaient été riches en rebondissements. Il y avait d'abord eu l'annonce du mariage du shérif Nathan Battle à Amanda Altman, ils attendaient maintenant un enfant et semblaient filer le parfait amour. Et puis il y avait eu la disparition mystérieuse d'Alex Santiago.

C'est justement cette disparition qui avait poussé Dave à vouloir parler à Nathan en dehors de ses heures de travail.

Dave n'avait jamais été un ami proche d'Alex mais il ne lui avait jamais voulu de mal non plus.

Cependant, sa disparition alimentait les commérages en ville.

La plupart des gens disaient qu'Alex et lui avaient été rivaux en affaires et que Dave était peut-être pour quelque chose dans sa disparition.

Dave n'avait jamais fait attention à ce que les gens disaient sur lui. Il avait toujours mené sa vie comme il l'entendait et tant pis si ça ne plaisait pas aux gens.

Mais ces derniers temps les choses avaient changé, c'était indéniable.

En effet, les événements récents avaient eu un impact sur sa vie. Il s'était senti poussé à venir parler au shérif à cause des rumeurs qui allaient bon train en ville et de la pression grandissante qui s'exerçait sur lui depuis la disparition d'Alex.

Il regarda un moment les hommes décharger le fil barbelé, puis reprit la conversation.

— Je suis désolé de te déranger un jour de congé, mais j'ai besoin de savoir si tu as avancé sur l'affaire Santiago.

— Non, je n'ai pas avancé d'un pouce. C'est comme s'il avait disparu de la surface de la terre. Et il n'y a pas eu de mouvements sur ses cartes bancaires non plus. Je ne sais pas ce qui lui est arrivé et, pour tout te dire, ça me rend complètement fou.

— Je comprends. Moi non plus, cette disparition n'arrange pas mes affaires.

— Oui, j'ai entendu les rumeurs.

Il se raidit.

— Et alors ? demanda-t-il, inquiet.

— C'est bon, ne t'inquiète pas. Je sais très bien à quel point les rumeurs dans une ville comme Royal peuvent être nuisibles. Elles ont failli me coûter Amanda. Alors, si ça peut te rassurer, sache que tu ne figures pas sur ma liste de suspects.

En effet, c'était rassurant.

Cela ne résolvait pas le problème des rumeurs, mais le fait que Nathan croie en son innocence était toujours bon à prendre.

Malgré tout, il n'était pas à l'aise, car il savait très bien d'où venaient les soupçons de sa culpabilité.

Il était parmi les derniers à avoir parlé à Alex et au moins une dizaine de personnes avaient été témoins de la dispute qu'ils avaient eue dans la grand-rue, le jour de sa disparition.

De plus, tout le monde à Royal savait qu'Alex avait raflé un investissement immobilier sur lequel Dave avait des vues depuis très longtemps. Dave n'avait pas apprécié et il ne s'était pas privé de le dire. Mais, de là à lui vouloir du mal, il y avait un monde.

— Je suis content de te l'entendre dire. C'est exactement pour ça que je voulais te voir. C'est bon de savoir que je ne suis pas sur ta liste de suspects. Mais cela ne change rien aux rumeurs à Royal, en effet.

Voilà trois ans qu'il s'était installé dans la petite ville texane.

Il pensait que les gens avaient eu le temps d'apprendre à le connaître et qu'il avait toute leur confiance. Mais visiblement une petite altercation et la disparition d'un homme avaient suffi à alimenter les rumeurs contre lui et à le faire passer pour un homme loin d'être à l'abri de tout soupçon.

Nathan s'appuya contre l'un des poteaux de la clôture.

— Tu ne peux pas arrêter les rumeurs. Crois-moi, j'ai essayé. Dans une ville comme Royal, les gens en sont très friands, c'est presque leur passe-temps favori. Laisse courir, ça ne veut rien dire.

— Peut-être pour toi, mais pour moi… J'essaie de signer un contrat avec TexCat et, dans la situation actuelle, ce n'est pas gagné.

Nathan éclata de rire.

— Alors, dans ce cas, je vois où est ton problème. TexCat, c'est la plaie. Tout le monde connaît Thomas Buckley et les principes rigides qu'il applique aussi bien dans sa vie privée que dans sa vie professionnelle. Je comprends que les rumeurs soient un obstacle pour toi.

— Si Thomas Buckley avait vent des rumeurs, il n'accepterait jamais de me faire signer le contrat et je pourrais rater l'occasion du siècle. Si seulement je signais avec TexCat pour vendre mon bœuf, l'avenir de mon ranch serait assuré.

En revanche, si un scandale éclatait, tous ses espoirs d'expansion commerciale viendraient à s'effondrer.

Mais Dave était un battant.

Il ne baissait jamais les bras.

TexCat était le plus gros acheteur de bœufs du pays.

Thomas Buckley, le fondateur et directeur de l'entreprise, dirigeait la compagnie de façon irréprochable. Il n'avait jamais été atteint par un scandale, de près ou de loin, et faisait tout pour qu'il en aille de même lorsqu'il signait de nouveaux contrats. S'il venait à apprendre que Dave était au cœur de rumeurs concernant la disparition d'Alex Santiago, il pouvait dire adieu au contrat.

Nathan le ramena au moment présent.

— Cela dit, pour ce qui est de Thomas Buckley, dans ton cas, les rumeurs ne sont pas l'unique obstacle.

— Je sais.

— Buckley n'accepte de signer des contrats qu'avec des hommes mariés s'apprêtant à fonder un foyer. Or, si ma mémoire ne me fait pas défaut, tu es célibataire. Ou bien tu comptes peut-être te trouver une femme pour l'occasion ?

Dave fit la grimace.

— Non, pour l'instant, je n'ai pas encore eu le temps de penser à cet aspect-là. Mais on n'en est qu'aux préliminaires. J'ai encore du temps pour trouver une solution.

— A toi de voir. Mais sache que TexCat n'est pas l'unique acheteur de bœufs au monde.

— Non, mais c'est le meilleur.

Il voulait ce contrat.

Plus que tout.

Et quand Dave Firestone voulait quelque chose rien ne lui résistait.

Il fonçait jusqu'à ce qu'il arrive à ses fins.

Pour lui, il n'y avait pas d'autre solution.

Mia Hughes ouvrit la porte du garde-manger.

Elle observa les étagères, comme si elle s'attendait soudain à y trouver de la nourriture, par miracle.

Ce qui ne risquait pas d'arriver, puisqu'elle n'avait pas fait de courses depuis belle lurette.

Découragée, elle prit un paquet de nouilles et se dirigea vers la gazinière. Après avoir mis de l'eau dans une casserole, elle alluma le gaz puis regarda le liquide arriver à ébullition.

Elle en avait assez de manger des pâtes, mais pour l'instant elle n'avait pas le choix. Le paquet qu'elle s'apprêtait à déguster était aromatisé au bœuf.

En fermant les yeux, elle pourrait peut-être imaginer qu'elle dégustait un hamburger ?

Cette pensée lui fit davantage gargouiller l'estomac. Elle posa une main sur son ventre pour tenter de calmer sa faim.

En vain.

Depuis des semaines, elle ne mangeait plus à sa faim.

En tant que gouvernante d'Alex Santiago, elle avait toujours eu accès au compte en banque qui permettait de faire tourner la maison.

Jusqu'à présent, l'argent avait servi à payer les factures reçues depuis la disparition de son employeur, ainsi que d'autres frais. Mais il ne suffisait plus à couvrir son salaire ni sa nourriture. Donc elle se contentait de ce qu'il y avait dans le garde-manger et le congélateur.

Maintenant, le garde-manger était quasi vide et il ne restait plus que des glaçons dans le congélateur.

Elle n'avait pas d'autres revenus. Son stage de psychologue scolaire à l'école primaire de Royal touchait à sa fin et elle hésitait à abandonner la maison pour partir en quête d'un autre travail.

Bientôt, pourtant, elle devrait prendre une décision.

L'avantage de ne pas manger à sa faim, bien entendu, c'était qu'elle avait perdu ses quelques kilos superflus. Mais jamais elle n'avait eu aussi faim de sa vie.

Une fois de plus, elle ouvrit tous les placards de la grande cuisine, par réflexe, pour s'assurer de ne pas avoir raté une étagère avec de la nourriture.

Rien.

Les placards étaient vides.

Mais la cuisine était rutilante.

La propreté de la pièce était davantage liée au fait qu'il n'y avait pas eu d'activité depuis longtemps qu'à ses talents de femme de ménage.

Elle s'était toujours efforcée d'entretenir au mieux l'immense maison d'Alex Santiago mais, depuis sa disparition quelques mois plus tôt, elle n'avait plus grand-chose à faire.

L'eau bouillait. Elle y versa les pâtes et le sachet de bœuf lyophilisé, remit le couvercle, éteignit le feu puis laissa reposer quelques instants.

En attendant que son repas soit prêt, elle alla se poster devant les grandes fenêtres qui donnaient sur la terrasse de gravier, à l'arrière de la maison.

De là où elle était, elle apercevait le toit de la propriété voisine.

Les maisons luxueuses de Pine Valley étaient clairsemées. Elles étaient toutes différentes, conçues selon une architecture unique, et entourées d'espaces verts qui les mettaient naturellement à l'écart des autres.

Depuis la disparition d'Alex, Mia se sentait un peu trop à l'écart, justement.

Du jour au lendemain, elle s'était retrouvée seule dans la maison. Le téléphone sonnant constamment, entre journalistes avides d'un scoop, reporters trop curieux et la police et ses incessantes questions.

Heureusement que Pine Valley était un quartier résidentiel privé. De ce fait, elle n'avait pas été dérangée par des visites impromptues. Mais elle savait que cela ne tarderait pas à arriver, car certains reporters de la presse à scandale se montraient de plus en plus retors.

Et plus Alex tarderait à réapparaître, plus les gens seraient tentés de fourrer leur nez dans ses affaires.

La disparition d'un homme riche dans une petite ville comme Royal ne pouvait pas passer inaperçue.

Mia repensa à son arrivée dans cette maison.

Alex avait été un employeur très généreux envers elle. Il lui avait offert un emploi à un moment crucial et lui avait permis d'aménager ses horaires pour continuer ses études. Grâce à lui, elle était aujourd'hui sur le point de décrocher son diplôme de psychologue scolaire.

Mia devait une fière chandelle à Alex, et de plus elle appréciait beaucoup l'homme qu'il était. Ils étaient devenus bons amis, malgré leur relation employée-employeur.

Elle frissonna.

C'était incroyable de se dire que l'hiver approchait et qu'il n'y avait toujours aucun signe d'Alex. Elle s'inquiétait pour son ami. Etait-il encore vivant ? En bonne santé ? Avait-il besoin d'aide ?

Parfois, ces questions la hantaient au point de lui faire perdre pied. A d'autres moments, elle s'efforçait de rester positive et de se dire qu'Alex finirait par revenir, sain et sauf.

En plus de s'inquiéter pour son ami, elle se souciait de l'aspect financier de sa situation actuelle. Elle avait payé les factures, soit, mais elle devrait bientôt régler son dernier trimestre universitaire et elle ignorait avec quel argent elle arriverait à couvrir la somme.

La sonnerie du téléphone la tira de ses pensées.

Instinctivement, elle eut envie de décrocher, mais elle laissa le répondeur faire le travail pour elle.

Depuis quelques semaines, elle ne répondait plus au téléphone. Lasse de devoir éviter les questions des journalistes ou de répéter la même chose aux gens qui venaient simplement aux nouvelles, elle préférait filtrer les appels.

Pourtant, chaque fois que le téléphone sonnait, elle espérait que ce soit Alex à l'autre bout du fil. Elle attendait un signe de sa part. Un appel où il lui expliquerait sa disparition, où il lui dirait qu'il allait renflouer le compte et que tout rentrerait dans l'ordre.

Certes, ce scénario était loin d'être réaliste, mais Mia avait toujours été une rêveuse invétérée.

Le répondeur se déclencha, laissant place à une voix féminine.

— Mia, c'est moi, si tu es là, décroche.

Elle bondit sur le combiné.

— Sophie !

— Tu filtres les journalistes ?

— Si tu savais ! Ils font tout pour essayer de grappiller le moindre renseignement.

— Et encore, tu as de la chance d'être dans une résidence privée. Sinon, imagine l'enfer que ce serait.

— Il y a quelques futés qui ont réussi à entrer à proximité de la propriété, mais je n'ai qu'à appeler la sécurité et ils se chargent de tout.

— Tu n'as pas peur, toute seule dans cette grande maison ?

— Dans la journée, je n'ai pas peur, mais la nuit je crains parfois qu'un journaliste malveillant cherche à s'introduire dans la demeure à la recherche d'indices.

— N'oublie pas ma proposition de t'héberger chez moi. L'offre tient toujours.

Sophie Beldon était l'assistante d'Alex.

Elles se connaissaient avant que Mia ne commence à travailler pour lui, mais depuis la disparition d'Alex les deux femmes avaient sympathisé davantage.

Ensemble, elles tentaient de mener une enquête parallèle afin de retrouver Alex. Pour l'instant, leurs efforts n'avaient pas été fructueux mais elles avaient un nouveau plan.

En savoir plus sur Dave Firestone, un rival d'Alex en affaires. Cette nouvelle piste ne les avait pas encore menées très loin, car Mia ignorait comment entrer en contact avec le fameux propriétaire du Royal Round Up.

— C'est vraiment très gentil de ta part de m'inviter à venir loger chez toi. Et je dois avouer que l'offre est très tentante.

Mais elle ne pouvait pas quitter la maison d'Alex et laisser les curieux se l'accaparer. De plus, elle ne voulait pas faire la mendicité et dépendre de Sophie. Elle était habituée à se débrouiller seule et ne voulait rien devoir à personne.

— Mais… ? demanda Sophie.

— Mais je préfère rester ici. J'ai envie d'être présente s'il a besoin de moi et je me sentirais mal de laisser la maison inhabitée.

— Je comprends tout à fait. Surtout, si tu changes d'avis ou si tu as besoin de quoi que ce soit, fais-moi signe.

— Merci, c'est gentil.

— Et, à part ça, tout va bien ?

— Oui, je ne peux pas me plaindre.

— Nous sommes amies, tu sais que tu peux me demander ce que tu veux. Si tu as besoin d'argent, n'hésite pas à me le dire. Je peux t'en prêter le temps qu'Alex refasse surface.

Mia savait pertinemment pourquoi Sophie disait ça.

Deux semaines auparavant, elles étaient allées déjeuner ensemble au restaurant des sœurs Altman. Mia avait voulu inviter Sophie et payer la note, mais sa carte avait été refusée. Mortifiée, elle avait dû accepter que Sophie paie pour elle.

Mia préférait ne pas accepter l'offre généreuse de son amie, ignorant quand elle serait en mesure de la rembourser.

— Sophie, j'apprécie vraiment ta gentillesse, mais Alex a disparu depuis des mois et on ne sait ni quand ni même s'il réapparaîtra un jour. Je ne préfère pas contracter des dettes que je ne serai pas en mesure d'honorer à court terme.

— Tu es sûre que tu n'as pas besoin d'argent ?

— Oui. Tout va bien. L'autre jour, c'était une erreur de la banque mais tout est rentré dans l'ordre, prétendit-elle, pour ne pas que son amie s'inquiète.

Elle était indépendante depuis l'âge de dix-huit ans et elle tenait à ce que les choses restent ainsi, même si en l'occurrence elle ne mangeait pas à sa faim.

— Tu es vraiment têtue, lui dit Sophie.

— Merci, rétorqua-t-elle.

— Ce n'était pas un compliment, mais passons plutôt à la vraie raison de mon appel.

— Ah, et quelle est cette fameuse raison ?

— Tu te souviens qu'on avait décidé d'en savoir plus sur Dave Firestone ?

— Oui. De mon côté, je n'ai rien trouvé. On dirait que je n'ai pas la fibre investigatrice. J'ai cherché sur internet, mais tout ce que j'ai obtenu, ce sont des informations générales sur sa réussite professionnelle.

— Eh bien, moi, j'ai quelque chose. Je viens de parler à Carrie Hardesty. Son mari, Bill, travaille pour le ranch des frères Battle.

Elle ne voyait pas où son amie voulait en venir.

De plus, elle avait tellement faim qu'elle avait hâte de raccrocher pour déguster son bol de nouilles au bœuf !

— Bill a dit à Carrie, sa femme, qu'il allait rentrer plus tard que prévu car Nathan et lui n'avaient pas pu terminer ce qu'ils devaient faire dans les temps. A cause d'une interruption.

Mia sourit, amusée. Elle ne voyait toujours pas pourquoi Sophie lui racontait toute cette histoire.

— Et alors ?

— Et alors figure-toi que l'interruption en question, c'était Dave Firestone.

— Ah bon ?

Dave était l'un des derniers à avoir vu Alex vivant avant sa disparition. Mia avait eu vent des rumeurs et savait que les gens le soupçonnaient d'y être pour quelque chose.

Mais elle savait aussi que les rumeurs étaient le propre d'une petite ville comme Royal, qu'elles étaient facilement alimentées et entretenues par un nombre restreint de gens qui n'avaient rien d'autre à faire que de se préoccuper de la vie des autres.

Pourtant, Dave Firestone était trop riche, trop sûr de lui et trop beau pour être honnête, et avec Sophie elles avaient eu envie d'en savoir plus sur lui.

— Il était venu voir Nathan ?

— Oui.

— Il a dit pourquoi ?

— Apparemment, il voulait savoir s'il figurait sur la liste des suspects du shérif.

— Et alors ? demanda-t-elle, intriguée.

— Nathan lui aurait dit qu'il n'avait pas d'inquiétude à avoir et qu'il n'était pas soupçonné d'être lié à la disparition d'Alex.

Voilà qui était décevant. Pas le fait que Dave ne soit pas suspect. Non, elle était déçue de ne pas avoir de réponse, déçue d'être toujours entre deux eaux et déçue de ne pas savoir où était Alex.

— Cela dit, ce n'est pas étonnant. Dave Firestone est un homme important dans la région. Il faudrait vraiment des preuves tangibles contre lui pour que le shérif puisse le soupçonner officiellement.

— Tu as raison.

Sophie semblait aussi dépitée qu'elle.

— Dis-moi, Sophie, honnêtement, tu penses que Dave est lié à la disparition d'Alex ?

— Non.

— Moi non plus.

— N'empêche, nous devrions nous en tenir à notre plan et tu devrais tenter d'en savoir plus sur lui. Même s'il n'est pas lié de près à l'affaire, il sait peut-être des choses qu'il n'a pas envie de dévoiler ?

— Oui, tu as raison.

— En tout cas, Bill a dit à sa femme que Nathan avait avoué n'avoir rien de plus sur la disparition d'Alex et que ça le rendait fou.

— Je le comprends, le pauvre.

Nathan Battle suivait l'affaire de près depuis des mois, et lui et Alex étaient bons amis. Il était donc engagé dans l'enquête à titre professionnel mais également à titre personnel.

Mia aussi se sentait proche d'Alex.

Elle avait appris à le connaître en travaillant pour lui.

Il était chaleureux, attentionné et généreux. Mais c'était aussi un homme secret. Par exemple, elle n'avait pas le droit d'aller nettoyer son bureau, hormis une fois par mois et uniquement en sa présence.

Lorsqu'elle en avait parlé à Sophie, cette dernière lui avait avoué qu'il avait reçu des appels étranges avant sa disparition.

Depuis, elles avaient fouillé sa maison de fond en comble mais n'avaient rien découvert. Sophie avait épluché ses appels et ses mails, mais n'avait trouvé aucune piste.

— Il va revenir. C'est certain, affirma enfin Mia.

— Tu sembles sûre de toi.

— Disons que j'ai envie de l'être.

— Oh ! Zach vient de sonner. Il m'emmène déjeuner au restaurant, je dois filer. Je te rappelle bientôt, d'accord ?

— Oui, d'accord. Bon appétit.

En raccrochant, Mia était prête à défaillir tellement son estomac criait famine.

L'idée d'aller manger au restaurant était comme un rêve lointain, inaccessible pour l'instant.

Sophie avait de la chance. Son petit ami, Zach, était vraiment adorable.

Enfin, de son côté, elle allait enfin pouvoir manger ses nouilles. Mais à peine s'était-elle assise que l'on frappa à la porte. Elle posa son bol et se leva pour aller ouvrir.

Déjà, la personne frappait de nouveau. Etait-ce quelqu'un porteur de bonnes nouvelles ? Un reporter impatient ?

Une fois à la porte, elle regarda par l'espace vitré pour voir à qui elle avait l'honneur.

Incroyable !

Abasourdie, elle ouvrit la porte à Dave Firestone.

Jean noir, chemise rouge, un blouson, et des bottes qui avaient vu du pays.

Il souleva son chapeau.

Une bourrasque souleva ses cheveux châtain clair. Alors que ses yeux gris acier la dévisageaient, une drôle de sensation lui titilla le bas-ventre.

— Mia, j'aimerais vous parler, dit-il d'une voix rauque et sensuelle qui la fit frissonner des pieds à la tête.

- 2 -

— Que faites-vous ici ?

Dave détailla la femme qui se tenait devant lui et qui le fixait avec surprise.

Ses longs cheveux bruns étaient comme à l'accoutumée noués dans la nuque en un chignon désordonné. Pieds nus, elle portait un jean élimé et un T-shirt bleu marine à manches longues. Ses orteils étaient couverts d'un vernis rouge vif, ce qui l'étonna. Jamais il n'aurait cru que Mia Hughes était le genre de fille à porter un vernis d'une couleur aussi éclatante.

Elle lui avait toujours paru effacée, cherchant à se fondre dans le décor.

Il s'était peut-être trompé dans son jugement.

Soudain, il fut traversé par une sensation nouvelle et incompréhensible. Levant les yeux vers elle, il fut déstabilisé par la profondeur de son regard. Ses yeux bleus, sans maquillage, le captivèrent instantanément.

Alerte.

Or il ne voulait pas être captif de Mia Hughes. Ce n'était pas là le but de sa visite.

— J'aimerais que nous parlions. D'Alex.

— Comment êtes-vous entré ? La sécurité aurait dû m'appeler.

— J'ai demandé au gardien de ne rien dire. Je le connais bien donc ça n'a pas été un problème.

— Eh bien, pour moi, c'en est un. Il n'aurait jamais dû vous laisser passer sans m'avoir contactée au préalable, dit-elle, croisant les bras.

Dave perdait patience. Il voulait simplement entrer et parler avec Mia.

De plus, il n'avait pas l'habitude qu'on lui tienne tête. Mais visiblement Mia Hughes gardait la maison d'Alex Santiago tel un cerbère.

— J'aimerais autant que nous entrions pour parler, suggéra-t-il, tentant de désamorcer le conflit.

— D'abord, je veux connaître la raison de votre visite, rétorqua-t-elle.

— Vous vous méfiez de moi ? Nous ne sommes pas ennemis, dit-il en s'avançant d'un pas.

Elle ne recula pas. Il admirait sa ténacité, même s'il ne supportait pas de rester sur le pas de la porte comme un malpropre.

— Vous avez raison, nous ne sommes pas ennemis. De plus, j'allais justement vous appeler aujourd'hui.

— Ah bon ? A quel sujet ?

— Au sujet d'Alex, bien entendu.

— Alors ma visite tombe à pic ! Je suis justement venu vous voir pour cela. J'aimerais savoir si vous avez connaissance d'informations que vous n'auriez pas dévoilées à Nathan Battle.

— Comment ça ? Je trouve vos propos insultants ! Vous insinuez que je n'ai pas aidé la police ? Figurez-vous que j'ai remué ciel et terre pour tenter de retrouver Alex !

— Ce n’est pas ce que je voulais dire, dit-il en l’interrompant pour l’empêcher de monter davantage sur ses grands chevaux.

Décidément, lui qui prenait Mia Hughes pour une jeune femme calme et effacée !

Là, elle se révélait beaucoup plus coriace et têtue que ce qu’il avait anticipé.

— J’espère en effet que vous n’êtes pas venu jusqu’ici pour m’insulter, dit-elle, ses grands yeux bleu scintillant.

— Ne soyez pas sur la défensive. Alex et moi n’étions pas vraiment amis, mais…

— Mais quoi ? lança-t-elle, provocante.

— Mais cela ne veut pas dire que je lui voulais du mal. Au contraire. D’ailleurs, en ce moment, j’ai besoin de le trouver plus que quiconque dans cette ville.

Quelques secondes s’écoulèrent dans un silence tendu.

Puis elle sembla se détendre.

— Je peux comprendre.

— Merci. Alors est-ce que j’ai le droit d’entrer, maintenant ?

— Si vous y tenez.

Soudain, il la vit river son regard sur quelque chose derrière lui.

— Non ! cria-t-elle.

Instinctivement, il se retourna.

Un jeune homme d’une vingtaine d’années les prenait en photo.

— Hé ! cria Dave.

— Superphotos ! Chester Devon ! Mon blog s’appelle « Les nouvelles du monde ». Vous souhaitez commenter ? dit le curieux en tendant son micro.

Dave le rejoignit en quelques enjambées.

— Je souhaite simplement vous dire que vous n'avez pas le droit de publier quoi que ce soit à ce sujet. Ni article, ni photos.

— On est dans un pays libre. Mes lecteurs seront très contents de voir Mia Hughes en grande conversation avec Dave Firestone.

Ses lecteurs. Dix à tout casser, sans doute. Mais, s'il publiait un reportage sur son blog, l'information se répandrait à la vitesse de l'éclair et il pourrait dire adieu à son contrat avec TexCat.

— J'appelle la sécurité ! lança Mia.

Il ne manquait plus que ça. Un reporter et en plus la sécurité sur le dos. L'idéal pour attiser les rumeurs !

S'il ne pouvait pas empêcher Mia d'appeler la sécurité, il pouvait essayer de régler l'affaire avec le jeune reporter. Il fallait faire vite.

— Je vous offre mille dollars pour votre appareil.

— Pas question, rétorqua le jeune homme en éclatant de rire.

— Alors disons cinq mille.

Chester s'immobilisa, pensif. Dave voyait dans ses yeux qu'il réfléchissait à tout ce qu'il pourrait faire avec cette somme. Un nouvel appareil, de nouvelles opportunités professionnelles.

— Avec mes photos, je pourrai peut-être décrocher un boulot dans un journal à Houston.

— Les journaux, c'est du passé.

Le jeune homme resta interloqué.

Voilà. Il le tenait presque. Chester avait des rêves qu'il voulait réaliser.

Dave le comprenait. Lui aussi avait eu un tas de rêves et il s'était battu pour y arriver. Il voulait gagner ce bras de fer, et l'argent n'était pas un problème.

— Disons dix mille, et je prends aussi l'enregistreur.

— Vraiment ?

— Oui.

— Alors marché conclu.

— Suivez-moi jusqu'à ma voiture.

Dave prit son chéquier dans la boîte à gants et rédigea un chèque qu'il tendit à Chester.

— Allez, donnez-moi la marchandise.

Le jeune homme tendit son appareil et son enregistreur, avant de s'emparer avidement du chèque. Il le contempla quelques instants, un sourire satisfait se dessinant sur son visage.

— C'est génial. Avec ça, je vais pouvoir quitter Royal et m'installer à Houston.

Le plus loin serait le mieux.

— Là, je vous conseille surtout de partir avant que la sécurité n'arrive et ne commence à vous poser des questions sur les raisons de votre présence ici.

— C'est comme si on ne s'était jamais vus, l'assura Chester avant de courir en direction du bois derrière la maison d'Alex.

Le jeune homme allait sûrement s'éclipser de la même façon qu'il était apparu, en escaladant la haute clôture qui entourait la résidence. Pour cela, Dave lui tirait son chapeau. Il aimait les gens décidés, prêts à tout pour arriver à leurs fins.

Et il était surtout très content d'avoir réussi à se débarrasser de Chester aussi facilement. Les dix mille dollars, ce n'était rien. Il aurait été prêt à mettre le double pour le faire taire.

Cependant, quelle que soit la somme, il n'avait aucune garantie.

En effet, plus il y réfléchissait et plus il se disait qu'il n'avait aucune certitude que le jeune homme garderait le silence concernant sa visite chez Mia. Il était donc temps de changer de tactique.

Quelques instants de réflexion et il trouva la solution. Un plan quasi infaillible.

S'il réussissait à l'appliquer à la lettre, cela résoudrait tous ses problèmes. Il regarda en direction de la maison. Mia avait réapparu sur le perron.

Une voiture de la sécurité se gara sur le trottoir, dont sortit un garde en uniforme. Avant qu'il ait eu le temps de parler, Dave s'adressa à lui.

— Il est parti par là-bas, dit-il, pointant dans une direction mal définie.

Aussitôt, le garde remonta en voiture pour se lancer à la poursuite de l'intrus. Dave savait que Chester avait eu le temps de quitter les lieux et qu'il ne se ferait pas prendre. Il remonta les marches du porche pour rejoindre Mia.

— Que se passe-t-il ? Il a fui ? Vous l'avez fait partir ?

— Je lui ai fait une offre et il est parti.

Elle le dévisagea, ahurie.

— Une offre ?

— Je lui ai donné de l'argent.

— De l'argent ?

— Je lui ai racheté son appareil et son enregistreur, dit-il en arrivant à sa hauteur.

Elle le toisa, méprisante.

— Pour vous, c'est facile. Le moindre petit problème, et hop, vous achetez les gens.

— Je ne l'ai pas acheté lui. J'ai acheté son équipement.

— Et son silence.

— En théorie. Mais dans les faits rien ne l'empêche de raconter ce qu'il a vu, même sans preuves à l'appui.

— Donc vous avez fait tout ça pour rien ?

— Non, pas pour rien. Disons que ça m'a permis de gagner du temps.

— Du temps pour faire quoi ?

— Eh bien, justement, j'aimerais vous en parler, mais à l'intérieur ce serait mieux.

Plus il songeait à son plan et plus il lui plaisait.

Au moment de la disparition d'Alex, Dave avait tout de suite pressenti qu'il serait soupçonné, du fait de leur récente altercation. Il avait donc engagé un détective privé pour l'aider à y voir plus clair. Comme toujours, il avait voulu être prêt en cas de coup dur et couvrir tous les angles possibles. Le détective n'avait pas trouvé grand-chose sur Alex, mais en revanche Dave avait suffisamment de renseignements sur Mia pour tenter de la convaincre de marcher dans sa combine.

— Entrez, dit-elle enfin, sans chercher à se montrer avenante.

— Attendez. Avant, j'ai une question à vous poser.

— Allez-y.

— Pensez-vous que je devrais figurer sur la liste des suspects dans l'affaire Alex Santiago ?

Elle l'observa en silence pendant une bonne minute. Visiblement, elle réfléchissait à la question.

Il fut vexé qu'elle prenne autant de temps pour y répondre.

— Alors ?

— Non, je ne pense pas.

— Je vois. La confiance règne.

— Ce n'est pas une question de confiance. Nous nous connaissons à peine, la prudence est de mise.

— Vous avez raison, nous ne nous connaissons pas et c'est justement cela dont j'aimerais vous parler, dit-il en balayant les alentours du regard.

— Vous cherchez d'autres reporters embusqués ?

— On n'est jamais trop prudent.

— Alors suivez-moi.

— Avec plaisir, dit-il, content d'avoir franchi la première étape.

En lui emboîtant le pas, il eut le bonheur de respirer son parfum fleuri, semblable à un bouquet estival.

Ils s'installèrent dans le grand salon.

Ce n'était pas la première fois que Dave pénétrait dans cette maison. Il était venu rendre visite quelques fois à Alex pour affaires. L'intérieur était rupin, mais décoré avec goût. Des murs couleur crème, de gros sofas rouges en cuir et des meubles de bois sombre.

— Alors, de quoi voulez-vous me parler ?

— J'irai droit au but. La disparition d'Alex est un coup dur pour vous comme pour moi.

— Ah oui ? Et en quoi est-ce un coup dur pour vous ?

— Les rumeurs que les gens font courir sur moi menacent de faire échouer un contrat qui me tient à cœur.

— Un contrat ? Alex a disparu et vous venez me parler d'un contrat ?

— La vie continue. Je n'ai rien à voir dans la disparition d'Alex, et vous non plus, je crois.

— Dites donc, quel détachement ! Et merci de ne pas me soupçonner d'avoir fait disparaître mon employeur, me voilà rassurée, dit-elle.

— Vous travaillez pour Alex, donc vous êtes en théorie la première suspecte.

— Vous plaisantez ?

— Je suis tout ce qu'il y a de plus sérieux.

Elle le dévisagea, abasourdie.

Au fond, il ne croyait pas un seul instant à la culpabilité de Mia, mais il cherchait à la déstabiliser. Pour l'instant, il était assez content de lui.

Il avait vraiment besoin de sa coopération. D'ailleurs, elle était même la candidate idéale. Le plan qu'il avait échafaudé à la va-vite après avoir acheté le silence du jeune reporter n'était réalisable que si elle acceptait d'en faire partie.

Et, si c'était le cas, il aurait alors un moyen de justifier sa présence sur le pas de sa porte. Donc, si le journaliste en herbe décidait de partager son aventure sur son blog, il pourrait couvrir ses arrières. Et amadouer Thomas Buckley du même coup.

En bref, il avait besoin d'une femme.

Pas d'une vraie femme pour la vie. Non, une femme temporaire, le temps de décrocher le contrat dont il rêvait tant. Mais les femmes avec qui il sortait habituellement n'étaient pas du genre à convaincre Thomas Buckley qu'elles étaient faites pour fonder un foyer. En revanche, Mia Hughes remplissait tous les critères, même avec son vernis à ongles rouge écarlate.

— J'ai une proposition à vous faire.

— Et pourquoi devrais-je l'écouter ?

Décidément, elle ne voulait pas céder de terrain.

— Parce que je pense qu'elle pourrait nous être bénéfique à tous les deux et que vous m'avez l'air d'être une femme intelligente, qui ne refuserait pas une proposition d'emblée, sans étudier l'offre au préalable.

— Vous pensez que la flatterie peut vous aider à arriver à vos fins ?

— Il ne s'agit pas de flatterie.

Elle réfléchit quelques instants.

— D'accord, allez-y, j'écoute.

— Asseyez-vous, je vous en prie, dit-il en montrant l'un des sofas en cuir.

Elle obtempéra, mais s'installa sur le bord, comme si elle voulait être prête à bondir au cas où il dirait quelque chose de travers.

Dave s'approcha d'elle.

— J'ai besoin d'une femme.

— Quoi ? s'écria-t-elle, sur le point de se lever.

D'un signe, il lui fit signe de se rasseoir.

— C'est bon, du calme, je ne parle pas d'une vraie femme. J'ai besoin d'une femme virtuelle.

Une femme virtuelle ?

Soit c'était une mauvaise plaisanterie, soit il avait perdu la tête.

— Vous vous moquez de moi ? s'exclama Mia, se levant d'un bond.

Sophie et elle avaient voulu en savoir plus sur lui, et c'est cette raison qui l'avait poussée à accepter de le faire entrer dans la maison d'Alex.

Si elle avait su de quoi il retournait, jamais elle ne l'aurait laissé passer le pas de la porte.

— Je crois qu'il est temps que vous partiez.

Il ne bougea pas d'un iota. Dieu, qu'il était grand !

Même debout, Mia était obligée de lever la tête pour le regarder.

— Je ne partirai pas tant que vous n'aurez pas écouté le contenu de ma proposition.

— Je crois que j'en ai assez entendu, déclara-t-elle en tentant de s'éloigner.

Mais il l'attrapa par le bras.

A l'instant où leurs peaux entrèrent en contact, elle reçut une décharge qui la secoua tout entière, la clouant sur place.

Elle tenta d'ignorer les sensations qui l'envahissaient, mais intérieurement elle bouillait. Ce qui n'était pas pour arranger ses affaires.

Décidément, il était trop beau, trop grand et trop sûr de lui. Elle était en danger.

Il sourit, comme s'il avait deviné ses pensées. Elle qui voulait en savoir plus sur Dave Firestone, elle était servie !

A présent, elle savait qu'il était potentiellement dangereux. Et surtout irrésistible.

Lorsque sa main virile quitta son bras, elle se sentit comme orpheline, abandonnée.

Son attitude était tout simplement déstabilisante.

— Je vous explique. Je voudrais signer un contrat avec TexCat, le plus gros acheteur de bœufs du pays. Mais le directeur de l'entreprise est très conservateur et ne souhaite collaborer qu'avec des hommes mariés ou pères de famille. Il les trouve plus stables. Donc j'ai besoin d'une femme temporaire, ou disons d'une fiancée, pour la durée des négociations. Une fois que j'aurai signé le contrat, on pourra se séparer et tout rentrera dans l'ordre.

— Je crois que vous avez perdu la tête.

— Non, je sais ce que je veux, c'est différent. Et, avec la disparition d'Alex, j'imagine que vous ne devez pas rouler sur l'or en ce moment.

Elle se raidit, relevant le menton.

— Je ne sais pas où il est, reprit-il, mais je sais que vous n'avez pas été payée depuis un certain temps et que le compte sur lequel vous puisez pour payer les factures est quasiment à sec.

— Comment savez-vous cela ?

— Je sais aussi que vous avez un prêt étudiant à rembourser, les frais d'université, et que votre carte bancaire a été refusée dans un restaurant.

Aussitôt, une gêne s'empara d'elle, la faisant rougir jusqu'aux oreilles.

Que Sophie soit au courant de sa situation financière précaire, passait encore, mais Dave Firestone ! C'en était trop.

Comment avait-il eu accès à tous ces renseignements ?

— Vous m'espionnez ?

Il éclata de rire.

— Non. Mais j'ai engagé un détective privé pour enquêter sur Alex et, comme vous êtes sa gouvernante, il a été obligé de se renseigner sur vous aussi.

La gêne laissa place à la colère.

— Vous n'aviez aucun droit ! s'écria-t-elle.

— Peu importe, c'est du passé. Concentrons-nous sur le présent. Vous avez besoin d'argent, j'ai besoin d'une femme.

— Quel toupet !

— Allons, voyons, regardez la situation en face.

— Je ne vois vraiment pas où vous voulez en venir.

— Et moi je crois que vous voyez très bien où je veux en venir.

C'était la conversation la plus étrange qu'elle ait jamais eue. Etait-il en train de lui proposer de l'argent en échange de ses services ? Voulait-il la payer pour qu'elle joue le rôle de sa femme ?

Non, c'était trop improbable.

— Et moi je crois que vous plaisantez.

— Je ne plaisante jamais en affaires.

Beau à couper le souffle, imposant par sa carrure, il se tenait devant elle, comme si le monde lui appartenait. Il semblait tellement sûr de lui, avec ses airs supérieurs. Comme s'il savait déjà qu'elle allait dire oui à sa proposition !

Eh bien, il se fourvoyait !

— Non, merci, je préfère décliner votre offre.

Elle fut soulagée d'avoir donné sa réponse.

Certes, elle n'avait plus d'argent sur son compte, elle mangeait des pâtes en rêvant de hamburgers, mais pas question de se laisser acheter par un homme qui se croyait sorti de la cuisse de Jupiter.

Elle avait sa fierté.

— Je n'ai pas envie d'être votre femme, réelle ou virtuelle.

— Alors là, je ne vous crois pas. Je suis sûr que ma proposition vous intéresse. Mais vous ne voulez pas accepter. Nuance ! Allons, avouez que c'est une offre en or. Et le résultat pourrait nous être bénéfique.

Le pire, c'était qu'il avait raison. Et c'était très énervant. Elle s'en voulait, mais elle était très tentée d'accepter.

Le scénario était des plus loufoques. L'offre de Dave était complètement folle.

Elle balaya le grand salon d'un regard un peu perdu.

Cette maison avait été son premier foyer depuis des années et elle s'y était sentie à l'aise. Mais elle y vivait seule depuis plusieurs mois, et si Alex ne revenait pas, elle ignorait ce qu'il adviendrait d'elle. Son compte personnel était à sec, le compte utilitaire de la maison d'Alex l'était quasiment aussi. Bientôt, elle ne pourrait plus se payer à manger, ni même payer les factures.

Que faire ? Car, si elle acceptait, que diraient les habitants de Royal ?

— Et les rumeurs ? Vous y pensez ? Les gens vont se douter de quelque chose. Jamais ils ne donneront de crédibilité à nos fiançailles.

Dave fit la grimace. Sa remarque lui cloua le bec quelques instants, puis il repartit de plus belle.

— Je n'avais pas envisagé cet aspect-là, c'est vrai. Mais dans une ville comme Royal les gens raffolent des histoires d'amour. Je pense que, dans le flou, nous arriverons facilement à faire illusion.

Une fois de plus, il avait raison. Les commérages venaient essentiellement des femmes et elles rêvaient toutes de vivre un conte de fées.

Elle hésitait.

Dave était pour elle comme Adam dans le jardin d'Eden. Un énorme danger potentiel. Elle devait lui résister.

Certes, elle avait l'estomac vide, mais elle avait un toit au-dessus de sa tête, encore quelques nouilles dans le garde-manger et sa fierté.

Sa fierté ?

Cette dernière n'était pas aussi robuste qu'elle l'aurait voulu.

Elle n'avait plus d'argent. Dave le savait et il usait de cet élément pour la pousser à accepter sa proposition.

— Je sens que vous hésitez.

— En effet, j'hésite entre vous jeter dehors, finir mon déjeuner et appeler la sécurité.

Il eut l'air amusé.

— Je vois. Et que préféreriez-vous ?

— Je n'ai pas encore décidé.

Sans la quitter des yeux, il s'approcha d'elle.

— Alors je vais vous aider à choisir. Je vous offre dix mille dollars pour que vous fassiez semblant d'être ma fiancée jusqu'à ce que j'arrive à signer le contrat avec TexCat.

— Dix mille dollars !

L'offre était à couper le souffle. Et l'idée d'empocher une telle somme la fit vaciller.

Elle pourrait payer les factures en attendant le retour d'Alex, régler une partie de ses frais universitaires et passer son diplôme de psychologie.

Et... Elle pourrait acheter de la viande !

— Et ce n'est pas tout, ajouta-t-il d'une voix rauque et sensuelle.

— Ah bon ?

— En plus des dix mille dollars, je propose de rembourser votre prêt universitaire. Comme ça, une fois votre diplôme en poche, vous pourrez vous lancer dans la vie professionnelle sans avoir de dettes.

Elle manqua de tomber à la renverse. C'était une offre extraordinaire, inespérée, même.

Sans dettes, elle pourrait construire sa vie beaucoup plus sereinement, et plus rapidement.

— Vous êtes diabolique, lança-t-elle, mi-ironique, mi-exaspérée.

— Je dirais que je sais mener ma barque.

— Dans tous les cas, vous êtes le roi de la manipulation.

— Alors, vous hésitez toujours à me jeter dehors ?

Elle fit la grimace, prise à contre-pied.

— Dix mille dollars ?

— Oui.

— Et mon prêt universitaire remboursé ?

— Oui.

— Vous avez besoin de moi combien de temps ?

— Tout dépend du processus. Disons environ un mois.

Son esprit tourbillonnait, assailli de pensées conflictuelles. Mais l'heure était à la décision et elle se devait de garder la tête froide.

— Et en échange je devrai jouer le rôle de votre fiancée ?

— C'est ça.

— Et qu'entendez-vous par « jouer le rôle » ?

— Je ne vois pas où vous voulez en venir.

— Vous ne chercherez pas à m'attirer dans votre lit ?

Il éclata de rire.

— Non, je ne chercherai pas à vous attirer dans mon lit. Ne vous inquiétez pas. C'est comme un mariage blanc. Il ne se passera rien entre nous. Si je veux faire l'amour à une femme, je n'ai pas besoin de la payer.

Elle n'avait pas de mal à le croire, étant donné les réactions qu'elle éprouvait en sa présence.

Dave Firestone était un homme très séduisant, qui devait accumuler les conquêtes les unes après les autres sans même avoir à lever le petit doigt.

D'ailleurs, pourquoi n'avait-il pas choisi une candidate parmi son tableau de chasse ? Pourquoi elle ? Parce qu'il savait qu'elle n'avait pas un sou en poche et qu'elle accepterait sa proposition sans hésiter ?

Cette pensée la découragea.

Mais elle devait finir les négociations en cours.

— Donc nous sommes d'accord ? Vous ne chercherez pas à m'attirer dans votre lit ?

— Tout à fait d'accord.

— Pas question de se toucher, de s'embrasser, de...

Il la coupa net.

— Attention, il faut tout de même réussir à convaincre les gens que nous formons un couple de jeunes tourtereaux. On sera obligés de se toucher et de s'embrasser un minimum. Et vous devrez aussi me regarder avec adoration.

Ce fut au tour de Mia d'éclater de rire.

A quoi il répondit par une grimace.

Etait-il vexé ?

— Pour les regards langoureux dans le blanc des yeux, je passe mon tour. Mais j'accepte que vous me touchiez. Uniquement en cas d'extrême nécessité, bien sûr. Et uniquement en public.

— Je pense aussi que nous devrions nous tutoyer.

— Oui, ce serait plus crédible.

— Alors marché conclu ? demanda-t-il, la main tendue dans sa direction.

Elle resta pensive encore quelques instants, et le vit se raidir légèrement. Avait-il peur qu'elle se rétracte ?

Non, sa décision était prise.

— Marché conclu, dit-elle en acceptant sa main.

— Parfait. Dans ce cas, viens dîner au ranch ce soir, on passera en revue les modalités de notre contrat et cela nous permettra de faire plus ample connaissance.

La main toujours prisonnière de la sienne, Mia eut le sentiment qu'elle venait de sceller un pacte avec le diable. Un diable beau comme un dieu, au charme irrésistible qui l'avait ensorcelée pour l'emmener en territoire inconnu.

- 3 -

Après être descendu de son 4x4, Dave remonta le col de sa veste en cuir. Le vent glacial d'octobre le fit frissonner.

Mais il inspira à pleins poumons, satisfait.

Quel sentiment agréable !

Il suffisait qu'il se retrouve sur son ranch pour se sentir dans son élément. La terre s'étalait à perte de vue devant lui. L'eau des étangs qui servaient d'abreuvoirs aux bêtes brillait d'un bleu profond sous la lumière du soleil couchant. Les espaces de verdure étaient mouchetés de vaches noires. Le ciel était menaçant, mais peu importait. Il était prêt à recevoir tout ce que Dame nature lui envoyait.

Son ranch était sa fierté, le rêve qu'il avait construit de toutes pièces à la force du poignet. Au fil des ans, il avait amassé plus d'argent qu'il n'en fallait pour faire vivre un homme.

Et, grâce à Mia Hughes, il était sur le point d'ajouter une cerise sur le gâteau. Un contrat avec TexCat.

Enfin, si son plan se déroulait comme prévu.

Il n'en revenait toujours pas d'avoir réussi à la convaincre d'accepter sa proposition.

Au fil des ans, il avait appris que les réponses aux problèmes surgissaient dans les situations les plus inattendues. Et il avait aussi appris à saisir les occasions au vol, sans se retourner. Sans regret.

Il avait dû se battre pour arriver où il en était aujourd'hui et il n'avait jamais baissé les bras. A présent, personne ne pouvait l'empêcher de continuer sur sa lancée.

Son ranch pouvait très bien prospérer sans l'aide de TexCat, mais ils étaient les meilleurs et il voulait ce contrat pour prouver aux autres que son ranch était le meilleur. Pour lui, cela représentait le plus grand des défis et il était prêt à tout pour y arriver. Y compris demander à Mia Hughes de jouer le rôle de sa fiancée.

Vissant son chapeau sur sa tête pour se protéger les yeux du vent, il avança les mains enfoncées dans les poches en direction de Mike Carter, son chef d'équipe.

Grand, mince, approchant la soixantaine, Mike était un bras droit inestimable et le meilleur gestionnaire de ranch du Texas.

— On a enfin retrouvé les veaux qui avaient disparu. Ils étaient dans le canyon de Dove.

Avec autant de terres à leur disposition, les bêtes avaient tendance à s'égarer. Les veaux, notamment, s'éloignaient parfois du troupeau et devenaient alors la proie des loups et des coyotes. Chaque année, ils perdaient des bêtes, c'était inévitable.

— Bravo. Bonne nouvelle. Ils sont tous vivants ?

— Non, il y en a un qui a été mangé par les loups.

Dave aimait contrôler son environnement, mais il ne pouvait pas contrôler la nature. Les loups raffolaient des veaux, il n'y pouvait rien.

— C'est déjà bien d'en avoir récupéré neuf. Et si on déplaçait le troupeau plus loin du canyon pour empêcher les jeunes de s'éloigner ?

— C'est déjà fait. J'ai demandé aux hommes de les mettre plus à l'ouest.

— Parfait. Bonne initiative, conclut Dave, balayant l'horizon du regard.

Jamais il ne se lasserait de ce paysage familier et époustouflant. Des hectares de terres s'étendaient dans toutes les directions. Il y avait des collines verdoyantes dont l'herbe était tellement épaisse que le bétail avait du mal à en venir à bout. Il y avait de beaux espaces boisés couverts de chênes, une dizaine d'étangs où les bêtes pouvaient s'abreuver et deux lacs avec des truites à faire mourir d'envie les plus grands pêcheurs à la ligne.

Il avait façonné son ranch comme il l'entendait.

A présent, il cherchait la consécration.

— Au fait, Mike, j'ai acheté des génisses. Elles seront là vendredi.

— C'est bien, on a besoin de renouveler nos troupeaux. Et, pour ce qui est de TexCat, où en est-on ?

— Pour l'instant, rien de nouveau, mais j'y travaille d'arrache-pied.

— J'espère que ça va marcher.

— Moi aussi, dit-il, laissant Mike à son travail.

Lui aussi devait rentrer et se mettre au travail.

L'activité du ranch ne se passait pas uniquement à l'extérieur. Dans son bureau, il avait une tonne de paperasserie à gérer et des appels à passer.

Et ce soir il avait sa « fiancée » à dîner. Il était temps de prévenir Delores, sa gouvernante, pour qu'elle s'occupe du repas.

Il remonta dans son 4x4 et se gara devant la bâtisse principale, mais plutôt que de rentrer dans la maison il se rendit à pied jusqu'à son endroit préféré. Le fort où flottait le drapeau du ranch.

Du haut de la plate-forme, il avait une vue imprenable sur le Royal Round Up. Son regard tomba sur la maison d'amis qu'il avait fait construire deux ans auparavant.

Cette maison était la réplique exacte de celle qui avait appartenu à sa famille jusqu'à ses dix ans. Jusqu'à ce que son père perde le ranch et le laisse se débrouiller seul avec sa mère.

Il avait fait construire la maison d'amis en guise de trophée. C'était sa façon à lui de remporter une victoire sur le passé. Et aussi d'offrir à sa mère une maison où elle pouvait venir quand bon lui semblait.

Mais sa mère était tellement têtue qu'elle refusait de quitter son petit appartement de Galvestone pour venir habiter dans cette maison. Donc la bâtisse toute neuve et entièrement meublée n'avait jamais été habitée.

Dave n'avait pas encore réussi à persuader sa mère de venir habiter dans la maison, mais il ne désespérait pas. Surtout après ses exploits d'aujourd'hui !

Maintenant qu'il avait réussi à convaincre Mia Hughes de jouer le rôle de sa fiancée temporaire, tous les espoirs étaient permis.

Le vent qui lui soufflait sur le visage avait traversé les prairies et les étangs. Il sentait bon la terre. Sa terre.

Debout sur la plate-forme panoramique, il était comme un roi supervisant son royaume. Sa fierté. L'horizon qu'il contemplait lui appartenait. C'était un sentiment enivrant, rassurant. Et aussi la preuve du travail qu'il avait accompli.

Mais il ne pouvait pas se permettre de se reposer sur ses lauriers. Il avait encore beaucoup de choses à accomplir. C'est pourquoi il lui tenait tant à cœur de décrocher ce contrat avec TexCat. Il voulait que son ranch devienne le fournisseur officiel des meilleurs bouchers et restaurateurs du Texas.

Si le marché qu'il avait conclu avec Mia portait ses fruits, alors il avait toutes les chances de signer le contrat avec TexCat et de voir ses espoirs se réaliser.

Il sourit, satisfait de la tournure que prenaient les événements.

A présent, il était temps de rentrer pour s'acquitter des tâches administratives avant l'arrivée de sa « fiancée ».

Décidément, il avait du mal à se faire à l'idée qu'il avait une « fiancée ».

Jusqu'à récemment, il avait toujours préféré ne pas mélanger les femmes et les affaires, mais là il n'avait pas le choix. Il avait besoin d'une femme pour faire avancer ses affaires.

Mia ne savait pas comment s'habiller.

Y avait-il un code vestimentaire à respecter lorsqu'on dînait avec un fiancé temporaire qui vous payait pour faire semblant d'être amoureuse de lui afin qu'il puisse vendre son bétail ?

Son rire résonna dans le silence de la pièce.

C'était un scénario des plus loufoques, et pourtant elle ne rêvait pas. C'était bien réel.

Et dire qu'elle s'était laissé acheter par Dave Firestone !

Ce n'était pas un sentiment très agréable donc mieux valait ne plus y penser. Elle avait donné sa parole, elle n'avait plus qu'à assumer.

Après avoir passé en revue tous les hauts que contenait sa garde-robe, elle était dans l'impasse.

Cela faisait tellement longtemps qu'elle n'avait dû s'habiller pour un rendez-vous galant. Enfin, ce n'était pas un vrai rendez-vous galant.

A la réflexion, elle ignorait comment définir le dîner auquel Dave l'avait conviée. Et d'ailleurs pourquoi s'inquiétait-elle à ce point de son allure pour ce soir ? Après tout, peu importait sa tenue vestimentaire. Son but n'était pas d'impressionner Dave Firestone. C'était un dîner d'affaires, tout simplement.

Il ne l'avait pas invitée pour ses beaux yeux ou parce qu'il avait eu le coup de foudre pour elle en sonnant chez Alex plus tôt dans la journée.

Elle rit de nouveau.

Non, elle n'était vraiment pas le type de fille avec qui sortait Dave Firestone. Il était sans doute plutôt attiré par des filles stylées, à l'apparence impeccable, vêtues d'habits coûteux et ayant un QI équivalent à celui d'une pomme de terre.

Des pommes de terre. La vision la fit saliver. Pourvu qu'il y en ait au menu. Et de la viande ! Dave devait manger du bœuf de première qualité.

Au final, elle choisit un pull bleu torsadé, qu'elle posa sur son lit.

Depuis qu'elle travaillait en tant que gouvernante pour Alex Santiago, Mia vivait dans l'enfilade de pièces qui prolongeaient la cuisine de la grande demeure. Un salon, une chambre et une salle de bains. Les pièces n'étaient pas grandes mais joliment décorées. Mia avait ajouté quelques touches personnelles ici et là pour mieux s'approprier le lieu.

Elle avait beaucoup bougé, dans sa jeunesse, donc elle n'avait pas beaucoup d'effets personnels. Quelques photos, une peluche usée jusqu'à la corde qu'elle avait depuis qu'elle était petite, et des livres. Un tas de livres. Elle les adorait et ne pouvait envisager de s'en séparer.

Récemment, elle avait fait l'acquisition d'un livre électronique, mais sa préférence allait encore vers les « vrais » livres.

Voyant l'heure qui tournait, elle tenta de se concentrer sur le moment présent. Elle mettait un temps fou à se préparer, ce qui n'était pas dans ses habitudes. Généralement, elle se douchait, enfilait un pantalon, un haut, et le tour était joué.

Là, on aurait dit qu'elle cherchait à gagner du temps, comme si elle allait à ce dîner à reculons.

Pourtant, personne ne l'avait forcée à s'engager dans cette voie. Elle était seule responsable de cette situation. Maintenant qu'elle avait pris sa décision, elle devait s'y tenir. Après tout, ce n'était que temporaire. Dans un mois, elle pourrait reprendre le cours de sa vie sans se soucier de devoir rembourser son prêt étudiant, ce qui n'était pas négligeable.

Un mois.

Elle était tout à fait capable d'honorer cet engagement. Et après, elle construirait un projet rien qu'à elle.

Tout en se séchant les cheveux, elle tenta de faire taire la peur qui la hantait depuis que Dave lui avait proposé de venir dîner chez lui.

Firestone était beau comme un Dieu. Ce ne serait pas dur de faire semblant d'être amoureuse de lui, en revanche elle devait se méfier.

Elle frissonna en repensant aux sensations étranges qu'elle avait ressenties lorsqu'il avait posé la main sur son bras.

Non. Cela ne voulait rien dire. Elle était probablement très vulnérable quand il l'avait touchée, et elle aurait ressenti la même chose au contact de n'importe qui.

Elle marqua une pause devant la glace, pour mieux confronter ses pensées. Quelque chose clochait. Mais quoi ? Avait-elle peur de sa mission ? Etait-elle attirée par Dave Firestone ?

Non !

Son esprit divaguait, sûrement à cause du manque de nourriture. Après un bon dîner, elle y verrait plus clair et ses inquiétudes s'envoleraient.

S'éloignant du miroir, elle alla prendre un jean noir qu'elle enfila sans réfléchir. Puis elle passa un débardeur de soie blanc et enfin le pull bleu qu'elle venait de sélectionner dans sa penderie. Elle compléta sa tenue avec des bottines noires, puis repassa à la salle de bains.

Au lieu de nouer ses cheveux en un chignon comme elle le faisait habituellement, elle se contenta d'une tresse qu'elle laissa pendre dans son dos.

Elle ne se maquilla pas. Ce n'était pas son genre et elle avait envie de rester naturelle. Les semaines à venir seraient chargées en faux-semblants, autant retarder le moment au maximum.

Enfin satisfaite, elle s'empara de son sac en cuir noir, éteignit les lumières et se dirigea vers sa voiture.

Puis elle démarra en trombe, avant de changer d'avis et de faire demi-tour pour mettre fin à ce scénario complètement abracadabrant.

Deux heures plus tard, elle était ravie de ne pas avoir changé d'avis.

— Le steak était cuit comme il fallait ?

— C'était parfait.

Elle était tellement affamée avant d'arriver chez Dave qu'elle aurait pu manger de la viande crue !

A présent, elle était repue grâce à une bonne pièce de bœuf, une pomme de terre en robe des champs cuite à la perfection et des haricots verts les plus exquis qu'elle ait jamais mangés.

Alors qu'elle buvait une gorgée de vin, elle le vit sourire.

— Qu'est-ce qui vous amuse ?

— Vous.

— Pourquoi ?

— Je n'ai jamais vu une femme manger avec autant d'appétit.

Elle rougit. Puis décida de ne pas chercher d'excuse. Inutile de prétendre qu'elle n'avait pas faim en arrivant. Le détective de Dave lui avait peut-être révélé combien il restait de paquets de nouilles dans son garde-manger.

— Vous devriez revoir les critères de sélection de vos conquêtes féminines et viser des filles qui mangent plus d'une feuille de salade au dîner.

Il sourit.

— Vous avez raison. Enfin, tu as raison… Nous étions convenus de nous tutoyer, souviens-toi.

Leurs yeux se croisèrent. Dans la lumière tamisée de la salle à manger, son regard acier sembla aussi profond et mystérieux que le brouillard hivernal à la nuit tombée.

Il portait un pull noir, un jean noir et ses bottes de cow-boy. Et, aux yeux de Mia, il était dangereusement beau.

Sous son regard insistant, elle se sentit soudain mal à l'aise.

— J'aime beaucoup cette maison, dit-elle pour tenter de faire diversion.

— Merci, répondit-il, en levant les yeux sur la pièce.

Elle en fit autant.

A son arrivée, trop alléchée par l'odeur de nourriture, elle avait fait abstraction du décor et de l'ameublement. A présent qu'elle prenait le temps d'observer son environnement, elle remarqua que la salle à manger où ils se trouvaient était immense. La table en chêne pouvait accueillir facilement vingt personnes. Un chandelier en fer forgé procurait une lumière très agréable.

Quand son regard se posa sur Dave, elle fut de nouveau parcourue de frissons. Ce n'était pas bon signe. Elle ne pouvait pas mêler les sentiments à cette affaire, sinon elle courait à la catastrophe.

Enfin, Dave se leva de table.

— Viens, je vais te faire visiter. Après tout, si tu es ma fiancée, tu dois connaître la maison.

— D'accord…, dit-elle en regardant vers la cuisine.

— Qu'y a-t-il ?

Mia le regarda droit dans les yeux.

— Et le dessert ?

Cette fois, Dave éclata de rire.

Ce n'était plus le petit rire sardonique qu'il avait lâché à maintes reprises en sa compagnie. Non, là, il s'agissait d'une véritable émotion spontanée.

Qu'est-ce qu'il était craquant !

Aussitôt, elle se rappela à l'ordre. Ce n'était pas un rendez-vous galant et elle n'était pas là pour être séduite par Dave.

— On va d'abord visiter la maison, et ensuite on prendra le dessert dans le grand salon, déclara-t-il en lui tendant la main.

— D'accord.

Lorsqu'elle posa sa main dans la sienne, une vague de chaleur la submergea. Elle s'efforça de ne pas prêter attention à la réaction qu'elle éprouvait chaque fois qu'elle entrait en contact avec lui.

Quant à lui, il la prit par la main comme s'il ne comptait plus la lâcher.

Tout en avançant, elle écoutait le claquement de leurs chaussures sur les carreaux du sol.

Lorsqu'elle avait emménagé chez Alex, elle avait été impressionnée par le style impeccable de la grande maison. Mais, là, elle était sidérée par la taille de la demeure. L'atmosphère y était aussi très différente.

Le décor donnait l'impression de se retrouver dans un vieux manoir anglais du XVIe siècle. Carrelage marron et beige avec des touches de blanc allégeant le motif, murs couleur crème, grandes poutres de bois au plafond, fenêtres à petits carreaux, portes de bois foncé.

Dave la guidait à travers un long couloir lorsqu'il se tourna vers elle.

— Tu as vu la salle à manger et la grande pièce à vivre. Voici le salon principal. La pièce adjacente, c'est mon bureau.

Elle entrevit une lourde table de bois foncé et une cheminée gigantesque.

— Et, là, c'est la salle de jeux.

Il y avait une table de billard, un écran géant et des jeux vidéo à l'ancienne.

— Tu as Pac-Man ?

— Oui. Je suis étonné que tu connaisses.

— Quand j'étais enfant, j'ai passé beaucoup de temps dans les salles de jeu.

Inutile d'ajouter que, pendant que son père gagnait sa vie en jouant au poker dans les bars et les casinos, elle avait eu tout le loisir de devenir une experte en jeux vidéo.

Une lueur d'admiration illumina les yeux de Dave.

— Alors j'espère que nous aurons l'occasion de nous affronter dans un match au sommet très bientôt.

Ils repassèrent par le gigantesque hall d'entrée.

Elle admira une fois de plus les grandes vitres qui entouraient la double porte cochère.

Dehors, il faisait nuit noire, mais l'on distinguait les lumières qui éclairaient le chemin de gravier menant jusqu'à l'allée circulaire.

A son arrivée, elle avait aperçu plusieurs bâtiments annexes autour de la demeure principale. Au moins deux granges et plusieurs petites maisons un peu plus éloignées. Le Royal Round Up était un ranch immense qui employait sûrement des dizaines d'ouvriers.

La propriété était réputée comme l'une des plus importantes du Texas.

Dave devait être encore plus riche que ce qu'elle s'était imaginé. Ce qui expliquait pourquoi il avait pu lui proposer de lui rembourser son prêt étudiant sans ciller.

Quant à elle, ce n'était vraiment pas son style de vie et elle n'était pas certaine de savoir se mêler à un environnement aux antipodes de celui dans lequel elle avait grandi.

Plus elle y réfléchissait, plus elle se sentait mal à l'aise. Pourquoi s'était-elle lancée dans une entreprise pareille ?

Dave la tira de ses pensées confuses.

— Ce couloir nous ramène dans la cuisine.

Jamais elle ne pourrait retrouver son chemin dans le labyrinthe qu'elle venait de traverser. Tout à coup, elle paniqua. Non seulement elle n'était pas habituée à ce style de vie, mais elle ne possédait pas la garde-robe adaptée au rôle de fiancée d'un homme de la stature de Dave.

Comment arriverait-elle à être à la hauteur et à se montrer convaincante ? Peut-être devrait-elle annuler le marché ?

Il était encore temps. Et elle n'aurait pas tout perdu, puisqu'elle venait de déguster le repas le plus succulent qu'elle ait mangé depuis longtemps.

Intérieurement, la voix de la raison lui rappela que, si elle annulait le marché, elle devrait passer sa vie à rembourser son prêt universitaire.

Non, même cet aspect-là ne suffit pas à la convaincre de rester dans la course. Le plus sage était d'arrêter la mascarade. Et le plus tôt serait le mieux.

Elle prit son courage à deux mains pour remercier Dave et lui dire qu'elle ne pourrait pas honorer son engagement.

A cet instant, il s'arrêta devant une porte.

— Et voici la bibliothèque, dit-il en ouvrant pour lui laisser le loisir de contempler la pièce.

La voix de Dave passa à l'arrière-plan, tel un vague bruit de fond.

Le regard attiré par les livres, Mia ne voyait plus que ça. Des livres, des milliers de livres. La pièce était meublée de fauteuils, de tables basses et de jolies lampes idéales pour lire. Les ouvrages étaient classés méthodiquement, rangés sur des étagères allant du sol au plafond. Une cheminée ornait un pan de mur et de grandes baies vitrées donnaient sur la pelouse extérieure.

De jour, avec la lumière du soleil éclairant la pièce, cet endroit devait être un véritable petit coin de paradis.

Elle se tourna vers Dave, bouche bée.

— J'ai l'impression qu'une pièce a enfin retenu ton attention.

Elle lui sourit, aux anges. Un homme qui possédait une telle bibliothèque avait forcément un bon fond.

— Alors, impressionnée ? la relança-t-il.

— Oui, c'est magnifique. Tu y viens souvent ?

— Pas autant que je le souhaiterais. Je passe le plus clair de mon temps dehors ou dans mon bureau.

Mais il adorait cette pièce, cela se voyait dans ses yeux. Et en cet instant elle fut soudain convaincue qu'elle pourrait réussir à tenir sa part du marché. Car elle venait de découvrir qu'ils avaient au moins un point en commun : les livres.

— Si j'avais une pièce comme ça chez moi, je ne la quitterais jamais.

— Même pas pour manger le dessert ? répondit-il.

Elle lui sourit de nouveau.

— J'admets qu'il m'arriverait forcément de devoir la quitter de temps à autre, mais en tout cas j'y viendrais autant que possible.

— Amatrice de steak, de desserts, de jeux vidéo et de livres… Tu es une jeune femme… intéressante, ajouta-t-il après l'avoir observée un instant en silence.

Il aurait sûrement préféré employer le mot « bizarre » à la place du mot « intéressante », mais il avait apparemment des manières irréprochables.

— Je dois dire que toi aussi tu me surprends.

— Ah bon ? Comment ça ?

— Jamais je n'aurais cru que tu puisses posséder une bibliothèque aussi bien achalandée.

Il lui adressa son fameux petit sourire sardonique.

— Je crois que je devrais me sentir insulté par cette remarque.

— Non, c'était simplement un jugement extérieur fondé sur ton attitude générale.

— Tu peux préciser ?

— Jusqu'à aujourd'hui, je te voyais comme un homme uniquement préoccupé par ses affaires.

— Tu n'as pas tout à fait tort.

— Non, non, je me suis trompée. Tu es un homme d'affaires, mais tu as aussi d'autres facettes.

— Tu ne me connais pas. Cette pièce n'est peut-être que de l'esbroufe pour épater la galerie.

Elle caressa d'un doigt la tranche d'un livre en cuir sur l'étagère qui se trouvait à côté d'elle, pour se laisser le temps de répondre.

— Je ne suis pas dupe, quelle que soit l'impression que tu souhaites donner. Un homme qui possède une telle pièce ne se préoccupe pas uniquement de signer des contrats d'affaires.

— N'en sois pas si sûre. Et, puisque l'heure est aux confidences, alors laisse-moi te dire que j'ai pour ma part toujours pensé que tu étais timorée et introvertie.

— Je vois… Je suis étonnée que tu aies pris le temps d'avoir une opinion sur moi.

— Eh bien, disons que ce soir nous sommes tous les deux surpris l'un par l'autre. Et je suis prêt à parier que le mois que nous allons passer ensemble nous réserve d'autres surprises.

Ses paroles résonnèrent dans la pièce, tel un signe prémonitoire.

- 4 -

— A l'étage, il y a ma chambre et quatre chambres d'amis. On continue la visite ?

— Oh ! je crois que j'en ai assez vu pour aujourd'hui.

Mia n'était pas très à l'aise dans cet environnement, ni d'ailleurs dans son nouveau rôle.

Et il y avait autre chose.

Quelque chose de plus inquiétant.

Elle ne cessait d'éprouver des sensations étranges au fond du ventre, qui la prenaient par surprise, la faisaient chavirer. Il suffisait que Dave l'effleure ou la frôle pour que ses réactions corporelles soient décuplées.

Dans ces conditions-là, mieux valait éviter de visiter la chambre du maître de maison.

Il lui prit la main.

Une série de décharges électriques la secoua.

— Comme tu voudras, mais il faudrait que tu connaisses bien la maison pour pouvoir convaincre les gens que tu es habituée à venir ici.

— Je ne sais pas si je suis une bonne actrice, dit Mia, tentant d'ignorer la chaleur qui émanait de sa main virile.

— Bonne actrice ou pas, tu as une bonne raison d'être motivée pour aller jusqu'au bout, fit-il remarquer.

— Oui, c'est vrai.

Inutile de se voiler la face. Ils savaient tous deux pourquoi elle était là. Parce que Dave lui avait fait une offre qu'elle ne pouvait refuser.

Ce qu'elle ferait bien de garder à l'esprit à tout moment, pour ne pas se faire d'illusions ou finir par perdre de vue l'objectif premier de cette entreprise.

Dès qu'elle se sentirait sous le charme de Dave, ou dès qu'elle se laisserait aller à penser qu'il lui plaisait… elle devrait se rappeler à l'ordre et se dire qu'il jouait un rôle. Le rôle d'un fiancé amoureux de sa fiancée. Mais il ne fallait surtout pas confondre la réalité et la fiction, ni oublier que Dave Firestone était très manipulateur.

— Je crois qu'il me faudrait un plan de la maison.

— Mais non, tu verras, tu t'y retrouveras vite.

— Pourquoi vis-tu dans une maison aussi grande ? Tu ne te sens pas seul dans ce petit château ?

Il s'arrêta net, l'étudiant quelques instants en silence avant de lui répondre.

— Tu as posé la même question à Alex quand tu as emménagé chez lui ?

— Non. Mais cette maison est au moins deux fois plus grande que celle d'Alex.

— C'est bien ce que je pensais, dit-il avec un sourire satisfait.

Les hommes et leur esprit de compétition, non, mais vraiment !

Mia n'en revenait pas, mais se passa néanmoins de tout commentaire.

— Je pense que tu devrais quand même monter visiter ma chambre.

— Je ne vois vraiment pas pourquoi.

Il posa sur elle son œil vif, un sourire amusé aux lèvres.

Décidément, elle devait se méfier de ses talents de prédateur.

— Parce que tu es mon amoureuse et qu'en tant que telle tu dois connaître mon antre privé, déclara-t-il, le ton chargé de sous-entendus.

— Je vois, marmonna-t-elle, rouge comme une pivoine, le bas-ventre en feu.

— Alors ?

— Non, merci, sans façon, une prochaine fois.

Elle reporta son attention sur le décor de la maison. C'était vraiment un lieu extraordinaire.

Enfant, elle aurait tant aimé avoir une maison, voire même juste un appartement, où se sentir chez elle et inviter des amis. Mais elle avait été transbahutée d'hôtel en motel, suivant son père, qui se déplaçait d'un match de poker à l'autre.

Observant Dave du coin de l'œil, elle se demanda s'il était heureux dans cette maison ou si la bâtisse représentait davantage un trophée, une preuve de réussite.

Ils arrivèrent dans le grand salon. Un feu flambait dans la grande cheminée. Le bruit des flammes dévorant le bois emplissait l'atmosphère. Quelques lampes avaient été allumées, si bien que la pièce était parsemée de petites flaques de lumière dorée. Des canapés et des fauteuils en cuir marron entouraient une belle table de chêne. En journée, la lumière du soleil devait offrir une vue imprenable sur le parc devant la maison.

A présent, la nuit servait de toile de fond et les lumières de l'extérieur éclairaient légèrement l'obscurité.

Dave prit place dans l'un des fauteuils et se servit un café. Mia s'installa de façon à pouvoir accéder facilement au plateau où trônait un assortiment de desserts.

Prenant un morceau de brownie, elle croqua à pleines dents dans le gâteau au chocolat, qui fondit immédiatement dans sa bouche. Elle ferma les yeux, comblée.

Quand elle les rouvrit, Dave l'observait. Son regard gris cendré semblait confus.

— Tout va bien ? demanda-t-elle.

Dave tenta de retrouver son calme.

Il était en érection ! Ce n'était pas le moment et il ignorait surtout pourquoi. Mia Hughes n'était pas son genre de fille.

Pas de décolleté, pas de maquillage, pas de jupe courte, pas de peau visible à l'œil nu, même pas un sourire sensuel. Et pourtant, en la voyant mordre dans le gâteau au chocolat, et en l'entendant soupirer de plaisir, son corps avait réagi instantanément.

— Oui, tout va bien, répondit-il, tentant de se recomposer.

Le mieux était de se concentrer sur le marché qu'ils avaient conclu pour éviter de s'égarer vers l'inconnu.

Il lui versa une tasse de café, puis saisit l'enveloppe qui reposait sur la table et en sortit une feuille qu'il lui tendit.

— De quoi s'agit-il ? s'enquit-elle en le fixant, sans regarder le papier.

— C'est un accord écrit. Nous allons le signer tous les deux, comme ça il ne pourra pas y avoir de malentendu par la suite.

— Un contrat ?

— Je préfère que tout soit écrit noir sur blanc.

Au fil des ans, Dave avait appris qu'il ne fallait se fier à personne, ni rien laisser au hasard.

Il but une gorgée de café tout en l'observant lire le document.

Il y était stipulé qu'il lui ferait un versement de dix mille dollars au départ, puis qu'il paierait son prêt étudiant un mois plus tard ou à la signature du contrat avec TexCat. En échange, elle devait jouer la fiancée idéale pour assurer la signature du contrat.

— Des questions ?

Elle leva les yeux vers lui.

— Oui. Comment expliquer aux gens de Royal que nous formons soudain un couple ? Le but du jeu n'est-il pas de limiter les rumeurs et d'éviter le scandale ?

— J'y ai pensé. On n'a qu'à dire qu'il s'agit d'un coup de foudre. Instantané, inattendu, passionné. Incroyable mais vrai.

Elle éclata de rire.

Il ne s'attendait pas à cette réaction, plutôt vexante.

— Qu'est-ce qui te fait rire ? Tu ne trouves pas ça crédible ?

— Non, pas du tout, répondit-elle avant de reprendre une bouchée de brownie.

De nouveau, son corps réagit à la vue de cette jolie jeune femme dégustant un gâteau au chocolat.

Devait-il s'en inquiéter ?

— Pourquoi tu ne trouves pas ça crédible ?

— Parce que je ne suis pas du tout le genre de fille sur qui tu pourrais avoir un coup de foudre.

A la réflexion, elle avait raison. Il n'avait jamais été attiré par son attitude timide et son style ordinaire. Pourtant, il avait eu tort. Il n'avait jamais remarqué à quel point ses lèvres étaient charnues, ni même ses fossettes craquantes, ses grands yeux bleus, et il était subjugué par sa repartie.

C'était assez déstabilisant d'avoir soudain très envie de mieux apprendre à la connaître.

— Tu as raison, dit-il enfin, brisant le silence.

— Merci de cette réponse honnête, répondit-elle, sèchement.

Il n'avait pas l'habitude de gérer les émotions féminines. La situation devenait gênante.

— Alors, maintenant, passons à ta garde-robe, déclara-t-il pour changer de sujet. Il va falloir investir dans quelques tenues adéquates pour ton nouveau rôle.

Elle éclata de rire, et ses fossettes apparurent, tentatrices.

— Oui, j'y ai pensé tout à l'heure. Mais pas question que j'utilise mon argent pour m'acheter des vêtements de luxe. Dans un mois, je n'aurai plus de raison de les porter, ce serait du gâchis.

— Je comprends. Alors disons que j'ajoute un budget de cinq mille dollars pour tes tenues vestimentaires.

— Cinq mille dollars ?

— Ce n'est pas suffisant ?

— C'est plus que suffisant, mais je ne peux pas accepter !

— Mia, il s'agit d'un scénario fictif. Je te paie pour jouer un rôle et je m'occupe également de te fournir les accessoires nécessaires pour le rôle. C'est tout, conclut-il sèchement.

Elle s'éloignait. C'était palpable.

Elle avait beau être assise non loin de lui, intérieurement, elle avait déjà un pied dans son véhicule, prête à mettre toute cette histoire derrière elle.

Il tenta la méthode forte pour la ramener vers lui.

— Tu étais d'accord pour jouer le jeu. Les termes n'ont pas changé. Il s'agit juste de ta garde-robe. Tu pourrais aller à Houston, par exemple.

— Et tu vas me donner une liste de ce que je devrai acheter ?

Le ton était empreint de sarcasme, mais il préféra feindre de ne rien avoir remarqué.

— Je peux t'en faire une, si tu veux.

Elle poussa un profond soupir, le regard vissé sur le document.

— Je ne sais pas.

— Allez, Mia, signe, s'il te plaît. Dans un mois, tu n'auras plus à te soucier de ton prêt universitaire, et toi et moi reprendrons chacun le cours de nos vies, séparément.

La regarder se mordiller la lèvre était un véritable supplice. Elle hésitait. Et lui était sur le point d'exploser.

En début de soirée, il avait été impatient de signer le contrat. A présent, il se demandait si la présence de Mia ne lui causerait pas une frustration proche de l'insupportable.

A moins qu'il n'ait l'occasion de soulager sa frustration ?

Une idée germa en lui. Certes, il lui avait promis de ne pas chercher à l'attirer dans son lit, mais après tout rien ne les empêchait de revenir sur cette clause.

Il allait passer un mois en sa compagnie. En un mois, il avait largement le temps de la séduire pour l'attirer dans ses bras.

Cette pensée ne fit que raviver son érection. Incroyable. Pourquoi avait-il soudain autant envie d'elle ?

Etait-il véritablement attiré vers elle ?

Quoi qu'il en soit, Mia Hughes représentait un défi et il en était friand.

— Je ne suis vraiment pas sûre de moi, dit-elle en signant néanmoins le document.

Il sourit, satisfait.

A présent, leurs destins étaient liés.

Pour un mois.

Mia ne savait pas où aller pour étoffer sa garde-robe.

De plus, elle n'avait jamais eu un budget aussi exorbitant pour acheter des vêtements, et elle n'aimait pas l'idée de dépenser des centaines de dollars pour une robe.

Jeans, T-shirts, sweat-shirts, baskets et sandales étaient généralement les articles qu'elle préférait.

Elle ne faisait vraiment pas partie du monde de Dave Firestone. Comment arriverait-elle à duper les gens ?

Perdue, elle trouva enfin une solution. Elle avait besoin d'aide et elle savait où la trouver.

Au restaurant des sœurs Altman.

En juin, Amanda Battle, née Altman, était revenue à Royal pour s'occuper du restaurant familial avec sa sœur, Pam. Les sœurs avaient eu du mal à mettre le passé derrière elles, mais à force de patience elles avaient reconstruit de nouveaux liens, plus sains.

Quant à Nathan Battle, il n'avait pas tardé à redemander en mariage Amanda. La seconde fois avait été la bonne. A présent, ils attendaient un enfant et Amanda avait la tête pleine d'idées d'aménagement et de décoration.

Amanda et Mia avaient fait connaissance quelques mois plus tôt et s'étaient tout de suite bien entendues.

Une fois la porte du restaurant passée, elle s'assit à une table et observa l'environnement familier. Dès son retour à Royal, Amanda avait apporté quelques changements dans le restaurant. Suffisamment pour le moderniser sans le dénaturer. Les murs avaient été enduits d'une douce couleur verte, le comptoir usé avait été remplacé par un modèle similaire rouge vif, le lino à carreaux noirs et blancs avait été lustré, et les sièges, remis au goût du jour. Dans un coin, il y avait un juke-box silencieux.

En milieu de matinée, il était trop tard pour le petit déjeuner et trop tôt pour le déjeuner, donc l'ambiance était sereine.

Mia tenta de s'en inspirer pour se calmer. Depuis qu'elle avait signé le contrat, elle avait les nerfs en pelote.

Dave Firestone était vraiment un homme futé. Il avait réussi à la manipuler pour arriver à ses fins. Mais elle devait prendre ses responsabilités. Il avait agi en fin stratège, soit, mais il ne lui avait pas non plus mis le couteau sous la gorge. L'offre était trop belle pour être refusée, et elle avait signé en connaissance de cause. Elle ne pouvait pas lui en vouloir. De plus, il était trop tard pour faire machine arrière puisqu'elle venait d'aller à la banque y déposer les quinze mille dollars.

Elle pouvait donc s'acheter à manger, payer les factures et attendre le retour d'Alex sans se soucier de l'aspect financier des choses.

Alex allait revenir, cela ne faisait aucun doute.

Et, aux côtés de Dave, peut-être découvrirait-elle des indices qui lui permettraient de le localiser. Elle devait tenir un mois, ce n'était pas la mer à boire. Et, si le contrat était signé plus tôt, elle serait même libérée avant.

A la fin du contrat, elle serait libre de prendre son envol, sans prêt étudiant à rembourser.

C'était le point positif.

Et le point négatif ?

Les ondes torrides qu'elle ressentait en présence de Dave.

Le mieux, pour éviter les désenchantements, était de se maîtriser et de ne surtout pas laisser libre cours à ces réactions certes agréables mais déstabilisantes et potentiellement dangereuses.

Le contrat était clair, il ne s'agissait pas d'une vraie relation et leurs sentiments ne devaient pas intervenir dans ce partenariat de convenance.

Amanda vint la rejoindre, la tirant de ses pensées.

— Tiens, voilà un thé glacé.

— Merci.

— Je suis contente que tu sois passée. J'ai des photos à te montrer.

— Des photos de la chambre du bébé ?

— Comment as-tu deviné ? lança Amanda en se passant une main sur le ventre.

Mia ressentit une pointe de jalousie. Son amie avait un mari qui l'aimait et elle allait accoucher de son premier enfant.

Et elle ? Elle allait faire semblant d'être amoureuse d'un homme en échange d'un gros chèque !

Nathan et Amanda habitaient une grande maison de style victorien sur le ranch qui appartenait à Nathan et à son frère, Jack. La famille était très fortunée, comme Dave Firestone, d'ailleurs, et pourtant Amanda, qui ne venait pas du même milieu, avait réussi à se faire une place parmi eux.

Mia était donc venue la voir dans l'espoir qu'elle puisse lui donner des conseils.

— Amanda, j'ai besoin que tu me rendes un service.

— Un service ?

— Pourquoi es-tu si surprise ?

— Parce que tu n'es pas du genre à demander des services aux autres. Tu es toujours tellement indépendante.

Amanda avait raison. Mia avait toujours été fière de s'en sortir par ses propres moyens et de ne dépendre de personne. Elle tenait cela de son enfance nomade, passée sur les routes, sans jamais rester assez longtemps dans une ville pour se faire des amis. Son enfance avait eu un énorme impact sur sa vie d'adulte. La preuve, pendant très longtemps, elle avait été incapable de se lier d'amitié avec les gens.

Mais pour finir, à force de travail sur elle-même, elle avait fini par dépasser cet obstacle et découvrir les joies d'avoir des amis.

— Je ferai tout ce que tu veux, lui dit son amie, la ramenant à l'instant présent.

— Vraiment ?

— Nous sommes amies, tu peux compter sur moi.

— Merci, cela me va droit au cœur.

— Alors, tu me dis de quoi il s'agit ?

Difficile de savoir par où débuter.

Alors elle commença par le coup de sonnette de Dave Firestone chez Alex, puis elle raconta la suite. Elle finit son récit en expliquant qu'elle avait besoin de conseils pour s'acheter des habits. Puis elle se tut, attendant que son amie s'exclame qu'elle avait perdu la tête.

Mais le verdict fut tout autre.

— C'est merveilleux !

— Tu trouves ?

— Bien sûr ! Même si tu as ta fierté et que tu aurais préféré faire sans, cette somme d'argent tombe à pic. C'est une aubaine, tu aurais eu tort de t'en priver.

Mia rougit en repensant à la fois où elle était venue ici et où sa carte avait été refusée.

— Tu le penses vraiment ?

— Mais oui ! Arrête de te triturer les méninges. Ce marché est bénéfique pour vous deux. Et en plus tu as un budget pour aller t'acheter des vêtements ! Franchement, tu ne peux pas te plaindre !

Elles éclatèrent de rire au moment où Abigail Price entrait dans le restaurant.

— Abigail, quel bon vent t'amène ? s'exclama Amanda.

— Je suis venue au sujet de la crèche du TCC, figure-toi.

Ces dernières années, le Texas Cattleman's Club avait subi une véritable réforme. Auparavant uniquement réservé aux hommes, il s'était ouvert aux femmes. Et à présent, malgré un petit groupe de résistance, le TCC allait proposer une crèche aux parents d'enfants en bas âge qui souhaitaient profiter du club.

— Le contraire m'aurait étonnée, puisque tout le monde n'a que ce mot à la bouche !

— On voudrait faire une inauguration, pour montrer les locaux aux gens. On ferait ça en même temps que la fête d'Halloween.

— Excellente idée.

— Et on aimerait proposer un buffet. C'est à ce sujet que je viens te voir.

— Tu veux qu'on décide d'un menu ?

— Oui, mais pas maintenant car je dois filer. Demain, ce serait possible pour toi ?

— Demain, c'est parfait. Passe quand tu veux dans la journée, Pam et moi serons ravies d'établir un menu pour l'inauguration de la crèche du TCC.

— Merci ! lança Abigail avant de disparaître.

— Bon, revenons à nos moutons. Ta nouvelle garde-robe.

— Je ne sais pas ce qu'il me faut et je ne sais pas où aller.

Amanda se frotta les mains.

— Moi, en revanche, je le sais exactement.

— Dave a suggéré Houston.

Amanda leva les yeux au ciel.

— C'est typique des hommes. Figure-toi que tu n'as pas besoin d'aller à Houston pour te procurer ce qu'il te faut. Il suffit d'aller au magasin de Monica.

— Monica ?

— Monica Burns. Elle a une boutique à l'extérieur de la ville. Elle vend des vêtements raffinés et originaux.

— Je n'en avais jamais entendu parler.

— Normal, tu ne fais jamais de shopping.

— Exact.

— Et en temps normal tu n'irais pas chez elle, crois-moi, les prix qu'elle pratique sont exorbitants.

— Je vois.

— Et je sais ce que l'on devrait faire avant !

— Quoi ?

— Une session de spa au Saint-Tropez.

— Tu plaisantes ?

Le Saint-Tropez était un institut de beauté doublé d'un salon de coiffure, offrant des soins d'épilation, de manucure, de pédicure et des massages.

Auparavant, même si elle avait pu se le permettre, jamais Mia n'aurait eu envie d'aller dans un endroit pareil, de peur de ne pas se sentir dans son élément. Et elle n'était pas allée chez le coiffeur depuis des années.

— Inutile de faire cette tête. Je ne t'ai pas proposé une visite dans une salle de torture.

— Pour moi, c'est tout comme.

Son amie l'observa quelques instants en silence.

— Mia, tu as toi-même dit que tu devais jouer le rôle d'une fiancée crédible pour Dave.

— Oui, et alors ?

— Et alors acheter une nouvelle garde-robe ne suffira pas.

— Je te remercie. Je suis si moche que ça ?

— Ce n'est pas ce que je voulais dire, mais prenons tes cheveux, par exemple.

— Mes cheveux ? Qu'est-ce qui ne va pas ?

— Rien, hormis qu'ils auraient besoin d'une coupe, d'un balayage et d'être libérés de cet élastique.

Mia s'attachait toujours les cheveux en un chignon désordonné dans la nuque. C'était une habitude pratique, et une façon de passer inaperçue.

Mais à présent un changement s'opérait en elle. Elle essayait de construire un projet d'avenir. Elle avait repris ses études, elle voulait réussir. Cette réussite ne devait-elle pas passer par un renouveau ? N'était-il pas temps de mettre le passé derrière elle et d'avancer vers de nouveaux horizons ?

— Tu suggères quoi, comme coupe de cheveux ?

— Fais-moi confiance et suis-moi, lui dit Amanda, le regard pétillant.

- 5 -

Cet après-midi-là, au Royal Round Up, Dave partit aider ses hommes à déplacer le bétail vers les pâturages d'hiver. Il aurait pu rester dans son bureau à s'occuper de la paperasserie, à donner ses ordres et à répartir les tâches, mais ce qu'il aimait avant tout dans la vie d'un ranch, c'était être à cheval et voir l'activité se dérouler sous ses yeux, les paysages changer, les bêtes évoluer.

Le mois d'octobre était un mois clé avant l'hiver. Il fallait bien préparer les bêtes et leur environnement, afin que la transition se fasse sans heurt.

Alors qu'il guidait son cheval, il faisait une liste mentale des tâches qu'il lui restait à accomplir.

Une fois les vaches, les taureaux et les bœufs dans leurs pâtures d'hiver, les veaux de six mois seraient séparés de leur mère et sevrés. Puis le vétérinaire les vaccinerait, avant qu'ils puissent rejoindre le reste du troupeau. De nombreux ranchs gardaient leurs veaux dans des enclos, mais Dave préférait voir ses bêtes en liberté, même si cela représentait beaucoup plus de travail pour lui et son équipe.

Mike se porta à sa hauteur.

— Bonjour, patron.

— Le troupeau a l'air en forme.

— En effet. J'ai envoyé des hommes en avant pour préparer le sevrage.

— Si tu penses pouvoir finir d'ici demain, je ferai venir le vétérinaire après-demain.

— Oui, ça devrait aller. On en profitera aussi pour les immatriculer, comme ça, vendredi, tout sera réglé. Juste avant l'arrivée des génisses. D'ailleurs, j'y pense : autant faire venir le vétérinaire vendredi, comme ça, on pourrait faire d'une pierre deux coups. Il pourrait vacciner les veaux et examiner les génisses.

— Bonne idée, dit Dave alors qu'il observait les pâtures hivernales.

Cette année, il avait très peu plu. L'herbe n'était pas aussi luxuriante que d'habitude, ce qui l'avait contraint à réduire la taille de son cheptel, même si les étangs où les bêtes s'abreuvaient étaient encore pleins et qu'il ne s'inquiétait pas pour son bétail.

Pour bien s'occuper d'un ranch et en assurer la longévité, il fallait faire preuve de bon sens et ne pas hésiter à changer de stratégie selon les saisons et les prédictions météorologiques.

Pour le moment, Dave se préoccupait de la terre. Il voulait offrir de beaux pâturages et un bon environnement à ses bêtes. Mais bientôt son cheptel deviendrait trop important. Il devrait penser de nouveau à le réduire.

Le contrat avec TexCat serait une véritable aubaine dans cette perspective, puisqu'il lui permettrait d'écouler ses bœufs dans les meilleures conditions possibles.

— Il faut vraiment que l'on signe ce contrat avec TexCat, dit-il à voix haute.

— Tu as eu des nouvelles de Buckley ?

— Pas depuis quelques jours.

Lui qui était habitué à contrôler la situation, il ne supportait pas de devoir attendre.

Quand il voulait quelque chose, il fonçait, il n'attendait pas.

— Tu as un rendez-vous prévu prochainement ?

— Non, mais je vais recontacter Thomas Buckley pour lui demander s'il a eu le temps d'étudier nos opérations.

— Buckley n'est pas un tendre en affaires, mais il est juste. Il découvrira tôt ou tard qu'on produit le meilleur bœuf du Texas.

En effet, et tout le monde le savait. Il procédait selon les principes d'une ferme biologique, sans antibiotiques ni enclos pour les veaux. Le bétail était toujours en liberté, et ses hommes, aux petits soins pour les bêtes. Tout juste s'ils ne leur chantaient pas une berceuse le soir.

Il avait mis tout son cœur dans son ranch et il avait même réussi à trouver, en un temps record, une fiancée pour convaincre Thomas Buckley que Dave Firestone était un homme respectable, futur père de famille.

Donc tout se déroulait à merveille.

Et pourtant…

Quelque chose le tracassait.

Mia.

Elle ne cessait de s'immiscer dans ses pensées. Depuis leur rencontre, la veille, il se sentait déstabilisé. Et il savait exactement pourquoi.

Elle n'était pas du tout celle à qui il s'attendait, et il n'aimait pas être pris au dépourvu. Quand il agissait, dans sa vie privée ou professionnelle, c'était toujours en connaissance de cause, jamais au petit bonheur la chance. Mais, là, il était tombé sur un os.

Mia lui avait quasiment fait perdre ses moyens. Elle l'avait excité au plus haut point, sans même s'en apercevoir. Il ne maîtrisait plus la situation, et il sentait que Mia lui réservait d'autres surprises, ce qui avait le don de le mettre particulièrement mal à l'aise.

— Ta mère vient pour les fêtes de Noël ? s'enquit Mike.

Dave fut tiré de ses pensées, étonné par la question de son chef d'équipe.

— Oui, elle va venir début novembre. Elle restera jusqu'en janvier, comme d'habitude.

— Super.

L'espace d'un instant, il se demanda pourquoi Mike s'intéressait à sa mère, puis il laissa courir, ayant d'autres chats à fouetter.

— Tu as de la visite.

Dave se retourna pour apercevoir au loin une silhouette sur un cheval.

Chance McDaniel.

Chance possédait un ranch-hôtel de l'autre côté de Royal. Il avait fait fortune en organisant des séjours pour des citadins souhaitant se prendre, l'espace d'une semaine, pour des cow-boys en herbe.

Mais il avait aussi du bétail et il vendait son bœuf, comme Dave. Et, comme Dave, il préférait être à cheval au grand air plutôt qu'enfermé dans un bureau.

Quand il fut assez proche, il l'interpella.

— Alors, Chance, qu'est-ce qui nous vaut cette visite ?

— J'ai appris que vous déplaciez le bétail sur les pâtures d'hiver. Je suis venu voir si vous aviez besoin d'aide.

— Et comment ! Plus on est de fous, plus le travail va vite.

— Aujourd'hui, au McDaniel, mes hommes apprennent à nos clients comment se servir d'un lasso. Je crois que d'ici à ce soir ils ne rêveront plus d'être cow-boys.

Les trois hommes éclatèrent de rire.

Mike partit en avant rejoindre les hommes, les deux ranchers restant en arrière.

— Je croyais que tu aimais bien apprendre à tes clients comment manier le lasso. Alors dis-moi, quelle est la vraie raison de ta visite ?

— Je suis venu te dire que l'inspectrice du FBI était revenue loger dans mon hôtel.

— Ah bon ? Encore ?

Dave garda son calme, mais il encaissait mal le coup. La femme en question venait du bureau de Dallas et enquêtait sur la disparition d'Alex. Il avait déjà eu l'occasion de la rencontrer. Elle et Nathan avaient même découvert qu'Alex menait des activités secrètes, et que Santiago n'était peut-être pas son vrai nom de famille.

Le fait de savoir que Bailey Collins était encore chez Chance le contrariait. Cela signifiait qu'elle n'en avait pas fini avec son enquête sur la région. Et, même si Nathan ne l'avait pas mis sur sa liste des suspects, peut-être qu'il n'en allait pas de même pour l'inspectrice du FBI.

— Sais-tu pourquoi elle est revenue ? s'enquit Dave, même s'il connaissait déjà la réponse.

Un homme riche ne disparaissait pas de la surface de la terre sans raison. Les gens se posaient des questions. D'autant que les journalistes continuaient à fourrer leur nez partout, attisant les soupçons, ravivant certaines pistes oubliées.

L'Etat fédéral voulait sûrement garder un agent sur place pour continuer à rassembler des informations.

— Oh ! elle fait son boulot. Elle parle aux gens. Elle a interrogé tous les hommes de mon équipe. Rien ne l'arrête.

— Dis donc, elle a l'air coriace.

— Ne m'en parle pas. Elle m'a déjà interrogé une fois et je sais qu'elle espère réitérer, alors je fais tout pour l'éviter.

— Elle ne viendra pas te débusquer ici.

— Oui, ça me fait des vacances !

Dave comprenait tout à fait le point de vue de Chance. Lui aussi en avait assez de ne parler que d'Alex Santiago, d'autant que l'affaire était au point mort. Ils n'avaient jamais été en très bons termes, mais depuis sa disparition cet homme occupait une grande place dans sa vie. Les rumeurs ne cessaient de le menacer, telle une épée de Damoclès suspendue au-dessus de sa tête.

Chance avait lui aussi été inquiété pendant quelque temps par la police. Son tort ? Etre sorti avec Cara Windsor jusqu'à ce qu'Alex lui rafle la mise. Alex et Cara s'étaient ensuite mis en couple et Chance s'était retrouvé seul. Du coup, à la disparition d'Alex, les gens en avaient profité pour traiter Chance d'amant frustré qui avait voulu se venger d'Alex. Ce qui était ridicule, puisque Chance n'était pas éperdument amoureux de Cara et qu'il avait accepté la séparation avec fair-play.

— Je crois que cette fois elle ne quittera pas le territoire avant d'avoir reparlé à tous les gens qui connaissaient Alex de près ou de loin. Donc attends-toi à une visite de sa part.

— Merci pour la bonne nouvelle ! Nathan m'a dit récemment que je n'étais pas sur sa liste de suspects, et voilà que cette inspectrice du FBI va remettre le nez dans mes affaires et raviver les rumeurs.

— Oui, c'est sûr que là il faut s'attendre au pire.

— J'avoue que ça tombe vraiment mal. Moi qui fais tout pour signer avec Thomas Buckley !

— Ce vieux bougon ? Il n'aime rien ni personne.

— Eh bien, justement, j'avais l'espoir de bien me faire voir de lui.

— Tu veux signer avec lui pour vendre ta viande de bœuf ?

— Tu as tout deviné.

— Peut-être que Bailey Collins sera discrète ?

— Tu parles !

— Tu pourrais demander à Nathan de prêter serment en ton nom.

— Non, ça paraîtrait louche.

— Mais j'y pense, aux dernières nouvelles, tu n'es pas l'homme le plus rangé de la région. Je croyais que Thomas Buckley ne signait qu'avec des hommes mariés ?

— Figure-toi que j'ai réglé le problème.

Rapidement, il raconta à Chance le plan qu'il avait échafaudé avec Mia.

Chance laissa échapper un long sifflement.

— Tu es vraiment malin, je dois l'avouer. Mais pourquoi as-tu choisi la gouvernante d'Alex ? Pour certaines personnes, comme Bailey, tu pourrais donner l'impression de vouloir acheter son silence.

Dave n'avait pas du tout vu les choses sous cet angle. Et, en entendant Chance, il fut horrifié.

— Eh, ne me regarde pas comme ça, Dave ! Je sais que tu n'y es pour rien dans la disparition d'Alex. Mais avoue que l'annonce de tes fiançailles soudaines avec Mia pourrait causer du remous.

Chance avait entièrement raison, mais il était trop tard pour faire machine arrière. Il irait jusqu'au bout et ferait tout pour que son plan réussisse.

— De toute façon, quoi que je fasse, les gens trouveront à redire sur ce que je fais. Au moins, là, ils pourront s'en donner à cœur joie.

Les deux hommes se turent quelques instants.

— Parfois, ce n'est pas facile de vivre dans une petite ville, constata Chance.

— A qui le dis-tu… Mais aurions-nous envie d'habiter à Houston ou à Dallas ?

— Pas question ! Je ne pourrais pas monter à cheval ! Et, quand on ne fait pas la une des commérages, la vie à Royal est plutôt agréable.

— Mais quand tu es au centre des rumeurs c'est beaucoup moins drôle.

— Tu as raison !

Dave fit la grimace.

— Je crois que je vais passer le plus de temps possible dehors avec mes hommes pour éviter Bailey.

Il n'imaginait pas que l'enquêtrice du FBI prenne la peine de monter sur un cheval pour venir à sa rencontre.

— Je crois que c'est une bonne idée, approuva Chance.

Mia était impressionnée par Amanda.

Cette dernière n'était pas du genre à perdre du temps. Quand elle avait une idée en tête, elle la mettait en application, contre vents et marées.

C'est ainsi que, sans avoir eu le temps de dire ouf, Mia se retrouvait dans le salon Saint-Tropez en train de se faire pomponner.

Dès l'instant où elle avait passé la porte, elle avait ressenti l'effet apaisant du lieu. De la musique douce et un décor dans les tons pastel offraient une ambiance relaxante. Des bouquets de fleurs fraîches répandaient une odeur délicieuse et, ici et là, étaient disséminés des brocs de citronnade. L'ameublement avait pour but d'offrir le maximum de sérénité. La lumière était tamisée, et le personnel de l'institut, des plus accueillants.

Mia n'avait jamais mis les pieds dans un établissement de ce genre et, sans Amanda comme guide, elle se serait sentie complètement perdue.

L'espace d'un instant, elle éprouva une certaine culpabilité par rapport à l'argent qu'elle avait dépensé pour la session, mais elle chassa rapidement ce sentiment.

C'était tellement bon de sentir son corps se détendre ! Pour la première fois depuis des mois, elle arrivait à se vider l'esprit.

Elle sourit, soupirant de plaisir.

— Dis donc, on dirait que ça te plaît, constata Amanda.

— Merci. C'est la première fois qu'on me fait un massage et je trouve ça très agréable, en effet.

— La première fois ! Mais c'est fou !

— Oui, c'est fou ! C'est une expérience absolument étonnante. J'ai l'impression que mon corps est en mode farniente. Je pourrais m'endormir.

— Moi aussi ! Enfin, depuis que je suis enceinte, je m'endors n'importe où. Nathan m'a juré que je m'étais endormie debout dans la cuisine l'autre soir.

Mia sourit tout en écoutant Amanda parler de Nathan, de leur bébé à naître et de leurs projets d'avenir. Elle était heureuse pour son amie, bien entendu. Nathan et Amanda avaient dû surmonter des moments de souffrance avant d'arriver à leur complicité retrouvée.

Mais, en silence, elle enviait Amanda.

Après avoir erré pendant toute son enfance, Mia avait enfin trouvé un endroit où s'installer. Mais elle cherchait encore la famille dont elle avait toujours eu envie de faire partie, l'amour qu'elle n'avait jamais reçu.

— Mia, ça va ?

La voix d'Amanda la tira de ses pensées.

— Quoi ?

— Tout va bien ?

— Euh, oui. Pourquoi ?

— Parce que Nathalie t'a demandé trois fois si tu aimais la couleur du vernis sur tes ongles et que tu n'as pas répondu. Tu semblais perdue dans tes pensées.

— Oh ! je suis désolée. J'ai complètement décroché, dit-elle à l'attention de l'esthéticienne qui se trouvait devant elle.

— Ne vous inquiétez pas, ça arrive souvent. Donc le rose foncé vous convient ?

— Oui, c'est parfait.

Encore une première. La pédicurie. Mais elle n'osa pas l'avouer à Amanda.

— Je vais vous apporter un verre de vin en attendant que le vernis à ongles sèche, puis nous passerons dans le salon de coiffure.

Tout à coup, elle n'était plus si certaine de vouloir se faire couper les cheveux. Mais, avant qu'elle ait eu le temps de changer d'avis, Nathalie était déjà de retour avec un verre de vin pour elle et une citronnade pour Amanda.

— Ah, je dois avouer que le vin et la caféine, ça me manque, lui dit Amanda.

— Mais bientôt tu auras un bébé en contrepartie de tous tes sacrifices, ça vaut le coup ! lança Mia sur le ton de la plaisanterie.

— Oui, absolument. Enfin, j'ai déjà prévenu Nathan : je lui ai demandé d'apporter une bouteille de chardonnay à la maternité. Je crois que j'aurai besoin d'un remontant, dit-elle avant d'éclater de rire.

Une heure plus tard, assise dans un fauteuil de coiffeur, Mia souriait à une inconnue. Qui lui sourit en retour.

Elle avait un peu paniqué en voyant Tiffany arriver avec ses grands ciseaux. Mais elle s'était calmée en comprenant que cette dernière n'allait pas lui couper les cheveux de façon drastique.

Finalement, la coiffeuse avait remodelé sa coupe existante et lui avait fait des mèches.

Pendant que Mia se faisait couper les cheveux, Amanda lui avait tenu compagnie, l'incluant dans ses conversations avec les autres femmes du salon de coiffure. C'était agréable de sentir qu'elle appartenait enfin à une communauté. Elle avait eu envie de ça toute sa vie.

A Royal, sa vie prenait enfin un sens. En plus, elle avait même un fiancé temporaire, que demander le mieux ?

D'ailleurs, Dave serait sûrement très surpris la prochaine fois qu'il la verrait.

— Tu es très silencieuse, remarqua Amanda.

— Je réfléchis.

— A quoi ?

— A aujourd'hui. C'était vraiment une excellente idée.

— C'est vrai, ça t'a plu ?

— C'était super. Je n'avais jamais fait ça de ma vie. Et je ne me suis jamais sentie aussi détendue.

— Alors je suis ravie. Pour toi. Et pour moi aussi. Grâce à Pam, qui a bien voulu me couvrir jusqu'à l'arrivée de notre serveuse, j'ai pu t'accompagner et passer de bons moments entre filles.

— Merci.

— Arrête donc. Tu es superbe. J'adore ce qu'elle a fait à tes cheveux. Ils sont très épais, tu as de la chance. Je t'envierais presque !

— Tu exagères, dit Mia en éclatant de rire.

Elle secoua la tête pour voir le mouvement de ses cheveux. Les mèches se balancèrent en souplesse, avant de se replacer naturellement. C'était extraordinaire. Elle ignorait que ses cheveux étaient capables de faire ça !

— Et le balayage est très réussi. Les mèches marron foncé donnent du relief à ta coiffure.

Mia se passa la main dans les cheveux.

— Et ils sont plus doux au toucher.

— Mia ?

Toutes deux se retournèrent vers la voix.

— Mia, c'est toi ?

C'était Pipa Kindred.

— Oui, c'est bien moi.

La réaction de son amie, visiblement abasourdie par sa métamorphose, amusa beaucoup Mia.

— Amanda m'a convaincue de venir passer la journée ici.

— Elle est superbe, tu ne trouves pas ?

— Mia, tu es belle à couper le souffle, lui dit Pipa.

— Je me suis dit que, comme elle était fiancée à Dave Firestone, il était temps de faire valoir sa féminité.

Mia ne s'attendait pas à ce qu'Amanda relève la nouvelle aussi légèrement.

— C'est vrai, Mia ? Tu es fiancée à Dave Firestone ?

— Oui, c'est vrai, répondit-elle, rouge pivoine.

— Ce n'est pas un peu soudain ?

— Si, mais ça a été un véritable coup de foudre réciproque, prétendit-elle, fusillant Amanda du regard.

— Et je crois que Dave sera foudroyé une nouvelle fois lorsqu'il verra sa jolie fiancée passer le pas de sa porte.

— Aucun doute là-dessus, déclara Pipa.

— Bon, à présent, nous devons aller faire des emplettes chez Monica. Et, une fois que j'en aurai fini avec Mia, tout Royal parlera de sa métamorphose. Allez, en route, lança-t-elle, en la prenant par la main.

- 6 -

Mia sirota une gorgée de son verre de sauvignon blanc, espérant que le vin lui calmerait les nerfs. Mais, étant donné son état, il risquait de lui falloir plus que quelques gorgées pour arriver au résultat escompté.

Elle était assise au bar du restaurant Claire, tout aussi élégant que la partie restaurant. Style cossu, lumière tamisée, tables rondes isolées, bougies parfumées.

Le comptoir en acajou verni brillait à la lueur du plafonnier qui diffusait une lumière douce. Un fond musical jazzy venait compléter l'atmosphère feutrée, et un grand miroir derrière le bar agrandissait l'espace tout en reflétant les clients.

Certains clients avaient rendez-vous pour aller au restaurant, comme Mia, d'autres étaient là uniquement pour prendre un verre.

Elle jeta un rapide coup d'œil en direction du miroir, encore surprise par son nouveau look. Vêtue d'un chemisier de soie rouge écarlate à longues manches et d'un pantalon noir, elle ne se sentait pas du tout à l'aise. Et il n'y avait pas que les nouveaux habits, le maquillage et la coupe de cheveux. C'était toute la situation, les mensonges, les subterfuges qui la paniquaient.

Et elle devait tenir un mois !

De plus, ce ne serait pas facile d'être constamment en présence de Dave. Il était trop beau, trop sûr de lui, trop… facile d'accès.

En quelques jours, sa vie avait pris un tournant des plus inattendus. Si bien qu'au lieu d'être confortablement blottie dans son canapé à lire ou à regarder un film, elle portait des vêtements de luxe et buvait du vin dans un restaurant chic. L'envie était grande d'arrêter la mascarade.

Le fait d'être seule et perchée sur un tabouret au bar n'arrangeait rien. Elle ne se sentait pas du tout à sa place, et l'élégance des lieux n'aidait pas à la mettre à son aise.

Elle avait passé le plus clair de son enfance dans les arrière-salles et les cuisines de bars et de restaurants peu recommandables. Le tintement des verres, le murmure des conversations, l'odeur de l'alcool ravivaient ses souvenirs et la ramenèrent à ses dix ans.

L'arrière-salle du bar était petite mais bien éclairée, Mia n'avait pas besoin de la lampe torche qu'elle emportait partout avec elle pour pouvoir lire en toute circonstance. Ce soir, elle avait trouvé un petit coin où continuer les aventures de Narnia.

Cependant, la partie de poker qui se déroulait dans la salle était très bruyante. Les hommes ne cessaient de hausser le ton et les rires aigus des femmes ajoutaient à la cacophonie ambiante.

Elle leva les yeux en direction de la table de jeu et aperçut son père, qui lui fit un clin d'œil. Elle lui sourit. Ce soir, ils étaient à Saint-Louis, mais son père lui avait promis qu'après cette partie ils partiraient vers l'Ouest avec les gains qu'il remporterait. Peut-être Las

Vegas. Et peut-être même une virée en Californie et à Disneyland.

Mia reporta son attention sur son livre. Son père était un rêveur et un beau parleur. Depuis sa plus tendre enfance, elle avait appris à ne pas croire tout ce qu'il racontait. C'était le roi des promesses en l'air. Elle savait qu'il ne fallait pas se faire d'illusions.

— Alors, princesse, comment ça va ?

Elle leva le nez de son livre pour rencontrer les grands yeux bleus de son père fixés sur elle. Il lui répétait toujours qu'elle avait ses yeux. Et la bouche et le nez de sa mère. Tous les soirs, avant de la coucher, il lui parlait de la maman dont elle n'avait aucun souvenir, qui était décédée quand Mia n'était qu'un bébé. C'était triste, heureusement, elle avait encore son papa, c'était déjà bien.

— Oui, ça va, papa.

— Tu as faim ?

— Non, merci, je lis.

— Tu es comme ta maman. Toujours le nez fourré dans un livre. Tu verras, quand je décrocherai le jackpot, on pourra s'acheter une maison et on aura une pièce remplie de livres rien que pour toi. Et tu pourras aussi avoir ta chambre.

Avoir sa propre chambre, c'était son rêve. Se réveiller tous les matins dans le même lit, quel bonheur ! Et avoir une maison où inviter des amis. Avec peut-être une petite cour et une balançoire. Et un chien. Un chien qui dormirait dans son lit. Le soir, quand elle rentrerait en bus, son père et son chien l'attendraient, et tout serait parfait.

Mais tout cela n'était qu'un rêve. Jamais ils ne se poseraient nulle part. Elle le savait. Son père était joueur professionnel et il se déplaçait pour ses tournois de poker.

— Eh, Jack, tu viens ?

— Je dois y aller, dit-il avant de lui déposer un baiser sur la pointe du nez.

— D'accord, papa.

— Encore une heure et ensuite on rentre à l'hôtel. Demain matin, on se lève tôt pour partir à Las Vegas, ça te va ?

— Oui, papa.

Son père ne la laissait jamais seule dans une chambre d'hôtel, de peur de la perdre. A la vérité, Mia n'aurait pas aimé rester seule dans une chambre. Elle voulait être avec son père. Ils formaient une équipe et il n'avait qu'elle au monde. Ils n'avaient peut-être pas de maison ni de chien, mais tant qu'elle était avec son père elle était rassurée.

— Je te promets, ce ne sera pas long.

Elle l'aurait attendu toute la vie s'il le fallait.

Dave décrocha le téléphone.

— Oui ?

— Tu m'as acheté une nouvelle voiture ?

Il sourit en entendant le ton outré de sa mère.

— Qui est à l'appareil ?

— Très drôle. Peux-tu m'expliquer pourquoi on vient de me livrer une Lexus ?

— Il n'y a rien à expliquer, répondit-il avant de traverser la route.

Plutôt que de se retrouver coincé sur le parking du restaurant, il avait choisi de se garer un peu plus loin et d'aller à pied jusqu'à l'établissement où il avait rendez-vous avec Mia.

— Il y a tout à expliquer, au contraire, insista sa mère.

— Non. Tu avais besoin d'une nouvelle voiture, c'est tout.

— Mon ancienne voiture marchait très bien, Dave.

— C'était un vieux tacot qui devenait dangereux.

Une fois sur la terrasse du restaurant, il marcha jusqu'à la balustrade pour admirer la vue sur Royal.

Après une journée de travail au ranch, il était fatigué, il avait faim et très envie de faire mieux connaissance avec Mia pour optimiser leur engagement.

Avant d'arriver au restaurant, il était passé à la bijouterie McKay pour acheter une bague. Grâce à Erma McKay, il savait que les rumeurs de ses fiançailles avec Mia ne tarderaient pas à se répandre à la vitesse d'un incendie d'été.

Au loin, il voyait Main Street dans la nuit, éclairée par les lampadaires. Les voitures garées semblaient endormies pour la nuit.

C'était un sentiment étrange que d'avoir un coffret de bijoutier dans la poche de sa veste. Jamais il n'avait envisagé de se marier ni même de se fiancer. Là, il s'agissait d'une alliance de convenance, pour un mois seulement, et pourtant cela lui procurait un sentiment étrange, comme s'il venait de franchir un pas qu'il ne pensait jamais franchir. Ses parents ne lui avaient pas offert un exemple de mariage idéal, et lui-même n'avait jamais eu envie de tenter l'aventure.

— David, tu m'écoutes ?

— Euh, oui.

Il avait complètement perdu le fil de la conversation.

— Je ne veux plus que tu m'achètes des choses sans me consulter.

— Pourquoi ?

— Parce que c'est ton argent, garde-le pour toi. Achète-toi ce que tu veux.

C'était exactement ce qu'il faisait. Il venait de s'acheter une fiancée. A titre temporaire.

Mais il se garda bien d'en faire l'annonce à sa mère.

— Maman…

— Tiens, tu veux que je te dise le plus beau cadeau que tu pourrais me faire ? Des petits-enfants. Cela ne s'achète pas avec de l'argent, pourtant, ça me comblerait de joie.

Des enfants ? Il ne manquerait plus que ça pour compléter le tableau. Non, merci !

— Maman, pour l'instant, la voiture, c'est plus simple. Profite bien de ta Lexus.

— Non, je ne vais pas en profiter car je n'aime pas que tu dépenses ton argent pour moi.

— Mais arrête ! Si ça me fait plaisir, j'ai quand même le droit de te faire des cadeaux. Et puis, là, ce n'est pas la même chose. Je me fais un sang d'encre quand tu roules dans un engin peu fiable. Si tu es dans une voiture digne de ce nom, je n'ai plus à m'inquiéter pour toi. CQFD.

Il entendit sa mère soupirer.

Bien, il avait gagné la bataille.

Sa mère s'était tuée à la tâche pour l'élever et lui fournir toutes les chances de réussir. A présent qu'il avait fait fortune, il voulait qu'elle puisse avoir le train de vie d'une reine, parce qu'il en avait envie, parce qu'il pouvait se le permettre et parce qu'elle le méritait.

— Je ne vois pas du tout de qui tu tiens ton caractère obstiné ! Bon, le sujet est clos pour le moment car j'ai rendez-vous avec Cara. Nous dînons toutes les deux.

— Moi aussi, j'ai rendez-vous pour le dîner.

— Ah bon ? Avec qui ? Une femme ?

Pas question de vendre la mèche.

— Bonne soirée, maman.

— Je vois, monsieur fait le cachottier. J'espère que tu m'en diras plus la prochaine fois, en attendant, bonne soirée à toi aussi.

Amusé par la réaction de sa mère, il entra chez Claire avec un large sourire aux lèvres.

Il était en retard, Mia devait l'attendre au bar.

D'ailleurs, il était mécontent d'être en retard. Ça ne lui arrivait jamais, mais c'était comme si depuis que Mia était entrée dans sa vie tout son rythme était déréglé. Il n'aimait pas ce sentiment de perte de contrôle.

Il était temps de se ressaisir.

Il passa rapidement le bar en revue. Pas de Mia. Lui avait-elle posé un lapin ? Avait-elle changé d'avis ? Etait-elle revenue sur sa décision ? Si c'était le cas, elle ne savait pas à qui elle avait affaire. Il ne la laisserait pas tout gâcher alors qu'ils étaient si près du but et qu'ils avaient signé un…

Dans le miroir, derrière le bar, il venait de croiser le regard incandescent d'une jeune femme. Mia.

Elle était belle à couper le souffle. Indéniablement la jeune femme la plus ravissante qu'il ait jamais vue. Ses cheveux bruns impeccablement coiffés, une tenue chic et stylée, un maquillage léger mais rehaussant néanmoins les jolis traits de son doux visage.

Etait-ce vraiment elle ?

Où était passé son éternel jean et son sweat-shirt ample ? Et son chignon ?

Instantanément, il fut animé d'un mélange d'admiration et de désir. Un cocktail explosif, dangereux aussi.

Il prit quelques instants pour reprendre ses esprits et profiter de cette vision charmante. Elle avait des jambes interminables, dans ce pantalon noir des plus élégants. Si seulement elle avait porté une robe ! Il aurait pu les admirer tout à loisir.

C'était fou. Cette femme avait le don de le mettre dans tous ses états. Il n'avait pas ressenti un tel désir depuis…

A la vérité, jamais il n'avait ressenti un désir aussi fulgurant pour une femme. Jamais il n'avait eu envie à ce point de posséder le corps d'une femme.

Le jour où elle était venue chez lui signer le contrat, il avait déjà décidé de l'attirer dans son lit. Ce soir, en la voyant ainsi, il ne pouvait même plus tenter de se convaincre que ce n'était pas une bonne idée.

Il la voulait dans son lit. C'était impératif.

Son sexe dur palpitait et, s'il n'avait écouté que ses sens, il aurait pris Mia par la main, l'aurait ramenée au ranch et il lui aurait fait l'amour toute la nuit.

Mais il devait procéder avec ordre et méthode. D'abord, il fallait le consentement de la jeune femme. Ça n'était pas gagné, mais il aimait les défis ardus.

Et, pour avoir Mia dans son lit, il était prêt à tout.

— Mia ?

Elle tourna ses grands yeux bleus, lui offrant le plus beau des sourires.

Son excitation ne fit que décupler.

C'était incroyable de constater l'effet que pouvaient avoir un regard candide et un joli sourire. Comment n'avait-il jamais remarqué que ses yeux étaient aussi grands ? Pourquoi avait-il l'impression qu'il pourrait y plonger et s'y noyer ?

— Dave ? Tout va bien ?

Il la dévisagea de nouveau, tentant de se recomposer.

— Oui, très bien. Mais je dois avouer que je suis subjugué. Tu es époustouflante.

Elle rougit.

Il était sidéré. Il aurait juré que plus une seule femme sur terre ne rougissait quand on lui faisait un compliment.

Son cœur se serra. Sa gorge s'assécha.

Il était temps de reprendre le contrôle de son corps et de son esprit. Le plus vite serait le mieux, car il évoluait en terrain inconnu et risquait de se perdre ou de trébucher.

— J'espère que je ne t'ai pas trop fait attendre, dit-il sur un ton qui se voulait neutre.

Intérieurement, il tâchait de remettre de l'ordre dans ses idées, et de calmer l'émoi qui l'animait depuis qu'il avait vu la nouvelle Mia.

Si elle savait à quel point il avait eu du mal à se maîtriser, il n'aurait plus qu'à capituler.

Or il avait trop de fierté pour lui avouer que, l'espace d'un instant, elle avait eu le dessus sur lui.

— Prête pour le dîner ?

— Oui, mais ils n'ont pas encore appelé notre table.

— Ma table est prête quand j'arrive.

— Oh ! je vois, tu es du genre superhéros ?

— Oui, on peut dire ça comme ça.

— Alors j'espère que tu utilises tes pouvoirs pour faire le bien.

Il éclata de rire. Encore une réaction qui le surprit lui-même. Jamais il n'aurait cru apprécier autant la compagnie de Mia Hughes.

Stimulé par sa repartie, il continua sur le même ton.

— Comment peux-tu en douter ? Je suis le gentleman des superhéros.

Sa réponse parut lui plaire et l'amuser.

En récompense de ses efforts, elle lui offrit un sourire lumineux. Une vague de désir intense s'empara aussitôt de lui, le submergeant par surprise.

Il lui tendit la main pour l'aider à descendre du tabouret.

— Laisse ton verre, j'ai commandé du champagne à table.

— Du champagne ? Nous fêtons quelque chose ? demanda-t-elle en acceptant sa main.

Enfin plus proche d'elle, il put s'enivrer de son parfum fleuri.

— Bien sûr ! Tu as déjà oublié ? Nous sommes fiancés.

— Ah, oui, murmura-t-elle.

Leurs doigts s'entrecroisèrent et immédiatement une chaleur torride se déversa sur Dave. Décidément, cette mission était beaucoup plus périlleuse qu'il l'escomptait.

Ils traversèrent le bar pour rejoindre la salle du restaurant. Dès qu'elle les aperçut, l'hôtesse vint à leur rencontre.

— M. Firestone, suivez-moi.

Elle les guida à travers des tables recouvertes de nappes d'un blanc éclatant sous la lumière tamisée. Les flammes des bougies projetaient leurs ombres dansantes sur les murs. Dans cette ambiance feutrée, les gens conversaient à voix basse et des airs de jazz venaient compléter l'atmosphère intimiste du lieu.

Dave était déjà venu chez Claire en compagnie de femmes, mais il se rendait avant tout dans ce restaurant pour ses déjeuners d'affaires. Le personnel était aux petits soins sans être étouffant, si bien que les discussions n'étaient pas sans cesse interrompues comme dans certains autres établissements.

Ce soir, bizarrement, c'était un mélange des deux. Il était accompagné d'une femme, avec qui il avait signé un contrat d'un nouveau genre.

Il fallait ajouter à cela le fait que son érection ne facilitait pas l'aspect professionnel du dîner.

Une main dans le dos de Mia, il traversa à ses côtés la salle de restaurant. Le tissu soyeux de son chemisier et la chaleur de son corps ne firent qu'attiser son désir.

La serveuse les conduisit à la table que Dave avait spécialement réservée dans un espace plus intime, à l'écart des autres, puis les laissa s'installer.

Mia s'empressa de regarder la carte.

C'était agréable de dîner avec une femme qui aimait manger. La plupart du temps, il sortait avec des femmes qui n'acceptaient qu'une salade, et encore, sans assaisonnement.

— Je ne suis jamais venue ici, c'est très joli, dit-elle en cherchant son regard.

Il était tellement habitué à venir ici qu'il ne remarquait plus le décor ni même l'ambiance. La remarque de Mia lui fit redécouvrir le lieu. Calme, distingué, agréablement meublé, idéal pour le déjeuner ou le dîner.

A la lueur de la bougie, la peau de Mia ressemblait à de la porcelaine. Ses yeux reflétaient la flamme de la bougie au centre de la table et ses cheveux tombaient en une cascade soyeuse sur ses épaules. Les deux boutons du haut de son chemisier n'étaient pas attachés, ce qui lui permettait d'apercevoir la peau lisse de son décolleté et lui donnait envie de découvrir ses seins.

Décidément, Mia était passée à un autre niveau de séduction. Peu de femmes pouvaient se vanter d'avoir réussi l'exploit de prendre Dave Firestone au dépourvu. D'ailleurs, à la réflexion, aucune femme n'avait jamais réussi à le surprendre. Avant Mia.

Alors qu'elle le dévisageait, il se demanda à quoi elle songeait et, surtout, ce qu'elle pensait de lui. Un sentiment d'autant plus étrange que c'était la première fois qu'il se souciait de ce qu'une femme pensait de lui.

Elle ne cessait de le prendre au dépourvu, et il avait du mal à suivre le rythme.

Pour ne plus penser à son envie de la déshabiller sur-le-champ, il brisa le silence.

— Quand je suis entré, tout à l'heure, tu avais l'air à des années-lumière d'ici.

— Tout à l'heure ? Ah, oui, j'étais perdue dans mes souvenirs.

— Quels souvenirs ?

— Des souvenirs de mon père.

Il ne s'attendait pas à une telle réponse. Elle avait parlé d'une voix douce, pleine d'affection, et pourtant il aurait eu du mal à définir le ton.

Une fois son choix fait — steak et pommes de terre —, il reposa la carte et concentra toute son attention sur Mia.

Qu'avait-elle fait pour changer à ce point ?

Ses yeux, d'un bleu profond et empreints d'une émotion indéchiffrable, l'attiraient comme des aimants.

— Et où est ton père ?

— Il est décédé il y a une dizaine d'années.

— Je suis désolé.

— Tu ne pouvais pas le savoir. Et toi, ton père, il est encore en vie ?

Voilà, l'arroseur était arrosé. Il posait rarement des questions personnelles car il n'aimait pas qu'on lui en pose.

— Aucune idée.

— C'est-à-dire ?

— Il nous a quittés, ma mère et moi, quand j'avais dix ans. Je n'en ai plus jamais entendu parler.

Ses yeux s'attendrirent instantanément.

— Oh ! Dave ! Je suis désolée.

— Inutile.

Il ne voulait pas de la compassion des gens, il n'en avait pas besoin. Il avait fait une croix sur son père depuis longtemps. Il s'en était sorti dans la vie sans l'homme qui n'avait pas voulu prendre ses responsabilités et assumer sa famille.

— Je ne sais pas quoi dire.

— Il n'y a rien à dire. C'est du passé. Il nous a quittés. Des gens ont racheté le ranch. Ma mère est devenue leur cuisinière et elle a pu me garder avec elle.

Il prenait soin de parler sur un neutre, froid. Il ne laissait rien transparaître de la rage qu'il éprouvait quand il repensait à cet épisode. Encore aujourd'hui, il n'arrivait pas à pardonner à son père de les avoir abandonnés, sa mère et lui. Les souvenirs étaient trop forts, trop présents dans son esprit pour oublier. Sa mère travaillant comme une forcenée pour élever son fils unique. Sa mère pleurant le soir. Et lui, désemparé, ne sachant pas comment l'aider, détestant son père, mais priant chaque soir pour qu'il revienne.

Mais il n'était jamais revenu et Dave avait grandi. En grandissant, il s'était juré de devenir riche pour que personne ne puisse lui prendre ce qui était à lui, pour pouvoir faire vivre sa mère et qu'elle n'ait plus jamais à travailler.

Et il avait réussi à tenir sa promesse. Beaucoup l'enviaient, pourtant, il n'avait aucune intention de s'arrêter là.

Mia le fixait toujours, l'air perplexe.

— Le passé ne compte pas, ajouta-t-il.

— Tu crois vraiment ?

— Oui. Ce qui compte, c'est le présent et l'avenir.

— Mais c'est notre passé qui nous a façonnés.

— C'est vrai, mais on ne peut pas changer le passé, alors pourquoi y penser ?

— Pour tirer les leçons et avancer, peut-être ?

Leur conversation fut interrompue par l'arrivée du serveur. Il apportait un seau avec une bouteille de champagne. Ils se turent le temps qu'il ouvre la bouteille et verse un peu du liquide pétillant dans une flûte afin que Dave puisse y goûter.

Une fois le champagne approuvé, le serveur remplit deux flûtes, puis il prit leur commande.

Mia commanda la même chose que Dave.

— Tu as toujours aussi bon appétit ? demanda-t-il.

— Oui. Et puis il ne s'agit pas d'un rendez-vous galant, si ?

Il rit de bon cœur.

— A t'entendre, on dirait que les femmes ne mangent que lorsqu'elles ne sont pas en rendez-vous galant.

— C'est un fait. Je peux t'assurer que les femmes qui picorent une salade au restaurant sont capables de vider le frigo quand elles rentrent chez elle.

— Tu parles d'expérience ?

— Oui, même s'il y a prescription puisque je n'ai pas eu de rendez-vous galant depuis des lustres.

— Alors, là, tu m'en vois étonné.

Elle était belle, drôle, intelligente, pourquoi les hommes ne s'intéressaient-ils pas à elle ?

Elle prit une gorgée de son champagne puis lui adressa un sourire tentateur alors qu'elle avalait le liquide. Décidément, cette femme était dangereuse.

— Pourtant, il n'y a rien d'étonnant. Je n'ai pas vraiment le temps. J'étudie, je travaille chez Alex pour gagner ma vie. Et je fais un stage à l'école primaire. Donc, tu vois, j'ai un emploi du temps chargé.

— Je comprends. Tu as un but et tu veux rester concentrée pour y arriver. J'ai fait pareil.

— Ah oui ? Raconte-moi.

Le restaurant était calme. Dave se serait cru seul avec Mia tellement on entendait peu les autres clients dans la salle. Il se sentait tellement à l'aise avec elle qu'il en venait même à lui dire des choses dont il n'avait jamais parlé à d'autres personnes.

Tout en dégustant une gorgée de champagne, il repensa aux changements qui s'étaient opérés dans sa vie en seulement dix ans. A l'époque, son budget sorties ne lui permettait de s'offrir que quelques bières, de temps à autre.

Il s'éclaircit la voix.

— J'ai travaillé dur pendant mes études, comme toi. J'ai fait un tas de petits boulots pour couvrir les frais. Puis, dans mon cours de géologie, j'ai rencontré un type qui s'appelait Tobin Myer. Très intéressant. Il n'avait pas beaucoup d'amis. Il passait son temps à faire des tests dans des zones désertiques.

— Quel genre de tests ?

C'était étonnant à quel point il était facile de lui parler. Il n'en revenait pas.

— Je ne pourrais pas vraiment te dire, répondit-il en riant.

— Vraiment intéressant !

— Disons qu'il pouvait parler pendant des heures des couches géologiques et de la formation de la Terre.

— Tu l'aimais bien.

— Oui. Nous étions tous les deux des âmes esseulées, je n'avais pas non plus beaucoup d'amis et je n'étais pas invité aux fêtes. C'est peut-être ça qui nous a rapprochés. Toujours est-il que Tobin a trouvé un terrain qu'il voulait explorer et exploiter. Il disait que c'était un véritable trésor minéralogique. Mais il avait besoin d'un associé pour acheter le terrain et l'aider à développer l'affaire.

— Il t'a proposé de t'associer à lui.

— En effet. J'ai utilisé mes économies et j'ai investi dans le projet de Tobin.

Elle leva son verre comme pour porter un toast.

— J'imagine que, dans la mesure où nous sommes ici en train de déguster ce délicieux champagne et où tu as proposé de rembourser mon prêt étudiant, Tobin a eu raison de suivre son instinct. Et toi aussi.

— Il a eu un flair incroyable. Ce terrain valait une fortune.

— Donc vous l'avez revendu ?

— Non, on l'a loué à une grande compagnie pétrolière de Dallas. Ils voulaient acheter le terrain, bien entendu, mais on l'a gardé, et ils nous ont versé une coquette somme plus des royalties chaque trimestre depuis.

— C'était ton idée ?

— Absolument.

Il sourit, fier de lui, se rappelant encore le jour où il avait signé son premier gros contrat. Il avait réussi à tenir tête aux gros patrons, à calmer Tobin, qui paniquait comme un fou, et à garder la tête sur les épaules. Tobin était tellement content d'avoir vu juste au sujet du terrain qu'il aurait été prêt à le vendre au premier venu, et peut-être pour une bouchée de pain.

Dave se souvenait encore de la joie et de la satisfaction qu'il avait ressenties lorsqu'ils avaient signé le contrat. Ils avaient reçu chacun une belle somme de départ pour se lancer dans la vie, et depuis ils recevaient des royalties qui ne cessaient d'augmenter d'année en année.

C'est ainsi qu'il avait pu acheter son ranch, se faire construire une maison immense et qu'il se permettait de vivre confortablement sans se soucier de l'avenir.

— Tu vois encore Tobin ?

— Oui. Il vit à Dallas, mais il passe le plus clair de son temps à se balader dans son jet privé à la recherche de terrains potentiels.

— Vous êtes encore associés ?

— Tu connais l'entreprise MyerStone ?

— Oui, j'en ai entendu parler dans le journal. Mais attends… Tu veux dire que… Tobin Myers et Dave Firestone… ?

— Eh oui, c'est nous.

— Donc finalement, pour en revenir à la conversation de tout à l'heure, ce n'est pas forcément une mauvaise chose de se pencher sur le passé.

Il plongea son regard dans le sien.

— Belle repartie, bravo.

Leurs plats arrivèrent.

Ils poursuivirent tranquillement la discussion tout en mangeant.

Plus il était en compagnie de Mia et plus il avait envie de passer du temps avec elle.

Quand le dessert et le café furent servis, il se lança à l'offensive.

— Mia, je crois que tu devrais venir habiter au ranch pendant la durée de nos fiançailles.

- 7 -

Mia se figea alors qu'elle s'apprêtait à déguster un morceau de gâteau au chocolat.

— Venir habiter au ranch ? répéta-t-elle, stupéfaite.

On aurait dit une biche surprise dans la nuit par les phares d'une voiture.

Tant mieux. Le but était de la déstabiliser pour mieux arriver à ses fins.

— Alors, qu'en penses-tu ?

— Je… Je ne crois pas que ce soit une bonne idée…

Elle ne termina pas sa phrase, visiblement chamboulée.

Pour lui, c'était une aubaine. Mieux valait ne pas lui laisser le temps de se retourner.

— Pardon, j'aurais dû attendre que tu aies fini ton gâteau avant de parler de ça.

Pendant qu'elle prenait sa dernière bouchée, il renchérit.

— Réfléchis. Nous sommes fiancés. Si tu viens habiter chez moi, pour Buckley, ce sera plus crédible, et pour toi ce sera plus pratique d'être déjà sur place.

— Mais tu m'as dit que Buckley était très conservateur. Il verra sûrement d'un mauvais œil que je couche sous le même toit que mon futur époux.

— Objection rejetée. Je te rappelle que nous sommes fiancés.

Elle posa sa fourchette, puis poussa un profond soupir. Clairement, elle hésitait.

— Tiens, à propos de ça, j'ai quelque chose pour toi, dit-il en sortant un boîtier en velours rouge de sa poche intérieure.

— Oh ! Non, c'est vraiment gênant.

— Mia, si nous voulons que nos fiançailles soient crédibles, tu es obligée de porter une bague. Un homme de ma stature ne demanderait pas une femme en mariage sans lui offrir une bague digne de ce nom.

Leurs regards se croisèrent.

Elle semblait désemparée, tiraillée par des sentiments conflictuels. Ce qui était tout à son avantage. Plus elle serait déstabilisée, plus facilement il obtiendrait ce qu'il voulait.

— Tu ne dis plus rien ?

— Je ne sais plus quoi dire.

— La machine est lancée, le contrat, signé. Cette bague n'est qu'un symbole du marché que nous avons conclu.

— Un symbole, répéta-t-elle à voix basse.

Quelques instants s'écoulèrent en silence. Qu'il brisa, pour ne pas perdre son élan.

— Disons que ce n'est qu'un bijou, un point c'est tout, annonça-t-il en ouvrant le boîtier.

A la vue de la bague, elle resta bouche bée.

Parfait.

— Je n'ai jamais vu une aussi belle bague, dit-elle, les yeux écarquillés et la main posée sur la poitrine.

Il l'observa, amusé.

Bizarrement, en l'espace de quelques rencontres, il arrivait déjà à prédire ses réactions et à les interpréter.

Là, il sentait que d'un côté elle avait envie d'accepter la bague, et que de l'autre elle aurait voulu mettre fin au marché et s'enfoncer mille pieds sous terre.

Enfin, elle tendit la main en direction du diamant de cinq carats. A cet instant, il sut qu'il avait atteint son objectif.

Du bout des doigts, elle effleura la pierre brillante et les petits diamants qui l'entouraient. Après avoir contemplé le bijou, elle leva les yeux vers lui.

— Il est énorme.

— C'est pour mieux faire passer le message, expliqua-t-il en retirant la bague de son écrin.

— Quel message ?

— « Mia appartient à Dave. »

Et il lui passa l'anneau au doigt.

— « Mia appartient à Dave », répéta-t-elle en un murmure subjugué.

Soudain, il avait l'esprit confus, flottant entre réalité et fiction.

Il se rappela à l'ordre, se reconcentra sur le moment présent. Il y allait de la réussite de son plan, c'était crucial.

— D'accord, j'accepte de porter la bague.

— Bonne nouvelle.

— Et pour ce qui est d'emménager dans ton ranch…

— C'est plus logique, non ?

— Mais je dois m'occuper de la maison d'Alex !

— Alex n'est pas là en ce moment.

— Je sais, mais…

— Et plus il tardera à réapparaître, plus les journalistes voudront fouiner dans ses affaires. Jusqu'à présent, ils sont refoulés à la barrière de sécurité, mais certains arrivent à passer.

— C'est vrai.

— Les nouvelles vont vite. Maintenant que nous sommes fiancés, les petits malins vont sûrement redoubler d'efforts et de duperie pour essayer d'arriver jusqu'à la porte d'Alex. Chez moi, tu seras plus tranquille. Ils ne t'embêteront pas et tu pourras toujours aller chez Alex si l'envie te prend.

— Je ne veux pas abandonner la maison d'Alex. Et s'il appelait ? S'il avait besoin de mon aide ?

Dave réfléchit quelques instants, puis remonta au créneau.

— Nous pouvons faire transférer les appels d'Alex sur ma ligne. Que dis-tu de ça ?

Si elle avait été un personnage de dessin animé, de la fumée serait sortie de ses oreilles tellement elle réfléchissait, cherchant désespérément à couvrir toutes les éventualités avant de prendre sa décision.

Quoi qu'elle décide, il savait qu'il ne la laisserait pas repartir chez Alex.

Le fait qu'elle emménage chez lui permettrait de renforcer la crédibilité de leurs fiançailles auprès des habitants de Royal, mais aussi de Thomas Buckley.

Et surtout cela lui permettrait de passer à la vitesse supérieure au niveau de son objectif de séduction, à savoir l'attirer dans son lit dans les plus brefs délais.

Le contrat avec Buckley lui tenait à cœur, mais pour l'instant sa stimulation première était de faire l'amour à Mia Hughes. Rien que le fait d'être assis en face d'elle le mettait dans tous ses états. Il n'osait pas imaginer ce que cela donnerait s'il se retrouvait seul dans une chambre avec elle.

Bientôt, il la ferait sienne. Sur son terrain. Selon ses conditions.

Parole de Dave Firestone.

— Mia, tu vis seule dans une grande maison. Viens habiter avec moi quelques semaines. Tu pourras te reposer.

— Me reposer ?

— Oui. Tu n'auras pas à t'occuper de la maison ni à t'inquiéter.

— Je crois que si j'emménage avec toi j'aurai justement toutes les raisons de m'inquiéter.

— De quoi ?

— De toi.

— De moi ?

— Ne fais pas l'innocent.

— Mais pas du tout ! Je suis inoffensif.

— J'ai plusieurs adjectifs en tête pour te décrire, mais « inoffensif » ne figure pas sur ma liste.

— Tu as peur de moi ?

— Non, je n'ai pas peur de toi…

— Donc tu vas emménager avec moi.

— Tu finis toujours par avoir tout ce que tu veux ?

— Oui.

Elle contempla la bague puis leva les yeux vers lui.

— Tu as gagné. J'accepte.

— Ah, tu vois, quand tu veux. Ce n'était pas si difficile que ça.

— Non, en effet, c'était simple comme bonjour, rétorqua-t-elle, ironique.

— Tiens, en récompense, je te cède ma part de gâteau pour te remettre de tes émotions.

— Je ne sais pas si ce sera suffisant, mais j'accepte volontiers. Ce serait dommage de gâcher un dessert aussi succulent, fit-elle en prenant l'assiette qu'il lui tendait.

Mia rentrait de Royal après avoir terminé son stage de psychologue scolaire.

Sur la route, elle tenta de faire le point sur la situation. Après une semaine au Royal Round Up, elle n'arrivait toujours pas à s'habituer à son nouveau rôle.

Tout Royal ne parlait que de ses fiançailles avec Dave Firestone. Elle ne pouvait pas faire un pas en ville sans qu'on l'arrête pour la féliciter et lui parler de cet incroyable coup de foudre.

Elle ne supportait pas de devoir mentir, de duper les gens. Ce n'était vraiment pas dans sa nature et son père lui avait toujours dit que seuls les lâches mentaient.

Le pire, c'était de penser à ce que tout le monde dirait une fois que les fiançailles seraient rompues. Mieux valait ne pas penser à cela pour le moment, elle aurait tout le temps de se morfondre le moment venu.

Pour ce qui était des journalistes, Dave avait eu raison. Dès l'annonce des fiançailles, ils étaient montés au créneau, tentant de la mettre sous pression pour obtenir une interview.

En arrivant à l'entrée du ranch, elle fit signe au gardien qui surveillait l'entrée. Puis elle remonta l'allée qui menait à la maison.

La semaine qui venait de s'écouler avait été des plus étranges.

Enfin, elle ne se perdait plus dans la maison, c'était déjà ça. Malgré sa taille imposante, c'était une demeure très agréable à vivre, accueillante et chaleureuse. La chambre où elle avait pris ses quartiers était plus grande que toutes les pièces qu'elle avait chez Alex.

Elle avait aussi pris goût à se réveiller et contempler le terrain magnifique du ranch de Dave. La nuit, c'était d'un calme olympien. Le ciel était d'un noir de velours et le tapis d'étoiles était à couper le souffle.

Mais, dans cet environnement idéal, la présence de Dave la rendait nerveuse. Pourtant, il se comportait en gentleman, attentionné, la laissant vivre sa vie sans la mettre sous pression.

Ils dînaient ensemble tous les soirs, puis passaient du temps dans la bibliothèque pour laquelle elle avait eu le coup de foudre dès sa première visite.

Il l'avait emmenée faire un tour à cheval et lui avait présenté Dancer, sa jument qui devait mettre bas d'ici peu.

Elle adorait être en compagnie de Dave.

Elle le trouvait beau, sexy, tendre. Il la mettait dans tous ses états et elle avait d'ailleurs parfois l'impression que c'était le but recherché. Elle se disait même qu'il faisait tout pour la déstabiliser par ses attentions dans le but de mieux la séduire.

C'était très agréable, mais dans l'ensemble, quand elle analysait le projet la tête froide, elle savait que c'était une mauvaise idée.

Ce n'était pas chez elle.

Dave n'était pas son vrai fiancé.

Leur relation était une mascarade. Leurs fiançailles prendraient fin dès qu'il aurait signé son contrat.

Tout était faux.

Hormis le désir qu'elle éprouvait pour ce magnifique cow-boy. En sa présence, elle frissonnait d'une envie profonde d'être sienne. Et elle se prenait quelquefois à penser qu'il avait aussi envie d'elle. A d'autres moments, elle se disait qu'elle prenait ses désirs pour des réalités et que cette attirance physique n'était pas réciproque.

La preuve, il ne l'avait pas encore embrassée.

Pourquoi ? Ne la trouvait-il pas à son goût ?

La situation était pour le moins paradoxale. D'un côté, elle avait signé le contrat en insistant sur le fait qu'elle ne voulait qu'il la touche sous aucun prétexte, hormis en public, pour faire bonne mesure. Et, de l'autre côté, elle était déçue qu'il s'en tienne à cette clause du contrat !

A la vérité, il occupait la moindre de ses pensées, l'obsédant nuit et jour. Et le fait qu'il maintienne ses distances lui faisait perdre la tête.

Elle s'étonnait elle-même d'avoir autant envie de lui alors qu'elle n'avait qu'une expérience sexuelle limitée. En tout et pour tout, elle avait fait l'amour avec deux hommes et les deux performances avaient été tellement décevantes que cela ne comptait même pas à ses yeux.

Alors, pourquoi désirait-elle Dave à ce point ?

La grande demeure s'éleva devant elle, majestueuse, alors qu'elle empruntait l'allée circulaire. Au lieu de se garer près de la maison, elle alla plus près de la grange. Elle avait un peu honte de sa vieille voiture, qui ne cadrait pas du tout avec la beauté de la maison. C'était un peu comme si la Joconde avait soudain un point noir sur le visage.

Une fois la voiture garée, elle vit Dave avec Mike et des hommes de leur équipe dans l'un des enclos.

Jour après jour, elle apprenait à mieux connaître le cow-boy. Il n'était plus uniquement l'homme d'affaires froid du début de leur rencontre. C'était un homme qui aimait participer à la vie quotidienne de son ranch, proche de ses hommes, de ses bêtes et de la nature.

C'était un homme à plusieurs facettes.

Elle avait été attirée par l'homme d'affaires, mais le cow-boy était encore plus irrésistible.

Alors qu'elle sortait son sac et deux pots de fleurs de la voiture, Dave l'interpella.

— Mia !

Elle se retourna.

Il avançait vers elle, le soleil dans le dos. La vision était à couper le souffle.

Le chapeau vissé sur la tête, une chemise bleue, manches retroussées, un jean élimé et ses bottes de cow-boy.

Elle sentit son cœur se mettre à battre la chamade.

Décidément, Dave Firestone n'était pas un cow-boy ordinaire. Il était plutôt du genre à plaire aux femmes, de par sa stature et son allure. Donc c'était normal qu'elle ait cette réaction en sa présence, on ne pouvait pas lui jeter la pierre !

Il s'approcha nettement d'elle mais ne la toucha pas.

— Tiens, tiens, je peux savoir qui offre des fleurs à ma fiancée ?

Sa fiancée.

C'était bon de l'entendre dire ça, et elle dut se rappeler à l'ordre. Ça ne signifiait rien pour lui. Il disait cela dans le cadre de leur jeu de rôles, mais il ne le pensait pas. Ses hommes n'étaient pas loin, donc il jouait la comédie, pour renforcer la crédibilité de son plan infaillible.

— Aujourd'hui, c'était mon dernier jour à l'école.

— Et tu as des admirateurs à l'école ?

— Oui, deux jeunes garçons m'ont offert ça.

— C'est gentil.

— Ce sont des enfants adorables. Ils vont me manquer.

Il fit un pas dans sa direction. Elle sentait à présent son parfum musqué. Enivrant. Et elle avait les jambes en coton !

— Tu es rentrée plus tard que ce que je pensais. J'ai eu peur qu'il te soit arrivé quelque chose en voiture. Enfin, si on peut appeler ça une voiture.

Elle le regarda, étonnée de sa remarque.

Soit, sa Volkswagen n'était pas de la première jeunesse, mais elle lui rendait de fiers services. C'était une voiture très gourmande en huile, à part ça, tout allait bien, elle démarrait tous les matins et l'emmenait où elle voulait, elle ne pouvait pas se plaindre.

En plus, elle n'avait pas les moyens de s'acheter une autre voiture, donc elle se contentait de ce qu'elle avait.

— Hé, dis donc ! Je ne te permets pas de critiquer ma Titine.

— Oh ! pardon ! J'ignorais que tu y tenais autant. Tiens, pose tout ça sur le capot et suis-moi, j'ai quelque chose à te montrer.

Ses yeux brillaient d'excitation, il arborait un sourire irrésistible.

— Je suis curieuse, dit-elle alors qu'il la prenait par la main.

Elle dut accélérer le pas pour suivre la cadence.

La chaleur émanant de la main de Dave remontait petit à petit le long de son bras, envahissant son corps, atteignant son cœur à la vitesse de l'éclair.

Les hommes du ranch la saluèrent. C'était agréable de sentir qu'elle appartenait à leur communauté, même si cette appartenance serait de courte durée.

Elle suivit Dave jusqu'à la grange plongée dans une semi-obscurité. Il la conduisit au dernier box, puis d'un geste du doigt lui indiqua où regarder.

— Oh ! s'exclama-t-elle.

La jument de Dave observait son poulain qui tentait en vain de tenir sur ses quatre pattes.

— Dancer a mis bas voici quelques heures. On aurait dit qu'elle avait fait ça toute sa vie, ajouta-t-il à voix basse.

— C'est formidable, dit-elle en le prenant spontanément par le cou.

C'était une réaction instinctive, un geste témoignant sa joie pour lui, car elle savait combien il tenait à sa jument. Il lui avait même dit vouloir faire venir un vétérinaire pour la naissance du poulain afin de s'assurer que tout se passerait bien pour Dancer.

Quand ils avaient eu cette conversation, elle avait été très touchée par sa sensibilité.

Il avait beau jouer les durs à cuire, en fait, il avait un cœur tendre. Il ne s'ouvrait pas à n'importe qui, voilà tout. Il devait d'abord établir une relation de confiance.

— Oui, c'est formidable, dit-il, la serrant contre lui.

Les yeux dans les yeux, ils se dévisagèrent. Elle était hypnotisée par son regard acier.

L'instant était magique. Elle avait tant attendu ce moment d'intimité.

Elle n'osait ni bouger, ni parler, ni respirer de peur de le gâcher.

Son regard tendre était comme une caresse.

— J'avais hâte que tu rentres pour te montrer le poulain, dit-il enfin, tout simplement.

— Ah bon ?

— Tu trouves ça étonnant ? demanda-t-il en lui prenant le visage entre les mains.

— Oui, mais ça me plaît.

— Moi aussi, fit-il en se penchant vers elle.

Dès l'instant où ses lèvres effleurèrent les siennes, elle crut défaillir. Soupirant de plaisir, elle se laissa aller alors qu'il l'étreignait.

Mia perdait pied, enivrée par la chaleur et le désir qui animaient tout son corps. Elle en oublia où ils étaient. La grange, les chevaux, les hommes au-dehors, plus rien n'avait d'importance. Il n'y avait plus qu'elle et Dave, enlacés, vivant un moment éblouissant. Elle ne pouvait que s'en délecter, malgré une légère inquiétude.

Lorsqu'il immisça la langue entre ses lèvres, le baiser prit une tout autre dimension et son inquiétude se dissipa. Le corps assailli de sensations inouïes, riches et fortes à souhait, elle se laissa fondre contre lui, l'esprit entièrement prisonnier de cet assaut charnel.

Elle s'accrocha à son cou pour mieux lui rendre la pareille, sa langue cherchant la sienne pour se livrer à une danse frénétique et passionnée comme jamais elle n'en avait vécu auparavant.

Leurs respirations haletantes s'entremêlaient, leurs lèvres se dévoraient et Mia se régalait d'entendre Dave gémir de plaisir chaque fois qu'il repartait à l'assaut de sa bouche.

Il glissa une main sous son chemisier. Sentir ses doigts lui caresser le dos la projeta dans un nouveau tourbillon de désir.

Elle ne voulait pas s'arrêter là. Elle avait envie d'aller plus loin. Elle en avait besoin.

Soudain, il s'arracha à leur étreinte, la laissant pantoise, vacillante. Frissonnant des pieds à la tête, elle posa le front contre son torse musclé.

— Pourquoi t'es-tu arrêté ?

Il rit.

— Pourquoi ? Parce que nous sommes dans une grange, que mes hommes peuvent entrer à tout moment et que, si nous continuons sur cette voie, autant faire les choses bien.

Il s'interrompit, attendant sa réaction. Comme elle ne disait rien, il lui prit le menton pour la forcer à le regarder dans les yeux.

— Nous allons continuer, n'est-ce pas ?

Voilà, c'était sa porte de sortie. Elle pouvait dire non, mettre fin à la mascarade, revenir sur terre et ne pas se lancer dans cette aventure visiblement vouée à l'échec. Il était temps de se rappeler son rôle et de cesser de se faire des illusions.

Pourtant, elle n'en fit rien.

— Absolument. Quand ?

— Maintenant ?

— Bonne idée. Où ça ?

— Ta chambre, dans quinze minutes.

— D'accord, mais…

— Quoi ?

— Pourquoi aussi longtemps ?

Il éclata de rire. Elle aussi.

La situation était ridicule. Jamais elle n'avait agi de façon aussi impulsive. Ce n'était pas du tout son genre, mais ça lui plaisait.

— Parce que je dois attendre un peu ici avant de pouvoir sortir devant mes hommes.

Elle rougit, puis sourit. Jamais elle n'avait fait cet effet-là à un homme.

La sensation était délicieuse.

— Entendu, alors je t'attendrai.

Ses yeux gris brillaient d'une intensité qu'elle n'avait jamais vue.

— Je te rejoins aussi vite que possible.

— Super, lança-t-elle avant de traverser précipitamment la grange.

En sortant, elle fit un petit signe aux hommes puis passa prendre ses affaires sur le capot de la voiture et se dirigea vers la maison à grands pas. Une fois à l'intérieur, elle monta les marches quatre à quatre en direction de sa chambre.

Elle n'avait pas beaucoup de temps.

Une fois la porte refermée, elle posa ses affaires dans un coin, s'empressa de se déshabiller et passa à la salle de bains. Heureusement, elle s'était épilé les jambes la veille, c'était déjà un souci en moins. Une fois douchée, elle enfila un peignoir blanc bien douillet qu'elle noua à la taille, les mains tremblantes.

Elle franchissait une étape. Une étape importante. Jamais elle n'aurait cru que sa relation avec Dave prenne un tel tournant, mais à présent elle était décidée à aller jusqu'au bout sans regrets.

Au contraire, elle allait saisir la chance que lui offrait le destin et en profiter au maximum. Depuis des années, elle s'enfermait dans des bibliothèques, à l'université, à l'école... Elle avait vécu sa vie passivement. A présent, elle voulait agir et profiter de moments impromptus.

Soudain, elle eut le trac.

Posant une main sur son ventre, elle tenta en vain de calmer la peur qui venait de s'y loger. Cela faisait des années qu'elle n'avait pas eu de relations avec un homme, trop concentrée qu'elle était sur son avenir, au lieu de vivre au présent.

Eh bien, cette Mia-là n'existait plus.

La nouvelle Mia comptait profiter du présent. Elle allait se donner à un homme qui avait envie d'elle, sans se préoccuper du lendemain.

Pas question de faire machine arrière.

Chancelante, elle s'assit sur le lit à baldaquin, observant cette chambre qu'elle avait eu plaisir à occuper depuis une semaine. L'endroit qu'elle préférait, c'était le renfoncement de la fenêtre. Il s'y trouvait un large fauteuil orné de coussins. Depuis ce siège, on pouvait admirer la nature environnante, avec le bétail, les pâtures verdoyantes. Au milieu de la pièce trônait une magnifique cheminée. Contre le mur opposé se trouvait une coiffeuse, et à côté une penderie qui constituait une petite pièce à elle toute seule.

C'était parfaitement conçu, comme le reste de la maison.

Il ne manquait plus que Dave.

Elle entendit frapper à la porte.

Anxieuse, elle alla ouvrir.

C'était lui.

Quand elle le regarda dans les yeux, elle sut qu'ils avaient eu raison de vouloir continuer ce qu'ils avaient commencé dans la grange. Cela devait arriver, c'était le destin. Elle ne le regretterait pas. Elle allait se contenter de vivre chaque instant avec délectation.

— J'ai l'impression que ton esprit est en lutte.

— Non, pas de lutte.

— Tu n'hésites pas ?

— Non.

— Tu n'as pas changé d'avis ?

— Non.

Il entra, refermant la porte du bout du pied.

— Dieu merci. Si tu avais changé d'avis…

— Qu'aurais-tu fait ?

— Je serais parti me morfondre, seul dans ma chambre.

— Voilà qui aurait été dommage.

— Et comment ! Tu sais que tu me rends fou ? dit-il en s'approchant d'elle.

— Ah bon ? répliqua-t-elle, taquine et charmeuse.

C'était tellement bon à entendre. Jamais elle n'aurait cru pouvoir pousser un homme à la folie.

— Ne fais pas l'innocente, tu le sais très bien.

Son regard la détailla des pieds à la tête, puis il plongea ses yeux dans les siens.

— Dis-moi, qu'y a-t-il sous ce peignoir ? demanda-t-il d'une voix rauque et sensuelle.

— Moi, répondit-elle, s'apprêtant à ouvrir la ceinture.

Il l'arrêta dans son élan.

— Laisse-moi faire.

Elle s'immobilisa alors qu'il défaisait le nœud et écartait le peignoir. L'air frais sur sa peau la fit frissonner, mais dès que Dave la toucha son corps s'enflamma.

Il lui caressa les hanches avant de remonter vers ses seins.

Elle crut vaciller de plaisir mais ne ferma pas les yeux, désireuse de vivre la scène et d'observer Dave dans le moindre détail.

Lui aussi avait pris une douche express avant de la rejoindre. Ses cheveux châtains étaient encore humides. Il portait un T-shirt noir, un jean, et il était pieds nus.

Il était plus sexy que jamais.

Sans plus attendre, il colla sa bouche à la sienne. Elle se serra contre lui, trop heureuse de ressentir le tourbillon de sensations qui l'envahissait alors que ses lèvres viriles s'emparaient de sa bouche.

Après un long baiser, il s'arracha à elle.

— Mia, j'ai envie de toi.

— Moi aussi, Dave, dit-elle en lui enlaçant le cou.

Un cri étonné lui échappa quand il la souleva dans ses bras. Puis elle éclata de rire, aux anges. C'était tellement romantique, elle n'en croyait pas ses yeux.

Il la serra plus fort contre lui.

— Avoue que je t'ai surprise.

— J'avoue.

— J'aime ton sourire.

— Moi aussi.

Elle aimait tant de choses chez lui, la liste était longue.

Se perdant dans la profondeur de ses yeux acier, Mia savait qu'elle aurait dû mettre fin à cette scène. Mais c'était plus fort qu'elle. Elle voulait aller jusqu'au bout de l'expérience.

Pourtant, elle ne put s'empêcher de formuler à voix haute la conclusion de ses pensées.

— Ça va compliquer les choses.

— Pas forcément.

— Mais si. Quand un homme et une femme font l'amour, ça complique toujours les choses.

— Et alors ? Ce n'est pas forcément négatif.

— J'espère que tu as raison.

— Tu apprendras que j'ai toujours raison, dit-il, lui offrant un sourire rassurant et chaleureux.

Il la déposa sur le lit. Elle se souleva sur les coudes pour le regarder se déshabiller.

Quelques secondes plus tard, il la rejoignit, nu, sur le lit, la prenant dans ses bras et l'embrassant à en perdre haleine. Les jambes entrelacées, leurs mains exploratrices à la découverte du corps de l'autre, leurs langues se cherchant pour mieux se goûter, leurs respirations haletantes, leurs gémissements s'élevant dans le silence de la pièce et se rejoignant en un écho fabuleux… Rien ne pouvait plus les arrêter.

Enfin, il prit ses seins en bouche et elle se cambra pour mieux s'offrir à lui.

Ses lèvres, sa langue et ses dents titillèrent les tétons raidis, avec une expertise qui la plongea dans un état d'excitation incroyable. Elle se mit à onduler frénétiquement sous lui.

Jamais elle n'avait ressenti ça.

Dave ne cessait de la caresser, partout, jusque dans son intimité la plus profonde, dans la moiteur de son sexe. Et à chaque caresse son désir s'intensifiait. Elle se contorsionnait, se cambrait toujours davantage pour lui montrer combien elle avait envie de lui, combien elle attendait le moment de la libération.

— Cela fait des jours que j'ai envie de toi, Mia, dit-il avant de lui mordiller un téton.

— Oh…, gémit-elle, prenant sa tête entre les mains pour le maintenir dans cette position quelques instants supplémentaires.

Non, elle ne voulait pas que ça s'arrête, c'était trop exquis.

— J'adore t'entendre gémir quand je te touche. J'adore te caresser. J'adore ton odeur, susurra-t-il contre sa peau.

C'était beau d'entendre ses paroles, mais l'espace de quelques secondes elle se rappela qu'il ne s'agissait pas d'amour et qu'elle ne devait surtout pas se faire d'illusions. Pour ne pas souffrir.

Il adorait vivre ces moments de plaisir avec elle, mais il ne l'aimait pas. Il ne fallait pas confondre les deux concepts.

Arrête de penser !

Elle décida de faire la sourde oreille et de ne plus écouter ce que son esprit avait à lui dire.

Encore et encore, il la caressait, la léchait, la touchait, la mordillait. Jamais elle n'avait eu droit à de tels préliminaires amoureux, aussi attentionnés, aussi charnels.

Elle n'avait qu'une envie, le sentir en elle. Mais il la faisait attendre, repoussant les limites de son désir désormais insoutenable.

Aucun homme ne lui avait fait ressentir de telles émotions. C'était extraordinaire. Et chacun de ses baisers ne faisait qu'attiser son envie de lui.

Aux abois, elle était prête à le supplier de lui donner l'orgasme qu'il faisait monter en elle depuis qu'il lui avait ôté son peignoir.

Il s'arracha à ses lèvres.

Elle s'agrippa à lui, folle de désir.

— Ne t'inquiète pas, je ne vais pas loin.

Il s'éloigna du lit, ramassa son jean et fouilla dans l'une de ses poches. Il en sortit des préservatifs qu'il posa sur la table de chevet et en ouvrit un.

— Je vois que monsieur est prévoyant.

— Toujours, dit-il en enfilant le morceau de latex.

— Et, si je comprends bien, tu prévois que la nuit sera longue ?

— Maintenant que j'ai réussi à t'attirer dans un lit, je ne vais pas te laisser partir de sitôt, rétorqua-t-il avant de la rejoindre.

— Et qui te dit que moi je te laisserai partir ?

— Bravo, belle repartie, dit-il avant de déposer une pluie de baisers dans la vallée de ses seins.

— Hm… Dave, c'est bon.

— Tu es brûlante.

— Et je ne suis pas près de me refroidir.

Souriant, il vint se caler entre ses cuisses et inséra un doigt dans sa fente humide, provoquant un long frisson. Elle s'ancra fermement sur le lit et arqua les hanches pour aller à sa rencontre.

Se passant la langue sur les lèvres, elle le fixa d'un regard suppliant.

— S'il te plaît, Dave, prends-moi. J'ai assez attendu.

— Nous avons tous les deux assez attendu, dit-il avant de la pénétrer d'un coup de reins.

Elle laissa échapper un gémissement, à la fois surprise et comblée de le sentir enfin au fond d'elle. Leurs deux corps imbriqués, oscillant à l'unisson. S'accrochant à son cou, elle ne le quittait pas des yeux alors qu'il la chevauchait admirablement.

De main de maître, il imposa un rythme soutenu pour ce va-et-vient effréné qui les mènerait vers l'orgasme tant attendu.

Leurs respirations et leurs gémissements emplissaient la pièce. La lumière du soleil venait les plonger dans un halo radieux. On aurait dit qu'ils étaient seuls au monde, sur ce lit où ils se livraient à un corps-à-corps dont ils avaient tous deux envie depuis trop longtemps.

Mia continuait de s'agripper au cou de Dave, sentant en elle des sensations se former, se préciser, la rapprochant du moment fatidique. Elle oscillait en rythme, ses mains caressant et griffant le dos musclé de Dave.

L'instant présent.

Voilà tout ce qui comptait.

Rien d'autre n'avait d'importance.

Les yeux rivés aux siens, elle cria son prénom, s'accrochant à lui comme s'il allait de sa vie, puis laissa éclater le feu d'artifice charnel. Elle jouit comme jamais elle n'avait joui.

Elle était encore secouée de délicieux soubresauts lorsque Dave atteignit lui aussi un orgasme visiblement fulgurant.

- 8 -

Dave avait été secoué par cette expérience.

Mais pas question de l'avouer.

Allongé sur le lit, avec Mia blottie contre lui, il fixait le plafond, tentant de comprendre ce qui venait de lui arriver.

Il avait fait exprès de l'installer dans la chambre face à la sienne, afin qu'elle soit plus proche de lui et qu'il puisse plus facilement la séduire.

Le problème était qu'il se retrouvait de nouveau dans la position de l'arroseur arrosé. En voulant séduire Mia, il s'était lui aussi laissé séduire. Ce qui ne faisait pas partie du plan d'origine.

— C'était bon, dit Mia, son souffle lui chatouillant le torse.

— Oui, très bon, répondit-il.

Pas question d'avouer qu'il n'avait jamais ressenti de telles sensations avec une autre femme.

Leurs ébats lui avaient permis de satisfaire en partie le désir intense et profond qui l'animait depuis plusieurs jours. Mais, bizarrement, il n'était pas rassasié.

En effet, il pensait qu'après avoir fait l'amour à Mia il serait entièrement débarrassé du désir qui le tiraillait, et qu'il pourrait reprendre le cours de sa vie, passer à autre chose. Mais sentir la main de Mia lui caresser le torse lui donnait envie de recommencer l'expérience, le plus tôt possible.

Il tenta de trouver une explication rationnelle, indépendante de Mia. C'était la première fois qu'il faisait l'amour en six mois. Avant ça, il n'avait eu ni le temps, ni l'envie. Là, il avait ressenti un besoin fulgurant de faire l'amour à Mia, donc c'était normal d'être secoué.

Mais cela n'expliquait pas tout. Jamais il n'avait été aussi décontenancé après avoir fait l'amour à une femme. Jamais une femme ne lui avait fait vivre un tel raz-de-marée charnel.

Voilà ce qui le tracassait le plus.

— Je me demande s'il reste du gâteau au chocolat de Dolores, murmura-t-elle.

Il éclata de rire.

Alors qu'il pensait à la croquer de nouveau, elle pensait déjà à croquer dans un morceau de gâteau au chocolat. Ce qui réveilla l'amateur de défis en lui. Serait-elle davantage motivée par les sucreries de sa gouvernante ou par une gâterie de sa part ?

Il se hissa sur un coude et la contempla, tentateur.

— C'est drôle, ce que j'allais te proposer n'a rien à voir avec le chocolat.

— Ah oui ?

— Je peux t'assurer qu'une fois qu'on en aura fini tu auras oublié ce que c'est que le chocolat.

Il glissa le long de son corps et la sentit frissonner

— Alors j'ai hâte de voir ça, murmura-t-elle.

Quelques jours plus tard, Dave buvait un café dans le restaurant des sœurs Altman, la vie à Royal défilant sous ses yeux.

Il était fatigué. Ces derniers temps, il n'avait pas beaucoup dormi.

Depuis que Mia et lui s'étaient trouvés, impossible de se séparer.

Après leur première nuit à deux, Mia avait emménagé dans sa chambre. Cette nouvelle installation lui plaisait beaucoup.

Jusqu'à elle, il n'avait jamais dormi avec une femme plusieurs nuits d'affilée. Il n'avait eu que des relations sans lendemain, sans engagement.

Cette fois, c'était aussi une relation sans engagement, et qui avait même une date limite. Mais, bizarrement, il avait parfois l'impression que l'étau se resserrait autour de lui, comme s'il s'engageait à son insu.

Il ignorait comment se défaire de cette impression.

Dans tous les cas, Mia avait eu raison. Faire l'amour avait compliqué la donne, c'était évident.

Pourtant, il ne regrettait pas d'avoir franchi le pas.

D'ailleurs, le seul regret qu'il éprouvait aujourd'hui, c'était de devoir se séparer de Mia pour deux nuits. En effet, il allait partir camper avec ses hommes pour déplacer une partie du bétail, et il ne pourrait pas rentrer le soir.

C'était d'ailleurs la raison de sa présence à Royal. Il était venu demander à Nathan s'il pouvait surveiller le ranch en son absence. Une partie de ses hommes allait rester au ranch, donc il ne s'inquiétait pas pour la sécurité de Mia, mais deux précautions valaient mieux qu'une.

Absorbé dans ses pensées, il n'avait pas vu que quelqu'un s'était approché de sa table. Sentant une présence, il se retourna pour tomber nez à nez avec Bailey Collins.

— Bonjour. Vous vous souvenez de moi ?

— Oui, très bien. Vous êtes Bailey Collins, enquêtrice du FBI.

Sa bonne humeur disparut aussitôt à la vue de cette femme. Il avait déjà été interrogé par la police au sujet de la disparition d'Alex et n'avait rien à ajouter.

— Que voulez-vous ? demanda-t-il, impatient.

— Dites donc, vous êtes charmant, lança-t-elle sur un ton ironique tout en prenant place en face de lui avec sa tasse de café.

— Si j'avais su que le charme pouvait jouer en ma faveur, j'aurais fait un effort.

— Je vois que vous avez de l'humour. Parfait. A présent, passons à ce qui m'amène ici. Je sais que vous avez déjà parlé à la police et que nous avons eu l'occasion de nous rencontrer, mais je vous conseille de coopérer afin de nous faciliter la tâche à tous les deux.

— C'est bizarre, j'ai déjà entendu ça quelque part.

— Dave Firestone, pouvez-vous me dire ce que vous savez sur la disparition d'Alex Santiago ?

— Vous plaisantez ? J'ai déjà tout dit et je n'ai rien à ajouter.

Il en avait plus qu'assez de cette histoire et souhaitait qu'on lui fiche la paix une bonne fois pour toutes.

— J'aimerais quand même que vous me redonniez votre version des faits.

Sur ces entrefaites, Amanda approcha pour leur proposer du café.

— Volontiers, fit-il en tendant sa tasse.

— Moi aussi, dit Bailey Collins.

Amanda repartit après avoir administré une tape amicale sur l'épaule de Dave.

— Je vois que vous avez des amis.

— En effet.

Il n'en avait pas beaucoup, mais les quelques personnes qu'il comptait dans son cercle étaient des gens dignes de confiance sur qui il pouvait compter. C'était appréciable.

— Alors, s'il vous plaît, racontez-moi ce que vous savez sur Alex Santiago, votre relation avec lui, et ce que vous avez appris depuis sa disparition.

Au pied du mur, il obtempéra.

A la fin de son récit, qu'il avait déjà fait et refait à maintes reprises, l'enquêtrice l'observa pendant une longue minute en silence.

Dave avait déjà eu affaire à des adversaires coriaces, dans sa vie professionnelle et personnelle, et il savait lui aussi jouer à ce petit jeu. Il ne dit mot, attendant qu'elle craque en premier. Et sa victoire ne tarda pas.

— Très bien, merci, dit-elle enfin avant de se lever.

— C'est tout ?

— Ah non, j'oubliais. J'ai appris que vous vous étiez fiancé à Mia Hughes, la gouvernante d'Alex Santiago.

— Oui. Et alors ? demanda-t-il d'un ton un peu trop abrupt.

— Et alors rien… C'était soudain, non ?

— En effet. Un problème ?

Elle marqua une pause avant de lui répondre.

— Non, aucun problème, c'est votre vie privée. Et, pour ce qui est de votre statut, je suis d'accord avec le verdict du shérif Battle. Vous ne figurez plus sur la liste des suspects, mais c'est mon travail de parler à tous ceux qui sont liés de près ou de loin à Alex Santiago.

— Je comprends.

— Tant mieux.

Sur ces entrefaites, Nathan Battle vint les rejoindre.

— Je vous dérange ?

— Non, j'ai terminé. M. Firestone, merci pour l'entrevue, dit l'inspectrice avant de prendre congé.

— Qu'est-ce qu'elle te voulait ?

— Oh ! la routine... Enfin, la bonne nouvelle, c'est que je ne figure plus sur la liste de ses suspects.

— Il était temps.

— A qui le dis-tu !

Mia se sentait seule. Dave lui manquait.

Il était parti en compagnie d'un groupe d'hommes et de Mike Carter pour déplacer une partie du bétail.

Son cœur s'était serré en le voyant disparaître à l'horizon, sur sa monture. Elle se rendait compte à quel point elle s'était vite habituée à l'avoir dans sa vie, au quotidien.

Dans la journée, il travaillait au ranch et elle étudiait dans la bibliothèque en vue de ses examens. Elle avait encore du temps, mais elle préférait prendre de l'avance.

Parfois ils se retrouvaient pour le déjeuner, dans la grande cuisine, ou bien pour un pique-nique au bord d'un des lacs. Elle l'aidait dans sa comptabilité et il lui avait appris à monter à cheval.

Le week-end précédent, ils étaient montés à bord de son jet privé et s'étaient rendus à San Antonio, où ils avaient dîné puis dansé. Elle avait vécu la soirée la plus romantique de sa vie et tout était allé trop vite. Ils s'étaient amusés comme des fous, avaient passé des moments merveilleux et la relation entre eux avait paru des plus naturelles, comme s'ils étaient faits l'un pour l'autre.

Jamais elle n'avait ressenti ça avec quiconque auparavant.

Sans lui, la maison semblait vide et moins chaleureuse. Toutes les pièces étaient imprégnées de son odeur, ce qui ne faisait qu'accentuer son absence.

Malgré tout, elle devait se faire une raison. D'ailleurs, elle ferait même mieux de prendre cela comme un entraînement car, à la fin du mois, elle devrait quitter le ranch et recommencer sa vie sans Dave. Elle ne vivrait plus avec lui, ne s'endormirait plus dans ses bras, ne se réveillerait plus à ses côtés.

Son cœur se serra.

En cet instant, elle se rendit compte à quel point elle s'était bercée d'illusions en se laissant aller à croire en cette idylle. Il était temps de se ressaisir.

Mais c'était vraiment difficile. La vie au Royal Round Up était exactement ce dont elle avait toujours rêvé. Les hommes du ranch étaient de parfaits gentlemen envers elle, Delores était aux petits soins, la demeure était formidable.

Après des débuts un peu gênés, elle se sentait enfin chez elle, avec ce sentiment d'appartenance qui lui avait toujours manqué étant enfant.

Pourtant, la triste vérité, celle qu'elle refusait de s'avouer mais qui était indéniable tellement elle lui sautait aux yeux, c'était qu'elle tombait peu à peu amoureuse de Dave.

C'était difficile de l'admettre car cela compliquait davantage les choses, et en plus elle ignorait comment mettre un terme aux sentiments nouveaux qui grandissaient en elle, jour après jour, aux côtés de Dave.

C'était fou comme la vie pouvait basculer en un laps de temps restreint, changer du tout au tout.

Quelques semaines plus tôt, elle n'avait aucune confiance en Dave, et elle allait même jusqu'à le soupçonner d'être lié à la disparition d'Alex. Aujourd'hui, elle avait appris à le connaître, et tout ce qu'elle pouvait lui reprocher, c'était d'être irrésistiblement attirant.

Installée dans l'un des grands fauteuils en cuir de la bibliothèque, elle referma son livre, incapable de se concentrer.

Un feu animait la cheminée, des nuages gris plombaient le ciel, le vent d'octobre soufflait dans les arbres et faisait vibrer les vitres. La pièce était très agréable, mais sans Dave ce n'était pas la même chose.

Elle contempla le canapé où ils s'asseyaient à deux, le soir. Le nid de cuir où ils conversaient, riait, s'embrassaient. Tout à coup, elle eut un pincement au cœur en pensant au peu de temps qu'il lui restait à vivre ici. En effet, Dave lui avait dit avoir organisé un rendez-vous avec TexCat la semaine suivante.

Une fois le contrat signé, le marché qu'ils avaient conclu prendrait fin. Et alors il serait temps pour elle de reprendre le cours de sa vie…

La sonnerie du téléphone la tira de ses pensées maussades.

— Allô ?

— Bonjour, pourrais-je parler à Dave, s'il vous plaît ? s'enquit une voix féminine joviale.

— Je suis désolée mais Dave est parti quelques jours avec le bétail.

— Ah, d'accord. Et puis-je savoir à qui j'ai l'honneur ?

— Bien sûr, je suis Mia, la fiancée de Dave. Voulez-vous que je lui laisse un message ?

— Dave a une fiancée ! C'est formidable. Quelle bonne nouvelle ! Non, inutile de laisser un message, je rappellerai un autre jour. Félicitations !

— Merci.

Mais l'inconnue avait déjà raccroché.

Etrange conversation…

Mia s'amusa un instant d'avoir joué son rôle avec brio. Puis, aussitôt, ses pensées maussades reprirent le dessus.

Ce n'était qu'un jeu de rôle. Pour l'instant, elle pouvait faire semblant d'être la fiancée de Dave et avoir toute son attention, mais dès qu'il aurait signé son contrat il tournerait la page et l'oublierait aussitôt.

Quand Dave rentra au ranch, deux jours plus tard, il se sentait sale, fatigué et frustré.

Et, pour chaque sensation, il avait une explication simple : il ne s'était pas lavé, il avait à peine fermé l'œil et Mia lui manquait terriblement.

Jusqu'alors, il adorait s'éloigner du ranch quelques jours, changer de décor, discuter avec les hommes autour d'un feu de camp, dormir à la belle étoile. Il avait l'impression de renouer avec les éléments et la nature environnante, un sentiment des plus satisfaisants.

Sauf que, là, l'expérience avait été tout autre.

L'absence de Mia lui avait gâché son expédition.

Quelle conclusion devait-il en tirer ?

Mia l'obsédait.

Il l'avait dans la peau. Elle s'était immiscée en lui sans crier gare. Son rire, son parfum, ses mains, sa peau. Tout en elle le surprenait, le déstabilisait et lui donnait envie encore plus de la posséder.

Jamais il n'aurait cru que la gouvernante d'Alex Santiago, a priori insipide, docile et timide, s'avérerait aussi polyvalente, complexe et attirante. Elle était drôle, facile à vivre, bref, tout lui plaisait. Et elle adorait jouer contre lui aux jeux vidéo !

Pourtant, il était temps de remettre de l'ordre dans ses idées. Mia n'était entrée dans sa vie qu'à titre temporaire. Leur relation était liée à un contrat de convenance. Le fait qu'il aime être en sa compagnie n'entrait pas en ligne de compte. Le fait qu'il ait envie d'elle à toute heure du jour et de la nuit ne faisait aucune différence.

Quand il aurait signé le contrat avec TexCat, ils reprendraient le cours de leur vie, chacun de leur côté.

C'était précisément pour cela qu'il avait établi un contrat et qu'il le lui avait fait signer. Pour éviter toute ambiguïté.

S'il souhaitait continuer sa relation avec elle après la fin du contrat, cela ne ferait que compliquer les choses. Or il savait qu'avec les femmes mieux valait viser la simplicité, et surtout ne rien promettre et ne pas s'engager. D'où l'idée du contrat et des règles.

Les règles, c'était la sécurité. En dehors des règles, c'était le chaos assuré.

Déjà, en l'état actuel des choses, le plan de séduction qu'il avait échafaudé au départ était un peu plus complexe que prévu.

Enfin, il pouvait encore redresser la barre et ne pas s'aventurer plus avant vers des eaux troubles et inconnues. Seulement, il n'avait pas envie de s'arrêter là.

Tout cela était très étrange.

Au début, il avait tout misé sur une nuit avec Mia pour assouvir le désir qui le taraudait. Il s'était avéré qu'une nuit n'avait pas suffi et qu'aujourd'hui il avait toujours autant envie d'elle.

Qu'arriverait-il une fois le contrat terminé ? Trouverait-il la force de tourner la page ? Pourrait-t-il rétablir son équilibre et chasser Mia de son esprit ?

Il était incapable de répondre à ces questions déroutantes.

Pour l'heure, ces fiançailles de convenance étaient encore en cours de validité, donc inutile de se triturer davantage les méninges.

Ce soir, il désirait Mia plus que tout au monde, mais avant tout il devait prendre une douche.

En entrant dans sa demeure, il partit immédiatement à la recherche de Mia.

— Je suis rentré !

Silence. Puis, venant de la grande salle, il entendit des pas légers. Il se retourna, impatient, et la déception le gifla au visage.

Ce n'était pas Mia, c'était sa mère.

— Mon chéri ! dit-elle en le serrant contre elle.

— Maman, que fais-tu ici ?

Derrière elle, il vit apparaître Mia, un regard inquiet sur son beau visage.

Il était sur le point de parler, mais sa mère le devança. Et, quand Alice Firestone prenait la parole, difficile de la lui reprendre !

— Je n'arrive pas à croire que tu m'aies caché l'existence de Mia. Tu aurais dû me dire, je serais venue plus tôt.

— Tu es là depuis quand ?

— Deux jours. J'ai appelé pour prendre de tes nouvelles et Mia a décroché. Dès que j'ai su la bonne nouvelle, je suis arrivée aussi vite que j'ai pu.

Abasourdi, il regarda Mia, qui semblait désemparée.

— Je vois.

— Je ne pouvais pas résister à l'envie de faire connaissance avec ma future belle-fille. J'ai appelé Tobin, il a fait venir son avion et je suis arrivée sans tarder.

Tobin. Dans la précipitation et le tourbillon de folie qu'était devenue sa vie ces temps-ci, il avait oublié de prévenir son associé et sa mère. Voilà, il payait le prix. Sa mère avait tellement hâte qu'il se marie et qu'il lui donne des petits-enfants qu'elle n'apprécierait pas d'avoir été dupée par ce scénario fictif.

Quant à Tobin, il ignorait quelle serait sa réaction.

— Comment va Tobin ? demanda-t-il pour gagner du temps.

— Très bien. D'ailleurs, lui et sa femme vont passer te voir pour faire la connaissance de Mia lorsqu'ils rentreront de vacances.

Parfait, il ne manquait plus que ça !

— Oh ! David ! Si tu savais comme Mia et moi avons passé de bons moments. Elle est adorable. Tu étais au courant qu'elle voulait quatre enfants ? Bien sûr, que tu le sais ! Vous avez sûrement déjà parlé des prénoms.

Quatre enfants ?

Il jeta un regard interrogateur en direction de Mia, qui leva les bras, paumes tournées vers le ciel.

La situation échappait à son contrôle.

— Pour les prénoms, ça m'est égal. Je serai déjà tellement ravie d'avoir des petits-enfants. Oh ! David, c'est formidable !

Avant que Dave ne puisse intervenir, sa mère se tourna vers Mia.

— Vous savez, j'étais vraiment désespérée. Je croyais que mon fils chéri finirait seul et qu'il ne tenterait jamais l'aventure. Je me sentais coupable parce que je ne lui avais pas montré le bon exemple avec mon mariage raté.

Cette fois, Dave l'interrompit.

— Maman, tu n'as pas à te sentir coupable. Ce n'est pas ta faute.

— C'est gentil de dire ça, mais les parents s'inquiètent toujours pour leurs enfants. Même quand ils sont grands. L'amour parental et l'inquiétude vont de pair. Vous le découvrirez bien assez tôt, tous les deux.

Il sentit l'étau de nouveau se resserrer autour de lui. Et, visiblement, Mia se sentait coupable et mal à l'aise de jouer la comédie alors que sa mère semblait si heureuse.

Lui qui ne demandait qu'à prendre une douche et à retrouver Mia pour une nuit torride, il était servi ! A présent, il avait le cerveau parasité par des images d'enfants courant dans tous les sens et les attentes de sa mère.

Décidément, c'était plutôt décourageant.

Mia donnait l'impression de vouloir disparaître sous terre. Et il était de tout cœur avec elle.

Il devait à tout prix dire la vérité à sa mère avant que les choses n'aillent trop loin. Car la connaissant, s'il ne mettait pas le holà, elle ferait venir un prêtre pour les marier dès ce week-end.

On aurait dit qu'elle avait lu dans ses pensées.

— Mia et moi avons aussi parlé de vos projets de mariage. Elle a dit que tu préférerais une petite cérémonie.

Sa mère le regardait, attendant sa réponse.

— Euh… Non. Enfin, oui. Je ne sais pas.

— Je pense que ce serait bien d'organiser le mariage au ranch, non ? Delores a un tas d'idées merveilleuses pour le buffet. Je pourrais aider Mia à choisir sa robe de mariée…

Elle s'arrêta.

— Pardon, Mia, si vous préférez que je vous laisse tranquille, je ne suis pas obligée de venir avec vous.

— Je serais ravie que vous me donniez votre avis, dit Mia, la voix chargée d'émotion.

— Tu vois, David ? On s'entend à merveille. J'ai toujours eu envie d'une fille et Mia est la candidate idéale ! s'exclama sa mère en le prenant de nouveau dans ses bras.

Dave la serra contre lui.

Il était temps de dire la vérité. Plus il attendrait et plus sa mère souffrirait.

— Maman…

Levant les yeux, il vit Mia derrière sa mère lui faire des grands signes négatifs de la tête et lui murmurer le mot « non ».

Pourquoi ? De peur de commettre un impair, il se résolut à ne rien dire pour le moment et à attendre que Mia et lui aient eu le temps d'en parler.

— Maman, je suis content que tu sois là mais, après trois jours sur la route, j'ai besoin de prendre une douche.

— Je me disais aussi que tu dégageais une odeur bizarre, répondit-elle sur le ton de la plaisanterie.

— Merci.

Son regard se posa aussitôt sur Mia. Une attention qui n'échappa pas à sa mère.

— Vous devez avoir envie de vous retrouver, tous les deux. Je vais vous laisser. Je serai dans la maison d'amis.

Dave était content de voir sa mère mais, en cet instant, il avait d'autres choses en tête. Pourtant, une fois seul avec Mia, il devrait d'abord parler de l'arrivée de sa mère avant d'envisager autre chose.

— D'accord, maman, dit-il, sans quitter Mia des yeux.

— Bonne soirée. A demain matin.

— Merci, répondirent-ils en chœur.

Enfin seul face à Mia, il sentit ses pulsions reprendre le contrôle de son corps. Peut-être que leur conversation pouvait être remise à plus tard ? Peut-être que pour l'heure ils pouvaient donner libre cours au désir qui les animait tous deux ?

Dès l'instant où la porte principale fut refermée, Mia se précipita vers lui. Il ouvrit les bras pour l'accueillir et la souleva du sol pour mieux la serrer contre lui.

— Tu m'as manqué, dit-elle tout simplement.

Des signaux lumineux indiquant un danger imminent se mirent à clignoter dans son esprit, mais il choisit de les ignorer.

— Toi aussi, tu m'as manqué. Comme c'est bon de te sentir !

— Dave, je suis désolée, je n'ai pas pu te prévenir.

— Ce n'est pas grave. Ne t'inquiète pas pour ça. Et en plus c'est moi qui devrais être désolé car la surprise a dû être plus impressionnante pour toi.

— Oui, on peut dire ça comme ça, dit-elle, toujours accrochée à son cou, les jambes enroulées autour de sa taille.

— Tu t'en es bien sortie, on dirait.

— Elle est géniale. Tu as de la chance d'avoir une maman comme ça.

— Oui, sauf qu'en l'occurrence la situation est épineuse.

— C'est le moins que l'on puisse dire, dit-elle en se laissant glisser au sol.

Il savait que, comme lui, elle se sentait coupable de tromper sa mère.

— Elle m'a apporté un cadeau.

— Quoi donc ?

— Viens, je vais te le montrer, c'est dans ta chambre.

— Tiens, c'est justement là que je voulais me rendre avec toi.

Il la prit par les épaules et ils montèrent à l'étage.

Il n'avait pas envie de s'avouer qu'en présence de Mia il se sentait… entier. Car, s'il s'avouait une chose pareille, il ne pourrait plus faire demi-tour.

- 9 -

Le meuble le plus marquant de la chambre de Dave était indéniablement le lit à baldaquin gigantesque qui y trônait, majestueux. Des meubles assortis étaient disséminés ici et là dans l'immense pièce. Une cheminée ornait un pan de mur et de somptueuses tentures faites d'une étoffe chaleureuse pendaient aux grandes fenêtres. Des tapis épais jonchaient le parquet, et deux fauteuils étaient positionnés face au feu qui crépitait dans l'âtre.

Au départ, quand Mia avait emménagé dans la chambre, elle s'était senti un peu perdue et mal à l'aise. A présent, ce lieu était une source intarissable de souvenirs des nuits torrides passées dans les bras de Dave.

— Je vais prendre une douche, ensuite, on parlera.

Avait-il peur de ce qu'ils avaient à se dire ? Etait-ce pour cela qu'il préférait retarder leur conversation ? Elle choisit de ne rien dire. Quelques minutes supplémentaires pour rassembler ses esprits ne pourraient que lui être bénéfiques.

Dès qu'elle entendit l'eau couler, elle l'imagina nu sous la douche. Son corps musclé recouvert de savon, l'eau chaude ruisselant sur sa peau.

Cette vision la fit saliver. Elle avait envie de lui.

Elle ne voulait pas penser à la situation compliquée à laquelle ils devaient faire face.

Dave lui avait manqué. Son goût, ses caresses, son parfum. Elle voulait qu'il la prenne sur-le-champ, sans se soucier de parler au préalable.

Surtout, elle ne voulait pas perdre un seul instant de son temps avec Dave. Elle le désirait.

Elle l'aimait.

Et bientôt elle devrait le quitter. Cette pensée l'attrista, mais elle la chassa aussitôt. Elle aurait bien le temps de se morfondre par la suite. Pour l'heure, elle voulait profiter de l'instant présent. En secret, elle voulait lui faire part de son amour.

S'empressant de se déshabiller, elle entra nue dans la salle de bains, sans faire de bruit. Dave se lavait les cheveux, dos à elle. La tête rejetée en arrière, l'eau coulant en cascade sur ses épaules musclées.

Elle profita de cet instant magique pour l'observer en silence. Il avait le plus beau derrière du monde, et le reste était à croquer. La douche était constituée d'un espace vitré immense, sans porte. Elle y entra et vint aussitôt se coller à lui, ses seins se pressant dans son dos, ses mains lui entourant la taille, l'eau venant l'envelopper à son tour.

Il sursauta de surprise, gémit, puis se tourna vers elle pour lui prendre le visage entre les mains.

— J'aime ce genre de surprises, dit-il, avant de l'embrasser fougueusement, impérieusement.

L'esprit de Mia se brouilla, mais son corps revint instantanément à la vie. Sa peau était en état d'alerte maximale. Une vague d'intense désir se déversa sur son être tout entier, et l'eau coulant sur leurs corps imbriqués ne fit qu'exacerber la flamme qui les animait.

— J'ai décidé que la conversation pouvait attendre, murmura-t-elle dans un souffle.

— C'est tout à fait mon avis. Qui se ressemble s'assemble, conclut-il, les yeux souriants.

Il ne croyait pas si bien dire.

Elle aurait tant aimé qu'ils s'assemblent, qu'ils n'aient pas à mentir à la ville entière, que leurs fiançailles ne soient pas une mascarade, qu'ils ne soient pas liés uniquement par un contrat de convenances.

Elle aurait donné n'importe quoi pour qu'ils s'unissent pour la vie à la fin de leur contrat, mais elle ne devait pas se faire d'illusions. Sinon, elle souffrirait et aurait du mal à s'en remettre.

Décidée à ne pas gâcher ce moment avec Dave, elle mit son esprit en veille. Pour l'instant, elle ne voulait plus penser. Elle voulait sentir et ressentir.

Dave prit du gel douche dans les mains, puis se mit à lui savonner les seins et le reste du corps. Elle se laissa fondre sous la douceur de ses caresses, de sa peau contre la sienne. De ses pouces, il titillait habilement ses tétons, qui durcirent instantanément à son contact. Un désir fulgurant irradia son ventre. Oscillant contre lui, elle lui caressait le dos et les fesses, se régalant de malaxer sa chair ferme et virile.

Elle le griffa légèrement et l'entendit gémir de plaisir.

Elle sourit, ravie de constater qu'il avait autant envie d'elle qu'elle de lui.

— C'est tellement bon de pouvoir enfin te toucher, dit-il alors qu'il lui déposait une pluie de baisers dans le cou.

Il remonta vers sa bouche, lui mordillant les lèvres.

— C'est bon aussi de te goûter enfin.

Tout en l'embrassant, il la repoussa jusqu'à ce qu'elle ait le dos collé au mur.

— Je parie que tu es à croquer de partout, dit-il alors que ses baisers descendaient en direction de son entrejambe.

— Dave…

L'eau chaude les enveloppait d'un nuage de vapeur.

Elle le regarda se mettre à genoux devant elle, le désir qui l'animait se faisant toujours plus pressant. Dave lui écarta les jambes et, sans la quitter des yeux, il posa le pouce sur son clitoris.

Captive, elle s'abandonnait aux décharges de plaisir qui l'assaillaient par à-coups violents, l'emportant toujours plus loin dans une spirale de désir inouï.

Il continua de la caresser, l'amenant toujours plus près de l'orgasme, lui donnant envie de hurler son plaisir. Elle fouilla sa chevelure, enfonça les ongles dans ses épaules, le suppliant de la libérer.

— Dave, je n'en peux plus. S'il te plaît…

Alors il la prit avec sa bouche. Ses lèvres, sa langue, ses dents, il mit tout à contribution pour stimuler ses chairs déjà aux abois.

Il la léchait, la goûtait, la mordillait toujours plus fort, si bien que Mia eut l'impression qu'elle était sur le point d'exploser en une multitude de particules de plaisir.

D'une main, elle s'appuyait contre le mur, et de l'autre elle retenait la tête de Dave, pour mieux le presser contre elle. Ses hanches suivaient le rythme, tandis que sa respiration sortait par petits halètements. Rejetant la tête en arrière contre la paroi de la douche, elle ouvrit les yeux pour se retrouver dans un brouillard de vapeur chaude. Elle était comme perdue dans un nuage de sensations. Son monde était sens dessus dessous. Tout ce qu'elle sentait, c'était la langue de Dave sur son sexe.

— Oh ! Dave, c'est tellement bon !

Alors qu'il la poussait toujours plus près du précipice, elle baissa les yeux vers lui pour ne pas rater une miette de ce spectacle merveilleux. Elle voulait photographier cet instant dans sa mémoire et l'emporter avec elle lorsqu'elle quitterait Dave.

Soudain, il passa la langue juste à l'endroit où il fallait et elle cria son prénom, laissant exploser l'orgasme.

Prise de soubresauts, les jambes chancelantes, il la recueillit dans ses bras pour la poser sur le siège creusé dans le renfoncement de la douche. Il ajusta les jets tandis qu'elle se délectait encore des dernières ondes de l'orgasme qu'il venait de lui faire vivre.

— Je n'en ai pas fini avec toi, déclara-t-il d'une voix rauque.

Elle le fixa quelques instants, les yeux taquins, puis lui offrit un sourire satisfait.

— Je suis contente de te l'entendre dire. Le contraire m'aurait chagrinée.

C'était tellement formidable de faire l'amour avec Mia.

Elle était toujours partante, toujours prête à s'offrir à lui, toujours prête à tenter de nouvelles choses.

Et surtout elle était belle, sexy, chaleureuse, souriante.

Ils semblaient faits pour s'entendre. S'il avait cherché une vraie candidate pour faire sa vie avec elle, il aurait choisi Mia Hughes, sans hésiter.

Mais il ne cherchait pas un engagement pour la vie. Il n'y croyait pas. Il avait appris en grandissant que les gens passaient leur temps à faire des promesses qu'ils ne tenaient pas.

Donc il préférait ne pas s'engager ni faire de promesses, de peur de ne pas pouvoir honorer sa parole ou ses responsabilités.

C'est pourquoi il ferait l'amour à Mia dans son lit, dans sa douche ou ailleurs si l'occasion se présentait, pendant la durée du contrat. Et il s'offrirait à elle comme elle était prête à s'offrir à lui.

Après, tout prendrait fin.

Elle coiffa ses cheveux en arrière pour lui dégager le visage.

— Que se passe-t-il ? Tu as l'air soudain très triste.

— Non, ce n'est rien, prétendit-il, avant de l'embrasser.

Elle n'avait pas l'air convaincu, mais il comptait bien lui changer les idées. D'abord, il devait sortir de la douche pour aller chercher un préservatif.

A son retour, il la trouva dans la même position, prête à l'accueillir, les yeux emplis d'un désir phénoménal.

Jamais il n'avait fait l'amour avec une femme qui partageait les mêmes envies que lui et qui avait une telle soif de lui et de son corps.

De nouveau sous les jets, il s'enfonça en elle, heureux de se retrouver dans la chaleur de son intimité. Comme chaque fois qu'il la pénétrait, il eut l'impression d'entrer au paradis.

Elle était ouverte, offerte, mouillée à souhait.

Alors qu'elle s'accrochait à son cou, il l'embrassa à pleine bouche, puis il se laissa sombrer en elle. L'attirance physique qui existait entre eux était incroyable. Oui, mais leur relation allait plus loin que cette attirance-là.

C'était bien le nœud du problème.

Il avait peur d'aller trop loin dans cette relation, peur de devoir s'engager en territoire inconnu.

Mais pour l'heure il se contenta de la prendre, à un rythme soutenu dès le début. Puis il accéléra davantage encore la cadence, les menant irrémédiablement vers l'orgasme qu'ils recherchaient tous deux.

Il la sentit frissonner. Les premiers tremblements se transformèrent vite en des soubresauts et, lorsqu'elle se laissa aller, capitulant face à la puissance de l'orgasme, il la suivit où elle seule savait l'emmener.

Au septième ciel. La libération ultime. Le sentiment de félicité jouissive, d'excitation absolue et de paix qu'il n'éprouvait que dans ses bras.

Après avoir fait l'amour et s'être séchés, ils étaient de nouveau dans la chambre de Dave.

Mia enfila un jean.

— Tu es sûre que tu ne préfères pas rester en peignoir ? Ce serait plus facile à enlever qu'un jean.

Elle rejeta ses cheveux mouillés en arrière, puis lui adressa un sourire coquin.

— Je crois qu'un jean ne suffirait pas à te dissuader. Vois ça comme un défi. En plus, je n'ai pas envie de manger en peignoir, or j'ai très faim.

— Tiens, je me disais aussi que ça faisait longtemps que je ne t'avais pas entendue réclamer à manger ! lança-t-il sur un ton taquin.

Elle enfila un haut rouge foncé à manches longues.

— En plus, je te rappelle que nous devons parler.

— Tu as raison, dit-il en s'habillant à son tour.

Il ne s'embêta pas à mettre des sous-vêtements, son but étant de la déshabiller de nouveau dès qu'il en aurait l'occasion.

— Ouah, pour une fois que tu l'admets, répondit-elle.

— Au fait, tu ne m'as toujours pas montré ce que ma mère t'avait apporté.

— C'est là, à côté de la cheminée.

Une boîte trônait sur la table basse entre les deux fauteuils.

Torse nu, il alla inspecter le colis.

Après avoir enlevé des monceaux de papier, il sortit un vêtement pour bébé en dentelle.

— C'est quoi ?

— Ta robe de baptême.

— Une robe ? J'ai porté une robe pour mon baptême ?

— Ta mère ne t'a jamais montré les photos ?

— Si, sûrement, mais je n'ai jamais vraiment fait attention. La preuve.

— Je trouve ça très mignon.

— Moi, je trouve ça horrible. Et pourquoi elle a ramené ça, d'ailleurs ?

— A ton avis ?

Une seconde de réflexion et il eut la réponse.

— Oh ! non ! Elle veut qu'on s'en serve pour le baptême de notre premier enfant ? Nous voilà dans de beaux draps.

— Je ne te le fais pas dire.

Mia veut quatre enfants.

Il entendait encore la joie dans la voix de sa mère.

Quatre enfants ? Pas question ! Lui ne voulait pas d'enfant. Pouponner ne faisait pas partie de ses projets d'avenir.

— La situation a complètement dégénéré.

— Une fois de plus, je ne te le fais pas dire.

— Tu aurais dû me laisser lui dire la vérité tout à l'heure.

— Je sais, mais je trouvais ça trop horrible. Elle avait l'air tellement aux anges. J'ai eu mal au cœur pour elle.

— Je comprends, mais…

— Elle a passé les deux derniers jours à me montrer des photos de toi, à me parler de toi. Je n'ai pas réussi à lui dire. Et tout à l'heure je n'avais pas non plus envie que tu lui dises.

— Mia, nous n'avons pas le choix. Il faut lui avouer la vérité et le plus tôt sera le mieux.

— C'est vraiment dur pour moi. Je vais passer pour une menteuse, marmonna-t-elle d'un ton neutre mais ferme.

— Mais non, ne dis pas de bêtises.

— Mais si, c'est évident. Pendant deux jours, je l'ai laissée me dire combien elle était contente de m'avoir comme belle-fille. Et je n'ai pas démenti, trop heureuse de l'entendre me faire des compliments. Elle pense que nous sommes vraiment fiancés et je l'ai laissée croire à ce scénario, comme si j'y croyais moi-même. Donc à ses yeux je vais passer pour une menteuse et je ne supporte pas l'idée qu'elle puisse penser du mal de moi.

— Mia…

En voyant ses épaules tombantes, en entendant le désarroi dans sa voix, Dave ne put s'empêcher de venir s'asseoir à côté d'elle sur le lit.

— Mia…, répéta-t-il, impuissant.

Enfin, elle leva les yeux vers lui.

— Tu vois, je n'ai pas eu de mère. Elle est morte quand j'étais bébé et je me suis toujours demandé comment ça aurait été. J'aurais aimé qu'elle soit là le soir au moment d'aller au lit, qu'elle m'apprenne à cuisiner, qu'elle me conseille sur ma première robe de bal. Je me pose des tas de questions. J'imagine des scénarios fictifs. Et du coup, quand Alice est arrivée et qu'elle m'a tout de suite adoptée, traitée comme sa fille, intérieurement, j'ai sauté de joie. C'était un sentiment tellement agréable. Je n'ai pas eu le cœur de lui dire que c'était faux. Que c'était un jeu de rôle. Un autre scénario fictif.

Il lui posa les mains sur les épaules et la regarda droit dans les yeux.

— Je comprends. Et, crois-moi, je sais que c'est dur d'en placer une avec ma mère. Quand Alice Firestone est partie sur sa lancée, plus moyen de l'arrêter. Elle avance comme un rouleau compresseur. Vois ça sous cet angle. Même si tu avais voulu lui dire que ce n'était pas vrai, elle ne t'aurait sûrement pas laissé le loisir de le faire.

Mia lui sourit.

— Un rouleau compresseur ? Tu es dur. Ta mère est super et tu as beaucoup de chance.

— Je sais, mais il lui est arrivé de me remettre à ma place quelquefois par le passé.

— Tu le méritais ?

— Sûrement.

— Comme moi je le mérite maintenant, murmura-t-elle.

— Mais non…

— Promets-moi de ne rien lui dire. Elle est tellement gentille, elle t'aime tellement, elle est si contente. Et moi, je suis une mauvaise personne.

Il ne put s'empêcher de rire, et elle le fusilla du regard.

— Mais non, justement pas. Le fait que tu te soucies du bien-être de ma mère prouve que tu es quelqu'un de bien.

Elle laissa choir sa tête sur son torse.

— Je ne veux pas qu'elle pense que je suis une menteuse. Ne lui dis pas pour l'instant. Le mois arrive bientôt à terme, tu as l'entretien avec TexCat la semaine prochaine. Ne lui dis rien, attends. Quand tu auras signé, on rompra nos fiançailles, comme prévu, et elle ne saura jamais rien de notre arrangement diabolique. Au moins, elle ne me haïra pas.

Elle leva les yeux vers lui.

— Je ne veux vraiment pas qu'elle me haïsse.

En cet instant, il lui aurait donné n'importe quoi, promis tout ce qu'elle voulait.

Ses grands yeux bleus étaient mouillés de larmes qu'elle refusait de laisser couler.

Depuis le début du contrat, elle ne lui avait rien demandé, il pouvait au moins accéder à cette requête. Qui plus est, il n'était pas pressé d'annoncer à sa mère qu'elle n'aurait pas de petits-enfants de sitôt.

Il prit Mia dans ses bras.

— C'est entendu. On ne dira rien tant qu'on ne sera pas obligés de le faire.

Elle lui passa les bras autour de la taille.

— Merci.

— Je t'en prie. Tu as encore faim ?

— Quelle question !

Il la relâcha.

Alors qu'elle se tournait, il lui donna une petite claque sur les fesses.

— Hé ! Tu prends bien des libertés !

— Désolé, je n'ai pas pu résister à ton adorable petit derrière.

— Et après le repas, tu penses que tu arriveras à me résister ?

Il attrapa une chemise dans la penderie, l'enfila, prit Mia par la main et l'entraîna dans le couloir.

— Tu vas voir, ça va être le repas le plus rapide de l'histoire.

Elle éclata de rire.

C'était bon. Il adorait l'entendre rire. Il adorait le bonheur qu'il ressentait en sa compagnie.

Mais, pour l'heure, pas question de donner la parole à ses sentiments.

Mia réchauffa le ragoût que Delores avait cuisiné et Dave prépara du pain avec de l'ail et du beurre qu'il passa au four.

C'était tellement agréable de se retrouver rien qu'à deux dans cette immense cuisine. Dave ressentit un nouveau pincement au cœur en songeant à la situation, mais il l'oublia aussitôt.

Après le repas, Mia disposa des biscuits sur une assiette pour qu'il puisse les apporter à sa mère dans la maison d'amis.

— Elle doit être sur le point de se coucher, dit-il, préférant de loin remonter dans la chambre avec Mia plutôt que d'aller voir sa mère.

— Non, ta maman ne se couche pas aussi tôt. Je suis sûre qu'elle ne dira pas non à cette assiette gourmande.

— Entendu, j'y vais. Mais je reviens vite alors attends-moi.

— Promis, je ne me sauverai pas, répondit-elle, taquine.

Dehors, il faisait froid.

Dave observa le ranch dans la nuit noire alors qu'il avançait vers la maison d'amis. Il remarqua que la plupart des maisons où les hommes logeaient avaient encore leurs lumières allumées, à l'exception de la maison de Mike Carter, plongée dans le noir.

Il se souvint qu'au retour de leur virée Mike n'avait eu de cesse de répéter qu'il allait prendre une douche puis se coucher directement. On aurait dit qu'il avait mis ses paroles en application.

Dave fit le tour de la piscine, longea les sièges de bois et se dirigea vers la maison d'amis. Il l'avait fait construire pour sa mère, afin qu'elle ait ici sa propre maison, mais elle avait toujours refusé d'y habiter de façon permanente.

Une fois que Mia elle aussi serait repartie, le ranch semblerait bien vide.

Cette pensée le contraria. Bizarrement, il n'arrivait pas à concevoir de redormir seul dans son lit.

Ce constat tira comme une sonnette d'alarme : son plan ne se déroulait pas comme prévu. Avait-il commis une erreur ?

Arrivé devant la maison d'amis, il frappa à la porte, puis entra sans attendre que sa mère vienne lui ouvrir.

Et là, il crut avoir été frappé par la foudre.

Mike Carter, vêtu d'un simple caleçon, embrassait sa mère à perdre haleine.

Et, pire encore, sa mère répondait à son baiser ! Et elle ne portait qu'une nuisette très courte à fines bretelles.

— Non mais, vous êtes devenus fous !

C'était un cri du cœur, une réaction instinctive.

Le couple se sépara immédiatement. Mike se tourna face à Dave et s'interposa aussitôt devant sa mère, tel un bouclier humain visant à la protéger.

— Vous pouvez me dire ce qui se passe ?

Puis il leva la main, se ravisant.

— Non, ne me dites pas ce qui se passe. J'ai compris et je ne veux surtout pas de détails.

Il déposa l'assiette de biscuits sur une petite table puis se dirigea vers Mike. Son ami. Son chef d'équipe. L'homme en qui il avait le plus confiance après Tobin, son associé.

— Maman, quitte la pièce, s'il te plaît.

— Pas question.

— Alice…, dit Mike.

— Oh ! ne commence pas, je n'ai pas peur de mon fils, déclara-t-elle, repassant devant Mike.

— Maman…

— Et toi non plus, ne commence pas. Je refuse le rôle de l'enfant prise en faute par ses parents. Je n'ai pas à me justifier de mes actes. David Trahern Firestone, n'oublie pas qui est le parent et qui est l'enfant dans l'histoire.

— Je ne suis pas un enfant. Et j'aimerais savoir ce que Mike fait ici.

Sa mère se raidit.

— David, attention à ce que tu dis !

— Non ! hurla-t-il.

— David, arrête ce cinéma.

Il ne comprenait pas ce qui se passait. L'esprit confus, le cœur serré, il était totalement perdu.

— Comment c'est arrivé ? Quand ?

— Dave, allons parler dehors, suggéra Mike, qui enfilait son jean.

Intérieurement, Dave enrageait, et surtout il se sentait trahi. La gorge serrée, il réussit néanmoins à s'adresser à Mike.

— Je n'ai qu'une chose à te dire. Tu es viré.

Sa mère vint aussitôt à sa hauteur et le gifla.

Immobile, il la dévisagea. Elle ne l'avait pas giflé depuis ses quinze ans, quand il avait pris un véhicule pour aller faire un tour, sans autorisation.

— Je peux savoir pourquoi tu as fait ça ? demanda-t-il d'un ton glacial.

— Parce que tu es un idiot. Tu ne peux pas renvoyer l'homme que j'aime sous prétexte que tu es gêné.

— Moi, gêné ?

Il ne voulait surtout pas entendre sa mère lui dire qu'elle aimait un homme. Encore moins si l'homme en question était Mike Carter.

— Alice…

— Reste en dehors de ça, lancèrent en chœur Dave et sa mère.

Un silence de quelques secondes se fit dans la pièce.

— Ecoute, Dave, je comprends très bien ton point de vue. Tu es entré ici à l'improviste, tu t'en veux et maintenant tu laisses libre cours à ta colère car tu ne sais pas comment gérer la situation.

— N'importe quoi !

Au fond de lui, il savait que ce n'était pas n'importe quoi. Il était bien entré à l'improviste. Il avait frappé, certes, mais il n'avait pas attendu qu'on lui donne la permission d'entrer.

Après tout, il ne s'attendait pas à trouver sa mère avec…

Non, c'était trop dur.

— Mon chéri, je suis une grande fille. Maintenant que tu as trouvé quelqu'un que tu aimes, tu peux comprendre ce que je ressens.

Il était sourd à toute parole, comme plongé dans un monde parallèle. Il voyait les lèvres de sa mère bouger, mais n'entendait pas ce qu'elle lui disait.

Mike et sa mère ? Depuis combien de temps étaient-ils ensemble ?

Qu'était-il censé faire ? Comment devait-il réagir ?

— Maman, s'il te plaît, je ne veux pas que tu rentres dans les détails de ta relation avec Mike.

Sa mère prit l'assiette avec les biscuits.

— Hm, ça a l'air bon. Tu remercieras Mia. Je suis sûre que c'est elle qui a pensé à ça et qui t'a forcé à venir me les amener.

Il ne répondit pas. Au lieu de cela, il reporta son attention sur Mike, qui l'observait, prudent.

Finalement, il se sentait idiot d'avoir réagi ainsi devant sa mère et Mike. Ils étaient tous les deux adultes. Il n'avait aucun droit de débarquer à l'improviste et de les interrompre. De plus, il était fier que sa mère ait choisi Mike. C'était un homme bien qu'il estimait beaucoup.

Néanmoins, il avait quelques petites choses à lui dire.

— Mike, j'aimerais te parler, dit-il sans le regarder.

Puis, aussitôt, il sortit.

— Je crois que…, dit Alice.

— Ne t'inquiète pas, tout ira bien, affirma Mike.

— David, si tu renvoies Mike, tu auras affaire à moi.

Les deux hommes étaient à présent dehors. Mike avait l'air querelleur, prêt à tout.

N'y tenant plus, Dave lui envoya son poing dans la figure. Le coup atteignit Mike à la mâchoire, mais il ne broncha pas, ne cherchant pas à se défendre.

— Je comprends que ça te dérange. C'est ta mère, tu es surpris, donc ça passe pour cette fois. Mais, si tu relèves la main sur moi, attends-toi à des représailles.

— Depuis combien de temps ça dure ?

— J'aime ta mère depuis des années. Elle voulait te le dire, c'est moi qui ne voulais pas.

— Tu te sers d'elle ?

Mike le fusilla du regard.

— Attention, je peux te frapper à tout moment. J'aime ta mère du fond du cœur. Maintenant que Mia est entrée dans ta vie, tu peux comprendre ce que je ressens. Si ce n'est pas le cas, alors je partirai. Inutile de me renvoyer. Mais sache une chose. Jamais je n'abandonnerai Alice.

Quelle guigne ! Tout le monde pensait qu'avec Mia dans sa vie il comprenait ce que signifiait l'amour. Eh bien, tout le monde se trompait. Il ne comprenait pas l'amour, il n'y croyait pas et il n'était pas près de changer d'avis à ce sujet.

Le désir, c'était une chose bien différente. C'était clair et net. Avec un début, un milieu et une fin.

Dave avait soudain l'esprit tout embrouillé.

Il se passait des choses autour de lui qui échappaient à son contrôle. Lui qui pensait évoluer dans un monde simple et précis, là, il était perdu.

Encore récemment, il était aux commandes de sa vie, et voilà qu'à présent il ne maîtrisait plus rien.

— C'est bon, Mike, détends-toi. Je ne vais pas te renvoyer. Tu le sais très bien. Et je ne compte pas te frapper de sitôt. Sauf si tu fais souffrir ma mère. Ce jour-là, je peux te dire que tu as intérêt à te planquer.

— Entendu, ça me va, répondit Mike, visiblement soulagé.

— Je suis désolé d'être entré à l'improviste et de vous avoir interrompus. En tant que fils d'Alice, c'est vrai que j'aurais préféré ne jamais voir ça.

Mike éclata de rire.

— En tout cas, j'ai une nouvelle qui va te faire plaisir : j'ai quasiment réussi à la convaincre d'emménager de façon permanente dans la maison.

— Ah oui ? Et c'est une bonne nouvelle pour toi ou pour moi ?

— Pour nous deux.

— Alors, si tu emménages dans cette maison avec elle, j'aimerais que tu régularises la situation.

— Pas de problème, c'était dans mes intentions.

— En attendant…

— En attendant, je vais vite rentrer rejoindre Alice.

Dave leva les yeux au ciel.

La vie venait de lui infliger une bonne leçon. Jamais plus il n'entrerait quelque part avant qu'on ne lui en ait donné l'autorisation.

De retour dans la cuisine, il raconta tout à Mia.

Elle le regardait faire les cent pas, se parlant davantage à lui qu'à elle.

— Elle l'aime ? Je ne comprends pas. Comment a-t-elle pu tomber amoureuse de lui ? Elle était amoureuse de mon père et pourtant ça ne l'a pas empêché de partir.

— Mike est un homme bien.

— Oui, mais cela n'offre aucune garantie.

— Dans ce genre d'affaire, il n'y a jamais de garantie.

— Justement, sans garantie, pourquoi prendre le risque ? L'amour, ce n'est qu'un mot, ça ne veut rien dire.

— Au contraire, ça veut tout dire, murmura-t-elle.

Il s'arrêta net, levant les yeux pour la dévisager. Elle ignorait ce à quoi il pouvait penser, et c'était peut-être pour le mieux.

— Non, ce que nous avons, ça va au-delà de l'amour. Le désir, c'est simple. Sans complications. Ça n'a pas une influence durable sur notre vie.

Mia écoutait Dave parler, et chaque mot qu'il prononçait était comme un pic enfoncé dans son cœur.

Il croyait en ce qu'il disait, cela ne faisait aucun doute.

En cet instant, elle sut qu'il ne s'autoriserait jamais à l'aimer. Que jamais il ne se risquerait à lui confier son cœur. Ce qui signifiait que même si elle était encore là avec lui, à ses côtés dans la maison, leur relation construite sur des sables mouvants n'existait déjà plus.

- 10 -

Thomas Buckley était un imbécile.

Le patron de TexCat était petit, dégarni et bien en chair. Il avait des joues rouges, de petits yeux bleu vif et des idées tout droit sorties des années 1950.

Installé derrière son grand bureau, il semblait inatteignable.

— Un homme de famille a toute ma confiance. Je dis toujours qu'un homme qui ne peut pas s'engager envers une femme est un homme qui ne peut pas s'engager en affaires.

Cela faisait une heure que Dave l'écoutait discourir sur les valeurs morales et familiales. Il avait l'impression que cela durait depuis une éternité.

Il n'osait imaginer ce que Mia ou sa mère auraient dit si elles avaient entendu son discours sexiste. En effet, pour Thomas Buckley, une femme était faite pour élever les enfants, faire la cuisine et s'occuper du foyer. Un point c'est tout.

Dave commençait à en avoir assez du sermon. Dès qu'il put en placer une, il sauta sur l'occasion.

— Alors, vous êtes d'accord pour m'avoir comme associé ?

— Mon bras droit a enquêté sur les activités de

votre ranch et il me dit que votre bœuf est d'une qualité exceptionnelle. Il n'avait pas vu ça depuis des années.

— En effet, mon bœuf est d'excellente qualité. Le Royal Round Up est un ranch biologique. Les bêtes sont élevées entièrement en liberté et nous ne surchargeons pas les effectifs pour qu'elles aient toujours assez d'espace pour évoluer à leur aise et se nourrir d'herbe fraîche.

Buckley hocha la tête.

— Oui, il m'en a fait part dans son rapport. Et il paraît que vous êtes fiancé ?

— En effet. Mia fait des études pour devenir psychologue scolaire.

— Jusqu'à votre premier enfant. Après, elle voudra rester à la maison.

— Nous verrons. Pour l'instant, nous avons le temps d'y penser.

— Vous avez raison. Et pour l'heure nous pouvons signer les papiers du contrat.

Une heure plus tard, Dave était content d'être de retour à Royal et d'avoir quitté les bureaux de TexCat.

Il avait réussi. Le contrat TexCat en poche, la réputation de son ranch était sauve. Ses projets d'avenir étaient prometteurs.

Enfin, ses projets professionnels. Pour ce qui était de ses projets personnels, c'était différent.

Maintenant qu'il avait le contrat TexCat en poche, le marché qu'il avait signé avec Mia arrivait à expiration. Leurs fiançailles de convenance prenaient fin.

Bizarrement, cette pensée ne l'enthousiasmait pas. Ce n'était pas du tout ce qu'il voulait.

Alors, au lieu de rentrer chez lui, il passa voir son ami Nathan Battle.

— Je ne vois pas le problème, dit Nathan en ramenant deux tasses de café sur son bureau.

Il se rassit sur son siège avant de poser ses pieds bottés sur un coin de la table.

— Le problème, c'est que je n'ai plus besoin d'une fiancée, mais que je ne veux pas mettre un terme à ma relation avec Mia, expliqua Dave avant de prendre une gorgée de café.

— Donc, en résumé, tu te sens coincé.

— Oui, c'est ça.

— J'ai une idée.

— Laquelle ?

— Tu n'es pas obligé de mettre un terme à votre relation.

— J'y ai pensé…

— Et ?

— Et je ne sais pas. J'hésite.

Dave se leva et se mit à faire les cent pas. Les mains fourrées dans les poches arrière de son jean, il s'arrêta devant la fenêtre, regardant la rue sans la voir. Son esprit était assailli de questions auxquelles il n'avait pas de réponse.

Pour la première fois depuis des années, il ne savait pas quoi faire, quelle décision prendre, vers où orienter sa vie. Tout ce qu'il savait, c'était qu'il ne voulait pas perdre Mia. Pas maintenant, du moins. C'était trop tôt. Il n'était pas prêt.

— Arrête de penser à ce que tu devrais ou ne devrais pas faire et dis-moi ce que tu veux.

Dave réfléchit un instant.

— Je veux rentrer chez moi auprès de Mia.

— Alors vas-y et oublie le reste pour le moment.

— Tu crois que c'est aussi simple que ça ?

— Tu m'as dit que votre contrat courait jusqu'à la fin du mois, non ?

— C'était soit jusqu'à la fin du mois, soit jusqu'à la signature du contrat.

— Et alors, rien ne vous empêche de renégocier les termes.

— Oui, tu as raison.

Il était étonné de ne pas avoir pensé à cette solution lui-même. Après tout, Mia et lui formaient une bonne équipe. Rien ne les empêchait de continuer à faire un bout de chemin ensemble, selon des termes redéfinis. Le jeu en valait peut-être la chandelle.

— Laisse-toi un peu de temps pour penser à ce que tu veux faire. La grande fête d'Halloween au TCC est dans quelques jours. Demande-lui de rester jusque-là. Après, vous verrez.

Il était content d'avoir eu cette conversation avec Nathan. L'idée de renégocier le contrat lui plaisait énormément. Il espérait que ça marcherait, car il n'était pas prêt à se séparer de Mia.

— Et puis, Dave, tu sais, dans la vie, on ne peut pas toujours avoir la réponse à tout.

— C'est ça, le problème. Jusqu'à présent, j'avais toujours une réponse pour chacune de mes questions.

— Eh bien, tu vois, les choses changent. Et il faut savoir s'adapter. Je peux t'assurer que j'en ai moi-même fait l'expérience.

— Oui, eh bien, moi, je trouve que les choses changent trop rapidement.

— Tu veux parler de ta mère et Mike ? J'ai appris que ça t'avait fait un choc.

— Ne m'en parle pas. J'ai cru que j'allais avoir un arrêt cardiaque, dit-il avec ironie.

Cela faisait une semaine qu'il avait surpris sa mère et Mike en train de s'embrasser. A présent, il s'habituait à l'idée que sa mère soit amoureuse de Mike, mais il n'aimait pas savoir qu'ils dormaient tous les soirs sous le même toit, et sûrement dans le même lit.

Sa mère semblait pourtant heureuse. Il ne se souvenait pas l'avoir vue aussi resplendissante. Et s'il était content pour elle, bien entendu, il ne comprenait pas comment elle pouvait encore croire à l'amour après l'expérience qu'elle avait vécue avec son premier mari.

Avait-elle tiré un trait sur le passé ? Où trouvait-elle la force de faire de nouveau confiance à un homme ?

Secouant la tête, il repensa au discours patriarcal de Thomas Buckley. Décidément, ce dernier avait tout faux. En réalité, les femmes étaient beaucoup plus fortes que les hommes.

— Félicitations, dit Mia.

Elle tentait de paraître sincère, même si intérieurement le cœur n'y était pas.

— Merci, répondit Dave en lui tendant un verre de vin.

Ils prirent place sur l'un des canapés de la bibliothèque, puis il lui raconta son entrevue avec Thomas Buckley.

Elle l'écouta, attentive, faisant semblant de se réjouir pour lui, et cachant du mieux qu'elle pouvait le désarroi qui l'envahissait à mesure que les minutes passaient. La gorge sèche, le cœur serré, elle n'osait même pas boire son vin de peur de s'étrangler.

Voilà. C'était terminé. Dave avait signé son contrat et elle devait dire au revoir au Royal Round Up. Elle n'avait plus qu'à retourner vivre chez Alex et reprendre le cours de sa vie.

Problème : le cours de sa vie n'avait plus vraiment de sens sans Dave à ses côtés.

— J'aimerais que tu restes ici.

Elle tressaillit. Son cœur manqua de s'arrêter.

Elle se tourna pour lui faire face.

— Comment ça ?

Il lui prit le verre de la main et le déposa à côté du sien sur la table basse. Puis il reporta son attention sur elle. Posant les deux mains sur ses épaules, il plongea au fond de ses yeux.

— J'aimerais que tu restes…

Son cœur se gonfla d'un espoir fou.

— Jusqu'à la fin du mois.

La vague optimiste laissa place à un déferlement de déception. Elle se sentait vidée.

Il ne voulait pas d'elle pour toute la vie. Seulement jusqu'à la fin du mois. Elle s'était bercée d'illusions, allant jusqu'à croire qu'il l'aimait peut-être autant qu'elle l'aimait, rêvant d'un avenir à deux. Mais voilà qu'en quelques secondes la vérité éclatait au grand jour. Il ne l'aimait pas. Cette claque mentale la mettait soudain face à la dure réalité.

— Pourquoi ?

— Pourquoi pas ?

Malgré la chaleur de ses mains sur ses épaules, elle frissonna.

Comme elle gardait le silence, il reprit son discours.

— Nous avons passé de bons moments, tu ne trouves pas ?

De bons moments ? Elle soupira, désemparée.

— Oui.

— Alors, pourquoi arrêter ? Pourquoi ne pas continuer si cela nous fait plaisir ?

Elle avait la réponse à ses questions.

Arrêter était la seule solution envisageable. Si elle continuait, elle ne pourrait plus jamais reprendre sa vie comme avant. Rester avec un homme qui ne l'aimait pas serait comme mourir à petit feu.

Elle secoua la tête.

— Ce n'est pas une bonne idée.

— Pourquoi ?

Décidément, il était très fort pour prendre des décisions et imposer ses opinions, mais lorsqu'on ne suivait pas ses plans à la lettre il avait du mal à gérer.

— Parce que nous devons chacun reprendre le cours de nos vies. Moi, je vais préparer mes examens puis, une fois que j'aurai décroché mon diplôme, je me mettrai à la recherche d'un travail.

— L'école primaire de Royal va t'embaucher, affirma-t-il, comme si c'était une chose acquise.

— A priori. Mais ce n'est pas garanti. Je dois aussi postuler à Midland et Houston.

— Je ne savais pas ! Pourquoi ne pas me l'avoir dit ? demanda-t-il sur un ton de reproche.

— Parce que tu ne m'as pas posé de questions sur mon avenir professionnel.

D'un côté, elle n'avait pas envie de quitter Royal. C'était le premier endroit où elle avait un sentiment d'appartenance. Elle y avait son cercle d'amis, un logement, et elle s'y sentait bien. Mais, de l'autre, peut-être que quitter Royal lui permettrait de tirer plus facilement un trait sur Dave.

Il ne disait plus rien.

— D'ailleurs, mon avenir professionnel n'est pas le propos. Tu as signé ton contrat avec TexCat, donc notre relation est terminée.

L'air renfrogné, il reprit la parole.

— Reste au moins jusqu'à la fête d'Halloween du TCC. C'est dans quelques jours.

— Pourquoi ? demanda-t-elle, soudain très lasse.

— Parce que je te le demande, murmura-t-il.

C'était inhabituel. En règle générale, il ne demandait pas. Il ordonnait ou imposait. Alors sa demande lui alla droit au cœur. Elle n'était pas prête à partir et sa décision fut rapidement prise.

— D'accord, j'accepte.

Trois jours plus tard, Mia sortit du ranch juste à temps pour voir sa voiture partir accrochée derrière un camion de remorquage.

Elle courut après en vain, elle n'avait aucune chance de la rattraper. Regardant autour d'elle, elle chercha quelqu'un pour lui confirmer qu'elle n'avait pas eu une hallucination.

Son regard tomba sur Dave, debout à côté d'un véhicule neuf rutilant.

Depuis leur conversation de l'autre soir, il était différent. Leur relation avait évolué de façon palpable, mais sans qu'elle ne puisse mettre le doigt sur les changements. Ils se retrouvaient le soir pour faire l'amour, comme avant, mais la nature de leurs ébats avait changé.

C'était comme s'ils se disaient au revoir, de façon indéfinie. Mia n'aimait pas cette sensation. Ça la minait de l'intérieur.

Alors qu'elle s'approchait de lui, elle observa l'expression de son visage. Ces derniers jours, il la regardait différemment aussi. Il n'était pas froid, mais il y avait une certaine distance entre eux qui n'avait jamais été là auparavant. On aurait dit que, chaque fois qu'il la voyait, il se préparait à se séparer d'elle.

Ce phénomène lui donnait l'impression d'un compte à rebours invisible qui sonnerait bientôt le glas de tout ce qu'ils avaient pu partager à deux.

Finalement, au lieu de profiter de cette dernière semaine à deux, ils passaient leur temps à préserver leur espace vital et à protéger leur cœur.

Si elle avait eu une once de bon sens, elle serait partie depuis longtemps. Mais elle n'en avait pas eu le cœur. C'était difficile de vivre les derniers instants de leur relation, pourtant elle n'imaginait pas se séparer de Dave de son plein gré.

A son tour, il s'avança vers elle, son regard gris acier à présent impénétrable.

— Qui a pris ma voiture ? Et pourquoi ?

— D'une part, ce n'était plus une voiture, d'autre part, tu as eu des problèmes pour rentrer de chez Alex l'autre soir, donc il fallait faire quelque chose.

— Il suffisait de l'emmener au garage.

— Non, à la casse. Tu avais besoin d'une nouvelle voiture, et la voilà, dit-il en lui indiquant un véhicule flambant neuf.

— J'espère que tu n'as pas acheté cette voiture exprès pour moi.

— Si.

— Sans me demander mon avis ?

— Je n'avais pas besoin de ton avis. Il s'agit de ta sécurité. Que tu le veuilles ou non, cette voiture est pour toi.

Il avait parlé sur un ton sec et ferme qui n'appelait pas à la discussion ou la négociation. Comme s'il cherchait l'affrontement.

Il voulait la bagarre ? Elle était prête à l'affronter.

Dave Firestone était habitué à mener les gens à la baguette comme bon lui semblait, mais elle ne l'entendait pas de cette oreille. Elle lui montrerait qu'elle n'avait pas peur de lui et qu'elle ne comptait pas lui obéir au doigt et à l'œil ou se plier à ses quatre volontés.

— Cela ne faisait pas partie du contrat.

Sans crier gare, il la prit par les épaules, l'immobilisant.

— J'ai renégocié cette partie du contrat unilatéralement. Parce que tu m'as dit que tu devrais peut-être passer des entretiens à Midland et Houston. Tu pensais que j'allais te laisser prendre la route dans ton tacot et me faire un sang d'encre à me demander si tu arriverais à bon port ? Non, ce n'est pas comme ça que je fonctionne. Il te fallait une nouvelle voiture, un point c'est tout. Le sujet est clos, ajouta-t-il, la lâchant enfin pour se diriger vers la grange.

— Oh non, le sujet n'est pas clos ! Loin de là ! hurla-t-elle derrière lui.

Pourtant, au fond d'elle-même, elle savait que si puisque son ancienne voiture n'était plus là. Si elle voulait se déplacer, elle n'avait pas le choix. Elle devait utiliser le nouveau véhicule.

Elle fit le tour du bolide rutilant et luxueux. Puis elle ouvrit la portière du conducteur et inspecta l'habitacle somptueux, avec des sièges en cuir bleu marine qui dégageaient une odeur plaisante. Jamais elle n'avait possédé une voiture neuve.

Elle ressortit du véhicule et referma la porte. Non, elle ne pouvait pas accepter ce cadeau. Dave et elle avaient signé un contrat. La voiture n'en faisait pas partie. Affaire classée.

— N'est-elle pas formidable ?

Elle sursauta.

Alice était venue à sa hauteur sans qu'elle s'en aperçoive.

— Oui, c'est formidable, répondit-elle, s'efforçant de sourire pour ne pas passer pour une ingrate.

— Je sens dans le ton de votre voix que ce cadeau ne vous plaît pas.

Décidément, Alice était perspicace.

— Si, ça me plaît, mais je ne peux pas accepter cette voiture.

— Mais pourquoi ?

— Parce que… C'est compliqué, dit-elle enfin, espérant que la réponse satisferait la mère de Dave et qu'elles passeraient à autre chose.

— Mia, je sais que Dave a un côté impulsif. Il m'a fait le même coup il y a quelques semaines. Il a fait livrer une voiture devant chez moi, sans me prévenir et alors que je n'avais rien demandé.

— Mais vous êtes sa mère.

— Et vous êtes sa fiancée. C'est normal qu'il vous fasse des cadeaux. Etes-vous fâchée parce qu'il n'a pas pris la peine de vous en parler ? Ou bien vous n'aimez pas la couleur ? Vous n'aimez pas les surprises ?

Mia éclata de rire.

— Non, la couleur est parfaite. Et j'aime les surprises.

— Alors, pourquoi ne pouvez-vous pas accepter ce cadeau ?

— Parce que nous n'allons pas nous marier.

Les mots étaient sortis de sa bouche avant même qu'elle ait eu le temps de les retenir. Même la main qu'elle mit aussitôt devant la bouche ne suffit pas à changer le cours des choses.

La vérité venait de sortir au grand jour.

Alice allait la détester de lui avoir menti, et Dave lui en voudrait d'avoir annoncé la couleur à sa mère sans l'avoir consulté au préalable.

— Je le savais déjà.

— Ah bon ? Comment ça ?

Alice la prit par l'épaule, rassurante.

— Je connais mon fils mieux que quiconque. Je savais qu'il ne pouvait pas passer de « je ne me marierai jamais » à « je vais me marier avec Mia et avoir quatre enfants ». Il y avait anguille sous roche, c'était évident.

Mia était sidérée. Alice était tellement calme, compréhensive, attentionnée, ouverte.

— Je ne voulais pas vous mentir, mais je ne voulais pas que vous me détestiez non plus, donc j'ai demandé à Dave de ne rien vous dire. Ce n'est pas vraiment sa faute… Tout est si compliqué.

Alice la serra dans ses bras.

— Les bonnes histoires sont toujours compliquées. Alors voilà ce que je propose : nous allons rentrer, nous installer dans le salon avec du thé et les cookies de Delores et vous allez tout me raconter.

Tout en avalant tasse de thé sur tasse de thé et en mangeant autant de cookies, Mia lui fit le récit de sa relation avec Dave.

Elle n'avait pas réussi à retenir ses larmes au début, mais à présent elle se sentait soulagée d'avoir tout raconté à Alice.

— Vous aimez mon fils, n'est-ce pas ?

— Oui, mais ça n'a pas d'importance.

— Au contraire, c'est tout ce qui compte. En plus, je peux vous assurer qu'il vous aime aussi.

Mia laissa échapper un petit rire nerveux. Dave avait envie d'elle, c'était indéniable. Quand ils étaient seuls dans une pièce, il ne se passait pas cinq minutes avant qu'ils ne finissent collés l'un à l'autre et nus. Mais cela n'avait rien à voir avec l'amour

— Vous vous trompez, il ne m'aime pas.

— Je sais que j'ai raison. Et le cadeau qu'il vient de vous faire en est la preuve.

— La voiture ?

— C'est plus qu'une voiture, dit Alice en lui prenant les mains.

— Ce n'est pas une preuve d'amour.

— Comme je vous l'ai raconté, David a fait livrer une nouvelle voiture devant chez moi alors que je n'avais rien demandé.

— Oui, mais vous êtes sa mère.

— Et il m'aime. Il s'inquiète de mon bien-être, il veut me savoir en sécurité.

— Il ne supportait pas ma voiture et il s'en est débarrassé.

— Il avait peur qu'il vous arrive quelque chose avec votre ancienne voiture, donc il vous en a offert une pour que vous soyez en sécurité. S'il ne vous aimait pas, il n'aurait que faire de votre sécurité.

— Je n'en suis pas convaincue.

Et pourtant elle avait envie de croire à ce scénario.

— C'est sa façon de faire, croyez-moi. Depuis qu'il est tout petit, il a du mal avec le mot « amour » et la notion que cela comporte. Mais ça ne veut pas dire qu'il n'éprouve pas d'amour au fond de lui.

Mia sentit une petite lueur d'espoir se raviver en elle. Cependant, elle devait se méfier. Si Alice avait raison, de nouvelles perspectives pouvaient s'ouvrir à elle. Mais si elle se trompait son cœur ne résisterait pas à cette épreuve.

La fête battait son plein. Il y avait de la musique, des décorations tout en orange et noir, des vampires côtoyaient des anges, des zombies profitaient du buffet et une princesse embrassait un troll.

En plus de célébrer Halloween, le TCC en profitait pour inaugurer la nouvelle crèche. Ce projet avait mis du temps à voir le jour et il n'avait pas fait l'unanimité, mais à présent qu'il avait abouti tout le monde s'en réjouissait.

Mia s'était éclipsée pour aller visiter la crèche. C'était adorable. L'environnement était conçu à merveille et les enfants qui auraient la chance de venir dans ce lieu seraient parfaitement dans leur élément.

— C'est merveilleux, n'est-ce pas ?

En entendant la voix féminine, elle sursauta car elle se croyait seule.

— Excusez-moi, je ne voulais pas vous faire peur. Kiley Roberts, je suis la directrice de la crèche.

— Mia Hughes. Je suis impressionnée. C'est un espace admirable pour les enfants.

— Oh, oui, ils vont adorer. Emmie, ma fille, a hâte de commencer.

— Quel âge a-t-elle ?

— Deux ans. C'est la perle de ma vie.

Mais déjà quelqu'un d'autre entrait pour visiter la crèche.

— Je vous laisse faire la visite guidée, dit Mia, retournant dans la salle où se déroulait la fête.

Elle aperçut Dave en grande discussion avec Nathan. Ils avaient l'air de bien s'amuser.

Déguisé en hors-la-loi, Dave était beau à couper le souffle. Vêtu entièrement de noir, il était encore plus sexy, plus dangereux.

A cet instant, il se tourna vers elle, lui offrant un sourire charmeur qui la fit fondre sur place.

Comme il lui manquerait quand ils décideraient de se séparer !

Dave quitta Nathan pour venir à sa rencontre.

— Je t'ai dit que je n'avais jamais vu une serveuse de saloon aussi jolie que toi ?

— Je crois que tu as dit quelque chose de semblable en début de soirée.

— Peu importe, c'est toujours vrai, fit-il en l'entraînant sur la piste de danse.

Il la serra contre lui et se mit à osciller au rythme de la musique. Tout autour d'eux, les gens s'amusaient, riaient fort, parlaient à voix haute pour couvrir la musique.

Mia posa la tête sur l'épaule de Dave et se laissa guider sur la piste. C'était un moment unique, à la fois magique et triste. Si elle avait pu formuler un vœu, elle aurait souhaité que la musique ne cesse jamais, pour qu'ils puissent rester ainsi blottis l'un contre l'autre.

Mais elle savait que ce n'était pas possible.

Bientôt, comme celle de Cendrillon au bal du prince charmant, sa robe ne tarderait pas à se transformer en haillons.

— Epouse-moi, Mia, lui murmura Dave à l'oreille.

Et le monde s'arrêta de tourner.

- 11 -

— Quoi ?

Dave sourit, satisfait.

Il l'avait prise au dépourvu. C'était l'effet recherché, afin de ne pas lui laisser le loisir de trop analyser la situation.

Elle était tellement obstinée ! Parfois, il ne savait pas comment lui faire passer le message ou la rallier à ses idées.

— Epouse-moi !

Lui-même n'arrivait pas à en croire ses oreilles.

L'idée de perdre Mia le rendait fou, alors il avait échafaudé un nouveau plan.

Elle sembla fondre dans ses bras, ce qui était bon signe.

— Tu veux m'épouser ?

— Oui ! J'ai bien réfléchi et c'est la meilleure solution.

Ces derniers jours, il n'avait eu de cesse de trouver un moyen de la garder près de lui. Hormis l'attacher dans son lit, ce qui ne l'aurait pas dérangé, il ne voyait que la solution du mariage. Un mariage fondé sur la logique et non l'amour.

Elle secoua la tête, comme pour remettre ses idées en place, puis le regarda droit dans les yeux.

— Tu m'aimes ?

Son cœur se serra, mais il fit mine de ne pas entendre la

sensation. Il ne voulait surtout pas envisager un mariage fondé sur des sentiments éphémères.

Gêné par le volume de la musique, il l'attira à l'écart pour parler plus tranquillement.

— Je ne te parle pas d'amour. Je te parle d'un contrat.

— Un contrat de mariage ?

— Non. Un contrat où l'on promet de rester ensemble pour la vie. Ni divorce, ni séparation. Et on le signe tous les deux.

— C'est une plaisanterie ? dit-elle, visiblement choquée par sa proposition.

Il sentait qu'elle s'éloignait, qu'il la perdait.

Non, il ne pouvait pas la perdre. Son monde avait beau s'écrouler autour de lui, il y avait une chose dont il était certain : il ne voulait pas perdre Mia. Dès qu'il pensait à un éventuel déménagement à Midland ou Houston, son cœur se serrait, il avait l'impression de perdre pied.

Il pouvait lui avouer qu'il tenait à elle, beaucoup, même, mais il lui était impossible de lui promettre quelque chose d'aussi éphémère que l'amour.

L'amour, c'était trop dangereux.

— Un contrat signé, c'est mieux que des promesses en l'air impossibles à tenir. Un contrat, c'est un document légal, quelque chose d'immuable.

— Un contrat ne garantit rien du tout, déclara-t-elle sèchement.

Dave perdait du terrain. Il était venu à la fête persuadé d'avoir trouvé la solution idéale pour garder Mia à ses côtés. Pourtant, seconde après seconde, il sentait qu'elle lui échappait.

— Je suis d'accord, ça ne garantit rien, mais c'est toujours mieux que rien. Je refuse de fonder mes projets d'avenir sur des émotions. C'est trop instable. Je veux que tu restes à mes côtés. Mais je ne peux pas te faire de promesses d'amour.

Elle lui caressa la joue.

— Et moi, c'est tout ce que j'attends de toi.

Alors qu'elle baissait la main, il la prit dans la sienne pour la garder contre sa joue.

— Nous formons une bonne équipe. Nous sommes heureux ensemble. Nous avons passé un mois formidable.

— C'est vrai. Mais ce n'est plus suffisant, dit-elle, lui retirant sa main.

Cette fois, il ne chercha pas à la retenir.

— Pourquoi ?

— Parce que moi, je t'aime, répondit-elle tristement.

L'espace d'un instant, il fut traversé par une émotion fulgurante, venue de nulle part. Il chassa cette impression. Depuis longtemps, il savait que l'amour n'était qu'un mot.

Il se raidit, lisant dans ses yeux qu'elle disait la vérité. Apeuré, il eut une réaction de recul.

— L'amour ne faisait pas partie du contrat.

— Non, je sais.

Il regarda alentour les gens faire la fête, comme pour tenter de redonner un sens à leur conversation, mais en vain.

— Je ne cherche pas l'amour. Je te l'ai dit dès le départ.

— Je sais. Je n'ai pas cherché à t'aimer. C'est arrivé comme ça. Je t'aime.

— Arrête de dire ça. Les gens disent ça trop facilement.

— Pas moi. C'est la première fois que je le dis à un homme.

— L'amour ne faisait pas partie du contrat, répéta-t-il.

— Je sais, tu l'as déjà dit. Et alors ? Tu veux vraiment que ta vie soit uniquement régentée par des contrats ?

— C'est plus sûr. L'amour, c'est des promesses en l'air. On y croit et ça s'envole en fumée.

— Pourquoi dis-tu ça ?

— Mon père nous a dit qu'il nous aimait, à ma mère et moi, et puis il est quand même parti. Il nous a quittés. On a perdu notre maison. On a tout perdu. A onze ans, j'ai dû assumer le rôle de chef de famille. J'ai vu le monde de ma mère s'écrouler. Tout ça parce que mon père nous avait dit qu'il nous aimait.

— Dave. Je comprends, ça a dû être très difficile, murmura-t-elle en tentant de s'approcher de lui.

Il fit un pas en arrière.

— Je ne veux pas de ta pitié.

— C'est de la compassion, pas de la pitié.

— Peu importe.

— Ta mère est de nouveau amoureuse. Tu penses que Mike va lui briser le cœur ?

— Il n'a pas intérêt.

— Il est fou amoureux d'elle, ça se voit. Et ta mère a décidé de croire une nouvelle fois en l'amour. Pourquoi tu ne peux pas t'y résoudre, toi ?

Il faisait trop chaud. Il étouffait.

Et il n'avait pas de réponse à apporter à la question de Mia. Il ignorait pourquoi sa mère avait envie de croire de nouveau en l'amour. Tout ce qu'il savait, c'était que lui en était incapable. Il ne voulait pas croire en l'amour.

Mia était tout pour lui, il tenait à elle, mais dès lors qu'il utiliserait le mot « amour » il perdrait le contrôle de la situation, de sa vie.

— Désolé, Mia, je ne peux pas te promettre de t'aimer. Je peux te promettre d'être toute la vie à tes côtés. Et de m'engager par écrit.

— Sans amour, pour moi, le contrat ne vaudrait rien.

Il la prit par les épaules, pour mieux lui faire face.

— Tu ne comprends donc pas ? On avait un contrat. Les émotions ne devaient pas entrer en ligne de compte.

Elle laissa échapper un petit rire aigu, sardonique.

— Décidément, les femmes et leur envie d'amour, dit-elle, ironique.

— Bon sang, Mia ! Je ne veux pas te perdre. Je te veux dans ma vie. On peut construire un avenir à deux.

— On aurait pu construire un avenir à deux.

— Tu te trompes, c'est encore possible.

— Je crois que je me suis trompée sur toute la ligne, dit-elle en enlevant le diamant qu'il lui avait offert.

Il se raidit, acceptant la bague à regret. La pierre était froide et ne brillait plus du même éclat.

Et puis il regarda Mia partir.

Si seulement il avait pu la prendre dans ses bras et ne plus jamais la laisser s'éloigner… Mais ce n'était pas possible.

Il venait de perdre Mia.

Amanda et Nathan raccompagnèrent Mia chez Alex Santiago. Heureusement, ses amis se firent discrets et ne lui posèrent pas de questions.

Une fois seule dans la maison, elle éclata en sanglots. Toutes les illusions dont elle s'était bercée s'écoulèrent avec le flot de ses larmes.

Le lendemain matin, elle ressemblait à un zombie et se sentait plus triste que jamais. Elle se força à se lever et à reprendre le cours de sa vie, même si le cœur n'y était pas et que ses yeux étaient rouges et gonflés d'avoir pleuré toute la nuit.

En regardant par la fenêtre, elle vit que Dave avait fait livrer sa voiture. Etait-il venu l'amener en personne ou avait-il envoyé un de ses hommes pour être sûr de ne pas tomber sur elle ?

Cela n'avait plus aucune espèce d'importance.

En regardant le véhicule de luxe, elle repensa aux paroles d'Alice : « Il vous a offert ce cadeau car il vous aime. »

Mia avait envie d'y croire mais, à moins qu'il ne prononce les mots face à elle, elle aurait du mal à s'en persuader.

Ses affaires personnelles étaient dans la voiture. Elle déchargea le coffre, puis entreprit d'aller faire des courses. Elle ne pouvait plus compter sur Delores pour cuisiner des plats délicieux et des cookies moelleux à souhait.

Elle devait se reprendre en mains. En ville, elle s'arrêta au restaurant d'Amanda.

A l'intérieur, tout le monde était en ébullition.

— Que se passe-t-il ? demanda Mia.

— Tu n'as pas entendu la nouvelle ? lui dit Amanda.

— Non…

— La crèche du TCC a été vandalisée pendant la nuit.

— Oh ! c'est terrible ! C'était tellement beau !

— Ils ont cassé les tables, les chaises et couvert les murs et le sol de peinture à la bombe. Le bureau de la directrice a été entièrement saccagé. L'ordinateur, l'imprimante, plus rien n'est en état de marche.

— Mais qui a pu faire une chose pareille ?

— Aucune idée.

— Beau Hacket ?

— C'est certain que lui et sa bande seront les suspects numéro un.

— Ils vont quand même ouvrir la crèche ?

— Et comment ! Mais parlons plutôt de toi. Comment vas-tu ?

— Pas super.

— J'ai vu hier soir que tu ne portais plus ta jolie bague.

— Je l'ai rendue à Dave.

— Je suis vraiment désolée.

— Moi aussi, dit-elle, esquissant un sourire qui devait davantage ressembler à une grimace.

— Je sais ce qu'il te faut. Un petit pain à la cannelle.

Mia n'avait pas faim du tout, mais elle apprécia le geste attentionné de son amie.

— Merci.

— Tu vas voir, ça va aller mieux, lui assura Amanda en la prenant dans ses bras.

Etant donné qu'elle avait touché le fond, elle n'avait plus qu'à espérer remonter à la surface, un jour ou l'autre.

Les jours suivant le départ de Mia furent difficiles à vivre.

La journée, Dave s'épuisait à travailler dehors, le soir, il restait allongé dans son lit, éveillé, incapable de fermer l'œil. Son esprit était en constante ébullition, sautant d'une pensée à l'autre, d'une image à l'autre.

Alex Santiago n'était toujours pas revenu. Des vandales avaient saccagé la crèche du TCC. Il avait signé un accord avec TexCat. Et il avait perdu Mia.

L'avenir de son ranch était assuré, mais sa vie privée laissait à désirer. L'odeur de Mia flottait partout dans la maison, dans sa chambre, dans son lit. C'était un véritable supplice.

Chaque fois qu'il prenait une douche, il les revoyait, Mia et lui, en train de faire l'amour sous l'eau brûlante.

Il repensait à tout cela : avec Mia, il se sentait entier, comblé.

Delores tentait de lui remonter le moral en lui cuisinant de bons petits plats et des desserts savoureux. Mais comment pouvait-il manger seul une part de gâteau au chocolat et à la crème de café, le dessert préféré de Mia ?

Mike travaillait d'arrache-pied avec lui, mais contrairement à lui il était gai comme un pinson, entièrement plongé dans son histoire d'amour avec sa mère.

Il trouvait cela insupportable.

Quant à sa mère, elle faisait tout pour bien lui faire comprendre qu'il était responsable de son propre malheur et qu'il ne pouvait s'en prendre qu'à lui.

— Je croyais te connaître, David, mais je ne savais pas que tu étais lâche à ce point, dit-elle un soir alors qu'elle sirotait un verre de vin.

Il leva brusquement les yeux vers sa mère. Mais il ne trouva rien à répondre, épuisé comme il l'était, physiquement et moralement. Il redoutait de devoir monter se coucher seul dans son grand lit vide, une fois de plus.

— Inutile de me regarder comme ça, tu ne me fais pas peur. Et je ne suis pas dupe. Je sais très bien que tu souffres.

— Tu as tort, dit-il avant d'avaler d'un trait son verre de whisky.

Le liquide lui brûla le ventre. C'était la première sensation de chaleur qu'il éprouvait depuis que Mia était partie.

Ils attendaient l'arrivée de Mike pour passer à table. Une fois qu'ils seraient tous les trois, l'interrogation cesserait.

— Tu sais très bien que j'ai raison et c'est ça qui t'énerve.

Sa mère ne lâchait jamais le morceau, elle était intraitable.

— Je te dis que tu as tort.

— Et moi je te dis que Mia te manque plus que tout au monde.

— Je n'ai jamais dit le contraire, répondit-il en se servant un autre whisky.

Alice prit une gorgée de vin, puis reposa son verre avant de traverser la pièce pour le rejoindre.

Pendant quelques instants, seuls les crépitements du feu se firent entendre. Dave repensait aux quelques jours qui venaient de s'écouler. Sa mère n'avait cessé de le pousser à rétablir la situation avec Mia.

Il avait essayé. Il lui avait offert de l'épouser, mais elle avait refusé car il était incapable de lui offrir ce dont elle avait besoin.

Il but d'une traite le whisky qu'il venait de se servir. Alors qu'il était sur le point de s'en verser un autre, sa mère l'arrêta.

— David, ce n'est pas la solution à ton problème.

— Je n'ai pas de problème, je ne cherche pas de solution.

— Si. Tu as un problème.

— Maman, on peut clore le sujet ?

— Non.

— C'est bien ce que je pensais.

— Ton problème, c'est que tu aimes Mia mais que tu as peur de te l'avouer.

— Je n'ai pas peur, dit-il tout en songeant que sa mère avait en partie raison.

Elle lui prit la main. Ce geste le rassura.

— Si, tu as peur et c'est normal. Quand ton père nous a quittés, tu t'es replié sur toi-même.

Bizarrement, c'était la première fois qu'ils en parlaient. Et, jusqu'à ce jour, il pensait que sa mère n'avait pas remarqué le changement qui s'était opéré en lui.

— J'ai vu que tu te repliais sur toi-même, mais je ne savais pas quoi faire pour y remédier.

Il ne voulait surtout pas qu'elle se sente coupable. Elle avait fait de son mieux pour minimiser la casse et n'avait rien à se reprocher.

— Maman…

Elle se tourna vers lui.

— Non, David, écoute-moi. C'était normal, tu cherchais à te protéger. Tu étais un petit garçon qui ne savait pas quoi faire. Mais, David, tu ne peux pas continuer comme ça. Tu dois t'ouvrir aux autres. Tu dois ouvrir ton cœur.

— J'essaie.

— Ton père a commis des erreurs, mais il n'avait pas peur de dire « je t'aime ».

— Mon père était un lâche qui a abandonné sa famille.

— Tu as raison, en partie. Il s'est comporté comme un lâche, mais peut-être qu'il y avait autre chose. Nous ne le saurons jamais. Quoi qu'il en soit, tu ne peux pas laisser son comportement déteindre sur toi au point de te dicter ta vie amoureuse.

Sur ces entrefaites, Mike fit son entrée.

— Désolé, je suis en retard.

Alice caressa la main de son fils puis reporta son attention sur son fiancé. Mike se pencha vers elle pour l'embrasser et elle le prit dans ses bras.

Dave sourit.

La première fois avait été un véritable choc, mais à présent il était content de voir que sa mère était heureuse dans les bras de Mike. Elle avait trouvé l'amour.

Peut-être au fond qu'elle avait raison de le traiter de lâche.

Après tout, elle avait souffert plus que lui. Elle avait perdu son mari et sa maison. Du jour au lendemain, elle s'était retrouvée mère célibataire, elle avait dû travailler pour gagner sa vie, pourtant, jamais il ne l'avait entendue se plaindre ou dire du mal de son père.

Elle avait foncé, sans se morfondre ni perdre son temps à ressasser le passé.

— Dave, tout va bien ? demanda Mike.

— Je pense que ça va. Ou du moins je pense que ça va aller.

Mia était en train d'écrire un e-mail quand on sonna à la porte.

C'était Halloween, donc elle avait préparé un bol de bonbons pour les enfants qui sonnaient. Mais, quand elle ouvrit la porte, elle tomba sur des yeux gris familiers.

— Dave ? Comment es-tu arrivé jusqu'ici ? J'ai demandé au garde de ne pas te laisser passer.

— Oui, je sais, ça m'a coûté cinquante dollars.

— Je n'ai rien à te dire, dit-elle, cherchant à refermer la porte.

Mais il était trop rapide pour elle.

— Mia, laisse-moi entrer, s'il te plaît.

— « S'il te plaît » ? Ouah, voilà une phrase inhabituelle pour toi. Que veux-tu ?

— Je crois que je vais avoir besoin de temps pour élaborer, fit-il en pénétrant dans la maison.

Il était tellement séduisant…

Elle ne l'avait pas vu depuis trois jours et pourtant on aurait cru que cela faisait une éternité.

Instinctivement, elle aurait voulu se jeter à son cou, se perdre dans la chaleur de son corps, l'embrasser pour éprouver de nouveau les sensations enivrantes que lui seul lui faisait ressentir.

Elle se sentait tellement seule qu'elle avait été tentée de lui dire qu'elle acceptait son contrat stupide, qu'elle n'avait pas besoin de son amour. Qu'elle avait besoin de lui, un point c'est tout.

Puis elle s'était ravisée.

Des enfants passèrent demander des bonbons.

— Allez-y, prenez-en deux chacun.

— Merci, dirent les jeunes avant de repartir.

Elle referma la porte.

— Dave, pourquoi es-tu là ?

— Epouse-moi.

— Je n'arrive pas à croire que tu sois venu jusqu'ici pour me faire la même proposition. Je t'ai dit que je ne voulais pas signer de contrat.

— Qui te parle de contrat ?

Elle s'immobilisa, interloquée.

L'infime lueur d'espoir encore enfouie au fond de son cœur commença à s'animer. Elle regarda Dave et attendit.

Il plongea dans la profondeur de ses yeux bleus et se mit à parler. Les mots jaillissaient de sa bouche en un torrent confus.

Avant de venir voir Mia, il avait répété un discours ordonné, clair, précis. Mais, là, il laissait parler son cœur.

Il espérait que cela suffirait.

— Mia, ces quelques jours passés sans toi…

Il s'interrompit, se passant une main dans les cheveux, la gorge serrée d'émotion.

— Je sais maintenant ce que c'est que d'errer l'âme en peine, le cœur ravagé par la tristesse, vidé de toute raison de se battre.

Il s'avança vers elle.

Elle recula.

Evidemment, il ne pouvait pas lui en vouloir. Il ne lui avait pas encore donné de raison pour revenir vers lui, courir dans ses bras.

Mais il était enfin prêt. Prêt à franchir le cap.

Parler à sa mère lui avait permis d'y voir plus clair. Mais surtout, au cours des quelques jours qu'il venait de passer dans le désarroi le plus profond, il en était arrivé à la conclusion qu'il ne pouvait pas vivre sans Mia.

Il l'aimait.

De tout son cœur.

Et il devait le lui dire.

Fouillant dans sa poche, il en sortit un boîtier de bijoutier.

Aussitôt, elle secoua la tête.

— Alors, là, pas question que je remette cette bague.

Il fit la grimace.

— Jamais je n'oserais te demander une chose pareille. Attends, ce n'est pas la même bague. L'autre était trop grosse, trop criarde. C'était un achat sans sentiment, pour duper les gens. Je voulais juste renforcer mon scénario fictif et fanfaronner en prouvant que je pouvais me permettre une bague de fiançailles extravagante. Mais là, pour les vraies fiançailles, j'avais besoin d'autre chose. Je voulais une bague qui te ressemble, qui nous ressemble, et qui reflète la réalité.

Il ouvrit le boîtier et lui montra la bague qu'il avait acquise l'après-midi même. Elle était plus petite que l'autre, trois carats au lieu de cinq, et la monture était différente. Plus question d'une taille moderne et clinquante.

Cette bague était comme Mia : chaleureuse, sereine, garante de la tradition.

— Oh ! Dave, elle est magnifique ! s'exclama-t-elle, une main posée sur la poitrine.

— Dès que je l'ai vue, j'ai su qu'elle était pour toi.

— Dave…

Il la coupa en douceur.

— Tu te souviens de la fois où je t'ai offert l'autre bague ? Tu m'as demandé ce qu'elle signifiait. J'ai répondu « Mia appartient à Dave ».

Elle se mordait la lèvre inférieure, retenant des larmes qui s'amoncelaient sous ses paupières. Elle n'arrivait visiblement pas à parler, mais elle acquiesça en silence.

— Eh bien, cette bague-ci signifie « le cœur de Dave appartient à Mia ».

Elle porta une main à sa bouche, puis les larmes coulèrent le long de ses joues.

— Je ne sais pas quoi dire, bredouilla-t-elle.

Il s'avança vers elle. Cette fois, elle ne recula pas. C'était bon signe.

— Pour l'instant, tu n'as rien à dire. Je suis venu te parler et je n'ai pas encore dit tout ce que je voulais te dire.

— Je vois que tu aimes toujours autant contrôler la situation.

— Justement, ces derniers temps, je ne la contrôlais plus du tout. Mais on reviendra sur ce sujet plus tard. Pour l'heure…

Des enfants venaient de frapper à la porte. Sûrement encore une ribambelle de sorcières et de zombies.

Dave éclata de rire. Le moment le plus important de sa vie venait d'être interrompu par des enfants quémandant des bonbons !

— Je ne vais pas aller leur ouvrir les yeux rougis de larmes, dit Mia en s'essuyant le visage.

Mais déjà il s'était emparé du bol de bonbons, avait ouvert la porte et géré le groupe d'enfants fêtant Halloween. Il rentra, reposa le bol sur le guéridon de l'entrée et retourna la rejoindre.

— J'ai encore des choses à te dire et j'aimerais vider mon sac avant que la prochaine flopée de Dracula et de princesses ne viennent nous déranger.

Elle rit de bon cœur.

— Vas-y, je t'écoute.

— J'ai bien réfléchi à la situation et à mes principes. Je me suis rendu compte qu'un contrat était tout aussi facile à rompre qu'une promesse.

Il marqua une pause, reprenant son souffle, pesant ses mots pour bien se faire comprendre.

— J'étais tellement préoccupé par mon contrat que j'ai perdu de vue la réalité de la situation. Finalement, à force d'y penser, j'ai eu une révélation. Si quelqu'un veut mentir, tricher ou partir, un contrat ne l'empêchera pas de le faire.

— En effet, c'est aussi mon avis.

— Mais une promesse, faite par quelqu'un qui tient sa parole, c'est beaucoup plus fort, non ?

— Absolument.

— Eh bien, moi, Mia, je tiens mes promesses. Et j'aimerais t'en faire une, si tu es prête à m'écouter.

Il avançait à petits pas vers sa destination : sa proposition. L'important était de bien choisir ses mots, car son avenir en dépendait. Il n'avait pas le droit à l'erreur. Il jouait le tout pour le tout.

— Oui, Dave, je suis prête à t'écouter.

— Mia, je promets de t'aimer toute ma vie.

Mia laissa échapper un cri de surprise et la déclaration déclencha un nouveau flot de larmes.

Il n'avait pas l'habitude de parler de ses sentiments et il détestait faire pleurer les femmes. Lui qui s'était toujours targué d'être un homme fort, capable de résister à tout, la réalité de la vie le mettait en échec. Il avait les jambes en coton, le cœur qui battait plus vite qu'à l'habitude, les idées qui se brouillaient.

— S'il te plaît, Mia, ne pleure plus.

— Oh ! Dave…

— Je t’aime, Mia. Je n’ai plus peur de le dire, murmura-t-il en la prenant dans ses bras et en essuyant ses larmes avec son pouce.

— Dave…

— J’ai toujours cru que si je ne le disais à personne je minimiserais ma prise de risques. Je voulais rester dans ma zone de sécurité, pensant me préserver et m’assurer un avenir tranquille. Mais avec toi, je me suis rendu compte que, si je ne le disais pas je perdrais tout. Je te perdrais, toi. Or tu sais que je n’aime pas perdre, ajouta-t-il pour alléger son discours.

— Oui, ça, je le sais.

— Alors, Mia, je te promets de t’aimer, de te chérir, jusqu’à la fin de nos vies. Je veux t’épouser. Je veux que nous fondions un foyer. Je veux que nos enfants portent la robe que j’avais à mon baptême. Mais que les filles, pas les garçons.

Elle éclata de rire.

— D’accord. Pour les garçons, on trouvera des tenues plus viriles, dit-elle en plaisantant.

— Alors, que dis-tu de tout ça ?

— Je trouve que c’est… merveilleux. C’est parfait.

— Mia, acceptes-tu de m’épouser ? Acceptes-tu de porter ma bague ? Acceptes-tu de dire à la terre entière que mon cœur t’appartient ?

— Oh ! Dave ! Oui, oui, et oui !

Il sortit la bague de son écrin et la lui glissa au doigt.

Après s’être baissé pour embrasser la bague, comme pour sceller leur union, il regarda Mia dans les yeux.

— Et tu veux bien rentrer au ranch avec moi, chez nous ?

— Dès que le bol de bonbons sera vide.

Il sourit, aux anges.

— Dis-moi que tu m'aimes.

— Dave, si tu savais comme je t'aime !

— Dis-moi que tu m'aimeras toujours, murmura-t-il.

— Dave, je t'aime et je promets de t'aimer toute la vie.

Dans ses yeux, il lut qu'elle disait la vérité.

— Alors je suis l'homme le plus heureux du monde, dit-il avant de l'embrasser, pour lui témoigner son amour et confirmer leur promesse.

Quand elle le prit par le cou et qu'il la serra tout contre lui, il sentit que sa vie avait de nouveau un sens et que son monde avait retrouvé son équilibre.

Il aimait Mia. Mia l'aimait.

A deux, unis pour la vie, ils seraient capables de tout.

On sonna à la porte.

Main dans la main, ils sortirent ensemble distribuer des bonbons et partager leur bonheur avec les enfants dans la rue.

Retrouvez prochainement,
dans votre collection

PASSIONS

Danse avec un inconnu, de Charlene Sands - N°965

Gracie ne trouve plus le repos : le bel inconnu rencontré à un bal masqué trois mois plus tôt n'est autre que Sebastian Wingate, son amour secret d'adolescence ! Grisée par leur soirée mystérieuse puis leur étreinte fougueuse, elle ne l'a pas reconnu alors... et se retrouve enceinte aujourd'hui ! Mais le pire reste à venir. Quand Gracie révèle à Sebastian qu'il sera bientôt père, ce dernier lui impose un terrible chantage...

Une séduisante proposition, de Brenda Jackson

Brianna est sous le choc : elle vient d'hériter la moitié d'un ranch, l'autre partie revenant à Cash Outlaw. Si elle adore ces terres où elle travaille depuis des années, elle se résout, la mort dans l'âme, à vendre ses parts au riche homme d'affaires – à la seule condition qu'il réalise son rêve et lui donne un enfant !

Enivrante liaison, de Karen Booth - N°966

Déçue par l'amour, Lexi est de retour à Royal, résolue à garder les hommes à distance. Mais sa rencontre avec Jack Bowden bouleverse son univers. Bien que tout les oppose – elle, la riche héritière, et lui, le chef d'entreprise qui a construit sa fortune à partir de rien –, Jack est l'homme parfait. Du moins, pour partager une liaison passionnée, car Lexi se promet de ne surtout pas mêler sentiments et plaisir...

Un espoir de bonheur, de Jules Bennett

Lucy a perdu son mari deux ans plus tôt, et la perspective de fonder une famille est partie avec lui. Mais quand arrive à Stonerock le séduisant Noah Spencer, veuf lui aussi et père d'une petite fille de quatre ans, la vie bien réglée de Lucy bascule. Elle ne peut nier les sentiments et l'espoir que cet homme éveille en elle, mais ont-ils un avenir ensemble, après les épreuves qu'ils ont traversées ?

Scandaleuse intimité, de Nadine Gonzalez - N°967

SÉRIE : PLAY-BOYS À MIAMI TOME 1

Nina est furieuse : la suite qu'elle avait réservée au luxueux hôtel Sand Castle de Miami a été attribuée à l'acteur Julian Knight ! Ils arrivent toutefois à un compromis : ils partageront la suite, dotée de plusieurs chambres. Dans cette nouvelle intimité, tous deux se rapprochent dangereusement, et la presse ne tarde pas à s'en mêler. Inquiète, Nina redoute alors de devoir renoncer à cette relation, aussi fabuleuse que teintée de scandale...

Pour une nuit de plaisir, de Nadine Gonzalez

SÉRIE : PLAY-BOYS À MIAMI TOME 2

Angel n'en revient pas : la voilà chez Alessandro Cardenas, le célèbre acteur ! S'il l'a invitée, c'est pour lui acheter une toile de sa galerie d'art, or l'attraction entre eux est si forte qu'Angel s'abandonne à une nuit de plaisir entre ses bras. Mais dès le lendemain elle est assaillie par le doute : Alessandro lui a-t-il dit la vérité au sujet de la peinture et des raisons de son acquisition ? Peut-elle lui faire confiance ?

Le secret de Gray, de Kira Sinclair - N°968

SÉRIE : MILLIARDAIRES À CHARLESTON TOME 3

Lorsque Blakely est embauchée en tant que comptable au sein de Stone Surveillance, elle n'imagine pas une seconde devoir travailler pour Gray Lockwood ! Gray, l'homme qu'elle a conduit en prison huit ans plus tôt pour détournement de fonds, exige aujourd'hui qu'elle l'aide à prouver son innocence ! Une mission bien difficile, surtout quand son désir pour lui menace de la submerger...

Un ranch en Arizona, de Charlene Sands

Même dans ses rêves les plus fous, jamais Tessa n'aurait pensé hériter d'un ranch en Arizona. Lorsqu'elle s'y rend, elle se sent immédiatement chez elle – en paix. Or, l'apparition de Joseph Hollister, son nouveau voisin, vient bousculer sa toute nouvelle quiétude. Déjà, Tessa redoute de baisser sa garde et de tomber sous le charme de cet homme aux yeux dorés...

Des jumelles à aimer, d'Olivia Gates - N°969

Leonid Voronov se tient sur le pas de sa porte ! En croisant le regard de l'homme qui l'a brutalement quittée deux ans plus tôt, Kassandra a le souffle coupé. Au moment de leur séparation, celui-ci s'était pourtant montré bien clair : entre eux, pas d'avenir envisageable. Et ce malgré les jumelles nées de leur liaison. Aujourd'hui, la situation semble pourtant avoir changé : désormais souverain de Zorya, Leonid s'est mis en tête de renouer avec ses filles afin d'asseoir sa légitimité...

Bien plus qu'un mariage, de Silver James

Chase n'est qu'un mufle ! Bien sûr, Savannah le sait, son mariage avec ce puissant homme d'affaires n'est qu'une union de convenance, qui doit permettre à Chase de conserver son empire familial. Pour autant, comment ose-t-il flirter ouvertement avec deux superbes mannequins, juste sous son nez ? La nuit de noces torride qu'ils viennent de partager ne signifie-t-elle rien pour lui ? Résolue à laver cet affront, Savannah prend une décision irrémédiable : elle demandera le divorce, dès ce soir...

Dans les bras de son patron, d'Elizabeth Lane - N°970

Terri est inquiète. Buck Morgan, son patron, ne s'est pas présenté au bureau et ne répond pas à ses appels. Déterminée à le retrouver, Terri se rend alors au domicile de Buck. À sa grande surprise, celui-ci est toujours dans son lit et se comporte de façon très étrange. Lorsqu'il l'attire brusquement à lui et l'embrasse passionnément, Terri, confuse, songe d'abord à s'enfuir. Mais, au lieu de cela, elle se surprend à s'abandonner dans les bras de son séduisant patron...

L'enfant de Nate Rafferty, de Kathie DeNosky

En se rendant au ranch de Nate Rafferty, avec qui elle a eu une liaison passionnée et orageuse quelques mois plus tôt, Jessie est consciente du bouleversement qu'elle s'apprête à provoquer. Car elle a une nouvelle sidérante à lui annoncer : elle est enceinte ! À sa grande surprise, Nate lui fait une proposition inattendue : il l'épousera pour que leur enfant naisse à l'abri du besoin. Mais Jessie hésite. À quoi bon se marier avec un homme qui semble agir uniquement par devoir ?